Eve ist queer, jung, lebt in Brooklyn und ist mit einer Frau zusammen. Dann lässt sie sich auf eine Affäre mit einem Heteropaar ein: Nathan und Olivia. Die Dreiecksbeziehung entwickelt sich schnell von einem unverbindlichen und vermeintlich selbstbestimmten Abenteuer zu einem Machtspiel. Nathan beginnt die zwei Frauen zu manipulieren. Im Ringen um Nathans Aufmerksamkeit erlebt Eve ein sexuelles Erwachen, genießt es, ihre eigenen Grenzen immer wieder zu überschreiten. Aber schließlich muss sie sich selbst fragen: Darf ihr ultimatives Begehren in einer Art von Sexualität liegen, die nach außen mit ihrer Würde zu spielen scheint? Am Ende ist Eve vor einen großen moralischen Konflikt gestellt.

Lillian Fishman, geboren 1994, hat einen Master-of-Fine-Arts-Abschluss der NYU, wo sie Jill-Davis-Fellow war. Sie gilt in den USA als ein großes literarisches Talent ihrer Zeit. *Große Gefallen* ist ihr erster, heiß ersehnter Roman.

Lillian Fishman

Große Gefallen

Roman

Aus dem amerikanischen Englisch
von Eva Bonné

Atlantik

Die amerikanische Originalausgabe erschien 2022
unter dem Titel *Acts of Service* bei
Hogarth, Penguin Random House LLC, New York.

Zitat auf S. 5: Annie Ernaux, *Eine vollkommene Leidenschaft*,
aus dem Französischen von Regina Maria Hartig,
Goldmann Taschenbuch 2004, S. 87 © Éditions Gallimard 1991.

*Atlantik ist ein Imprint des
Hoffmann und Campe Verlags, Hamburg.*

1. Auflage 2023
Taschenbuchausgabe

www.hoffmann-und-campe.de
Umschlaggestaltung: Vivian Bencs © Hoffmann und Campe,
nach einem Originalentwurf von Anna Koch, © Random House N.Y.
Umschlagabbildung: © Private Collection Photo
© Gavin Graham Gallery, London, UK/Bridgeman Images
Satz: Pinkuin Satz und Datentechnik, Berlin
Gesetzt aus der Berling
Druck und Bindung: GGP Media GmbH, Pößneck
Printed in Germany
ISBN 978-3-455-01583-6

Ein Unternehmen der
GANSKE VERLAGSGRUPPE

Er hatte einmal zu mir gesagt:
»Über mich wirst du kein Buch schreiben.«
Aber ich habe kein Buch über ihn geschrieben,
nicht einmal eines über mich. Ich habe lediglich
das, was seine bloße Existenz mir gegeben hat,
in Worte gefasst, die er wahrscheinlich nicht lesen
wird und die nicht für ihn bestimmt sind:
eine Art weitergereichtes Geschenk.

Annie Ernaux
Eine vollkommene Leidenschaft

Aufmerksamkeit

1

Auf meinem Handy hatte ich Hunderte von Nacktfotos gespeichert, aber nie an jemanden verschickt. Die Aufnahmen meines kopflosen in Schlaf- und Badezimmerspiegeln schwebenden Körpers waren eher gewöhnlich, aber wann immer eine neue entstand, war ich für einen kurzen Moment verliebt. Dann beugte ich mich nackt über das kleine Display und hatte das starke Bedürfnis, diese neue Ansicht meines Körpers irgendwem zu zeigen. Doch jedes Foto wirkte intimer und unmöglicher als das zuvor.

Ich konnte darin etwas erkennen, was über das Begehren hinausging, härter und demütigender war. Wenn ich mir die Zähne putzte oder aus der Dusche trat und dabei meinen Körper sah, stellte sich eine überwältigende Ungeduld ein, ein Gefühl von Verschwendung. Mein Körper schrie mir entgegen, dass ich meine Bestimmung verfehlte. Ich war dazu bestimmt, Sex zu haben, vermutlich mit einer wahllosen Anzahl von Menschen. Möglicherweise war die Wahrheit noch erschreckender und ich nicht zum Ficken, sondern zum Geficktwerden bestimmt. Der allgemeine Sinn des Lebens blieb mir ein Rätsel, aber langsam dämmerte mir, der Sinn meines Körpers könnte völlig offenkundig sein.

Ich hatte zu viel Angst vor der Welt, um einfach rauszugehen und mich ficken zu lassen, denn ich wurde von Unsicherheit, Erinnerungen an lieblose Freundinnen und meiner Furcht vor Gewalt gequält. Stattdessen fotografierte ich mich. Auf den Fotos sah mein Körper hinreißend aus, makellos und oft leicht gekrümmt, als wollte er nach oben und aus dem Bildausschnitt entkommen. Ich fühlte mich wie eine alte, verklemmte Jungfer, betraut mit der Aufgabe, ein junges Mädchen zu beaufsichtigen, das die Ungerechtigkeit der Situation nicht begreift.

Eines Abends, als ich mich besonders schön und einsam fühlte, beschloss ich, meine Nacktbilder online zu stellen. Ich ging auf eine Website mit anonymisierten Usernamen und verschleierten IP-Adressen und lud drei Fotos ohne Begleittext hoch.

* * *

Am nächsten Morgen, ich war gerade bei meiner Freundin auf der Toilette, schickte Olivia mir eine Nachricht. Unter meinem Post hatten sich mehr Kommentare angesammelt, als ich lesen konnte. Es hätte mich kaum überraschen dürfen, aber weder die Anzüglichkeiten noch das Lob, nicht einmal die brutaleren Kommentare stellten mich zufrieden. In ihrer Anonymität wirkten die Fotos feige und die Betrachter so fern, dass ihr Urteil jedes Gewicht verlor. Aufregend fand ich nur, die Seite immer wieder neu zu laden und zu sehen, wie die Fotos sich abermals zusammensetzten, nicht in einem privaten Album auf meinem Handy, sondern in einem riesigen, offenen weißen Raum, der von allen Enden der Welt aus zugänglich war.

Dass ich die Seite aktualisierte, während ich mich in Romis Badezimmer versteckte, war ein deutlicher Hinweis auf die Sünde, die ich gerade beging. Romis Gesichtsreiniger – Eigenmarke der Drogerie – stand auf dem Waschbeckenrand, ihr gewaschener Krankenhauskittel hing an der Tür wie die schiefe Karikatur eines Menschen. Andererseits wurde mir beim Blick aufs Handy klar, dass die Fotos nichts mit ihr zu tun hatten. Sie zeigten nur meinen Körper, und mein Körper gehörte mir allein.

Wie hätte Romi reagiert, wenn ich ihr die Fotos gezeigt hätte? Sie wäre traurig gewesen und ein bisschen ratlos. *Was kann ich tun?*, hätte sie gefragt. Sie wäre überzeugt, dass irgendeine Unzulänglichkeit ihrerseits mich dazu trieb, mir Bestätigung durch fremde Leute zu holen.

Wahrscheinlich stammte die überwiegende Mehrheit der Rückmeldungen von Männern. Die Kommentare waren voller Tippfehler und Anspielungen auf Erektionen. Ich scrollte lächelnd weiter. Als ich die Seite erneut aktualisierte, erschien eine Nachricht von *paintergirl1992*. Ich las die Vorschau – »Entschuldigung« – und musste ein Lachen unterdrücken.

Entschuldigung, stand da, *tut mir leid, dass ich dich so direkt anschreibe! Deine Fotos sind sehr schön. Danke, dass du sie teilst. Ich würde dich gerne auf einen Drink einladen – bist du in New York? Sorry, dass ich so dreist nachfrage. Wünsche dir einen schönen Tag – Olivia*

olivia, schrieb ich zurück, *wo in ny wohnst du?*

Baby?, rief Romi durch den Flur. Alles in Ordnung da drin?

Alles gut, rief ich zurück.

Olivia antwortete in Echtzeit.

Clinton Hill, schrieb sie. *BKLN! Du auch in NY?*

ya

Wollen wir uns treffen?

wer bist du

Olivia schickte einen Link zu einem Social-Media-Profil.

Möchtest du einen Kaffee?, fragte Romi durch die geschlossene Tür.

Ich klickte Olivias Profil an und wusste nicht, was ich davon halten sollte. Ich legte das Handy weg. Ja!, rief ich über das Rauschen der Toilettenspülung.

* * *

Warum ich mir selbst nicht über den Weg traute, ist offensichtlich. Ich hatte überhaupt keinen Grund, mich so schön und einsam zu fühlen. Meine Freundin war wunderbar, selbstlos und voller Hingabe, sie war toll im Bett und hatte starke vom jahrelangen Rugby durchtrainierte Schultern und Arme. Doch aus Gründen, die ich noch nicht durchschaute, hatte ich am Vorabend, als ich keinen halben Meter von ihr entfernt saß, Nacktfotos von mir hochgeladen, nach dem Essen, während sie ihre E-Mails beantwortete.

Ich wusste nur, warum ich Romi die Fotos nie gezeigt hatte. Romi war der edelste Mensch, dem ich je begegnet war. Ich mochte radikale Ansichten und Leute, die eine klare Vorstellung vom Leben hatten. Wie es sich wohl anfühlte, so unerschütterlich gut zu sein? Romis selbstlose Art und ihre absolute Unempfänglichkeit für das Oberflächliche bildeten die Pole, zwischen denen ihr Edelmut sich aufspannte. Schon als Kind hatte sie einen Sinn für die eigenen Fähigkeiten entwickelt und einen festen Glauben daran, dass sie einen bedeutenden gesellschaftlichen Beitrag leisten würde. Nachdem sie kurz mit einer politischen Karriere geliebäugelt hatte, war ihre Wahl auf die Kinderheilkunde gefallen. In ihrer Freizeit half sie ehrenamtlich als Rettungssanitäterin aus.

Ihr Beruf beanspruchte Romi sehr und machte sie gegen

Schönheit immun. Das Konzept war ihr bloß ein Mal begegnet, bei einer Einführungsvorlesung in Kunstgeschichte. Ihre Entscheidungen traf sie auf praktischer Grundlage. Das Apartmenthaus, in dem sie wohnte, war teuer, geschmacklos und hauptsächlich in Beige eingerichtet. Abgesehen von den besonderen Outfits, die sie zum Sport oder für Vorstellungsgespräche brauchte, hatte sie ihre gesamte Kleidung gratis erhalten, bei sportlichen Wettkämpfen und den jährlichen Familientreffen, zu denen ihre fitten, fröhlichen Verwandten bedruckte T-Shirts für alle mitbrachten. Sie ernährte sich von Sandwiches und Salaten, die sie ausschließlich in Schnellrestaurants aß.

Ihre Verlässlichkeit war perfekt. Dass sie sich zu mir hingezogen fühlte, war ihr klar, noch bevor sie eine Vorstellung von meinem Aussehen hatte – als sie, wie ich später gern witzelte, nur wusste, dass ich eine Frau mit einem ausgezeichneten Namensgedächtnis für Romanautoren war, die ich nie gelesen hatte. Wir hatten uns vor zwei Jahren über eine Kreuzworträtsel-App kennengelernt, die User mit vergleichbaren Fähigkeiten zusammenbrachte. Eigentlich war Romi viel besser als ich, aber ihre knappe Freizeit und ihr fehlendes Konkurrenzdenken bremsten sie aus. Während wir über Monate hinweg chatteten, wurde mir ihre großzügige Art immer sympathischer – sie lachte mich nie aus, selbst wenn ich spektakulär versagte –, ebenso die allgemeine Ausrichtung ihres Wissens: voller peinlicher Lücken in den Bereichen Kunst und Popkultur, doch immer zuverlässig in Bezug auf Politik, Geschichte und, was das Entscheidende war, die Kunst der Synonyme. Dass ich sie kennengelernt hatte, eine junge lesbische Frau, keine fünf Jahre älter als ich und nur wenige Kilometer entfernt, erschien mir wie ein Glücksfall.

Sie liebte mich nicht wegen meines Körpers. Als wir im

Bett landeten, behauptete sie zwar, seine besondere Schönheit anzuerkennen, aber ich glaubte ihr kein Wort. Es war ihr egal. Die Basis für Romis Zuneigung war ganz offensichtlich unsere Onlinebeziehung. Und weil ich immer schon ausgesprochen oberflächlich war – nichts interessierte mich mehr als das Aussehen der anderen Frauen auf der Straße –, verbrachte ich einen kleinen mitleidlosen Teil meiner Zeit damit, mir vorzustellen, wie ich unsere Beziehung gegen die Wand fuhr. Um Romi zu verdienen, würde ich genauso aufmerksam sein müssen wie sie, genauso loyal und sexuell freigiebig. Dass ich keine Nacktfotos online stellen dürfte, verstand sich von selbst.

Aber abgesehen von Romi war mein Begehren lechzend und flatterhaft. Weil ich mich nicht entscheiden konnte, ob ich treu sein wollte oder enthemmt, neigte ich zu Schuldgefühlen und Heimlichtuerei. In einer Urphantasie, die mich überallhin verfolgte, stand ich nackt in einer Reihe aus zwanzig oder hundert jungen Frauen, zwischen so vielen nackten Leibern, wie gerade in den Raum passten – ins Café, in die Eingangshalle von Romis Apartmenthaus oder den U-Bahn-Waggon. Ein Mann stand uns gegenüber und nahm uns in Augenschein. Wie er aussah, kann ich nicht beschreiben. Er war undefinierbar, irgendwie symbolisch. Im echten Leben würde ich niemals mit jemandem wie ihm schlafen. Nach etwa dreißig Sekunden hob er die Hand und zeigte, ohne zu zögern, auf mich.

* * *

Es war Sonntag. Meine Schicht im Café begann um halb acht. An den Wochenenden begleitete Romi mich trotz der frühen Uhrzeit auf meinem fünfzehnminütigen Arbeitsweg.

Sie spülte unsere Kaffeetassen aus, packte einen Apfel und einen Schokoriegel in meine Tasche und bückte sich nach den zwei Regenschirmen, die neben der Tür am Boden lagen. Es gab keine Haken oder Ständer, um Mäntel oder Schirme aufzuhängen; zwei Jahre nach dem Einzug hatte Romi kaum mehr angeschafft als Stehlampen und ein paar Kochutensilien. Im Wohnzimmer stand ein einsamer Couchtisch, auf dem Fensterbrett stapelten sich Politikbiografien.

Brauchst du einen eigenen Schirm?, fragte sie. Oder wollen wir uns einen teilen?

Sie ging neben mir durch die Morgendämmerung und hielt den großen Schirm über uns beide. In der Nacht hatte es angefangen, ganz leicht zu schneien. In Romis Gegenwart – wenn sie mich zur Arbeit brachte, für mich kochte oder meine Tasche trug – hatte ich immer ein ganz bestimmtes Gefühl, diese Gewissheit, dass ich sicher, gewärmt und im Leben nicht allein war. Die kleinen Enttäuschungen des Alltags würden es nicht schaffen, mich zu zermürben, denn die Liebe schützte mich vor Ungemach wie ein Kind. Wie ein tapferer Held oder ein ehrbarer Liebhaber würde Romi mir nicht bloß irgendwelche kleinen Gefallen erweisen, sondern jedes Opfer für mich bringen, und sei es noch so außergewöhnlich. Und ich – was hätte ich geopfert? Während mein Arm im Gleichtakt mit Romis schwang, konnte ich den Betrug fast körperlich spüren; er war wie ein Makel, und ich wunderte mich, dass Romi ihn nicht sehen konnte.

Wie so oft unterhielten wir uns über unser Leben vor zehn oder zwölf Jahren, als wir einander noch nicht gekannt hatten. Wir teilten ein besonderes Gefühl, das fast alle queeren Menschen für sich beanspruchen, das Gefühl, unsere ersten Erfahrungen mit Mädchen hätten uns zueinandergeführt, gerade so, als wären wir damals durch eine Falltür in einen kleinen hellen Raum gestürzt, und dort hatten wir einander zwischen den wenigen anderen Menschenseelen, die es ebenfalls geschafft hatten, endlich gefunden.

Früher war alles so anstrengend, sagte Romi. So schwierig. Meine Freundin wollte keinen Sex, also haben wir es nicht drauf angelegt, sondern uns einfach nur so getroffen. Wir fingen an zu knutschen und … Na ja, dann ist doch was passiert. Es war ja nicht so, als hätte ich es geplant; wenn sie nicht da war, dachte ich kaum darüber nach. Aber ihre Nähe war einfach so intensiv. Ich habe sie gestreichelt und gefragt, ob es okay ist, und sie sagte, ja, es ist toll, absolut okay.

Und danach war sie sauer?

Nein, lachte Romi. Danach sagte sie immer: Also, das war ja jetzt gar kein richtiger Sex. Wir sind jedes Mal ein kleines bisschen weiter gegangen und haben Sachen gemacht, von denen sie vorher behauptet hatte, sie würde sie nicht wollen. Und hinterher sagte sie, es wäre egal, das sei ja gar kein richtiger Sex gewesen. Dabei hatten wir am Ende ganz offensichtlich Sex. Ehrlich, ich habe sie so richtig gefickt! Ich habe sie gefingert und geleckt. Die meiste Zeit habe ich mich auf ihre Vorstellung eingelassen und tatsächlich geglaubt, es gäbe da irgendwo noch eine Grenze. Aber manchmal dachte ich: Habe ich irgendwas übersehen? Gibt es da noch irgendwas, was wir *nicht* machen? Denn ich fand es ziemlich gut.

Romi nahm meine Tasche und hängte sie sich über die Schulter. Ein Mann im Parka überholte uns, gefolgt von zwei Hunden, deren struppiges Fell sich vom leuchtenden Schnee abhob. Ich staunte über Romis Laufschuhe und ihre Daunenweste. Keine Handschuhe, kein Schal. Sie hatte keine Lust, auf das Wetter Rücksicht zu nehmen, oder vielleicht vertraute sie voll und ganz auf ihre undurchdringliche Widerstandskraft.

Aber etwas hat mir Sorgen gemacht, sagte Romi langsam. Mit meiner Art, sie anzusehen, stimmte etwas nicht. Der Sex an sich war in Ordnung, aber … Ich weiß auch nicht … Es lag eher daran, dass ich Sex *wollte,* dass ich sie manchmal auf eine bestimmte Weise ansah und dabei an Sex dachte. Dass ich lesbisch war, hat mich nicht gestört, eher schon der Gedanke, ich könnte zu aufdringlich sein. Du weißt schon, wie ein Mann.

Bist du aber kein bisschen! Nicht mal, wenn ich es mir wünschen würde, sagte ich kokett.

Romi lächelte. Sie redete von ihrer ersten Freundin, mit der sie acht Jahre zusammen gewesen war. Außer mit dieser Ex hatte Romi nur mit mir geschlafen; in der Hinsicht war sie die Unschuld vom Lande. Ihre Erfahrungen mit der eigenen Sexualität oder mit Beziehungen überhaupt hatten sich auf dieses Furcht einflößende erste Mal beschränkt, als scheinbar jeder Wunsch und jede Geste vorherbestimmten, wer sie für den Rest ihres Lebens sein würde. Doch genau diese Unschuld zog mich zu ihr hin, selbst jetzt, während sie erzählte. Ich konnte spüren, wie schwer die alte Beziehung auf ihrer Erinnerung lastete.

Bei mir, sagte ich, war es das genaue Gegenteil. Wir wollten Sex, ich und meine Freundin in der Highschool, aber eigentlich hatten wir keinen, wir haben nur rumgemacht. Einmal ist sie dann trotzdem gekommen, aber eher versehentlich, wir waren nämlich immer noch komplett angezogen. Wer weiß, vielleicht war ihr das noch nie passiert? Denn plötzlich war es, als hätte sie etwas gesehen, worauf sie nicht gefasst gewesen war, und jetzt konnte sie den Blick nicht mehr abwenden. Wir wussten beide, was los war. Wir hatten nicht gewusst, dass es so sein würde. In dem Moment waren wir beide schockiert. Und das wars dann.

Ich sah auf unsere Stiefel im Schneematsch hinunter und erinnerte mich, wie ich damals geglaubt hatte, Sex wäre ein Orakel. Ein Wahrsager, der nur darauf wartete, mich zu durchschauen.

* * *

Während der Schicht ging ich stündlich auf die Toilette und überprüfte mein Handy. Ich scrollte an den neuen Kommentaren und Anfragen vorbei bis nach ganz unten zu Olivias Nachricht. Das Profil, das sie mir geschickt hatte, sah echt aus. Ihre Seite war fünf Jahre alt, ein Hinweis darauf, dass ich es wohl kaum mit jemandem zu tun hatte, der regelmäßig irgendwelche Fake-Profile erstellt und wieder löscht. Zudem wirkten ihre Fotos irgendwie unbefangen, uneitel, geradezu schüchtern. Olivia war klein und schmal und hatte eine dichte Wolke aus lockigem Haar auf dem Kopf, die ihr intellektuelles Gesicht noch zarter erscheinen ließ. Sie trug Schwarz und Marineblau – schlichte hochgeschlossene Kleider und teure Pullover aus Dreifachgarn. Eifrig postete sie Tierbilder, Selbstgebackenes und Heimkonzerte von Hobbymusikerinnen. Einige davon mochte ich sogar, ich hätte es aber nie gewagt, mich online dazu zu bekennen. Dass jemand sich die Mühe gemacht haben sollte, ein Fake-Profil anzulegen, nur um dann eine so brave und humorlose Person zu erfinden, erschien mir unwahrscheinlich, doch genauso unglaubwürdig war, dass diese Frau sich im echten Leben anonyme Nacktfotos nicht bloß ansah, sondern auch noch den Mut aufbrachte, mir eine Nachricht zu schreiben. Andererseits – hatte nicht gerade ihre förmliche Entschuldigung mein Interesse geweckt?

Noch vor zwei Uhr nachmittags erklärte sie sich bereit,

mich am nächsten Abend auf einen Drink in Bed-Stuy zu treffen.

* * *

Für den Rest des Tages stakste ich so steif durchs Leben wie eine arglose Spielshowkandidatin, die gerade erst begriffen hat, dass sie vor der Kamera steht. Nach der Schicht holte Romi mich mit dem großen Regenschirm und einem Kcks vom Café ab. Obwohl es erst Nachmittag war, wurde die Luft jetzt schon schwer. Auf dem Weg zu Romis Wohnung hatte ich wenig zu sagen und ein hohles Gefühl im Bauch. Schweigend fuhren wir mit dem Aufzug nach oben. Als wir im zwölften Stock ankamen, ließ der Ton mich zusammenzucken. Ich sah auf mein Handy, aber da war nichts.

Lass uns rummachen, sagte ich, als Romi die Tür aufschloss. Ich zog mir Stiefel und Kleider aus und schob sie zu einem Haufen am Boden zusammen. Ich fühlte mich wie in einer Verkleidung und hatte das brennende Bedürfnis, sie abzulegen. Romi verschwand lächelnd im Bad, um den Strap-on anzulegen. Wenn sie sich umzog, war sie lieber unbeobachtet; es gab da ein stilles Einvernehmen in unserer Beziehung, eine Ahnung, das Reden über Sex könnte ihm etwas von seiner Reinheit nehmen.

Die Matratze lag im Schlafzimmer auf dem Teppichboden, daneben stand eine einsame Trinkflasche aus Edelstahl. Ich streckte mich aus und betrachtete meinen Körper. Ich hatte versucht, mir unter den Rollkragenpullis die nackte Olivia vorzustellen. Knabenhaft, fast kindlich. Ich fragte mich, ob Olivia mich perfekt finden würde. Oder tat sie das bereits? Würde sie meinen Körper auch in echt mögen, seine Größe und sein Gewicht, seine Reflexe? Warum wollte ich mich überhaupt mit ihr treffen? Ich bezweifelte, dass sie so aggressiv oder fordernd auftreten würde wie der Mann, der sich in meiner Phantasie vor der Reihe aus wartenden Frauen aufbaute. Ihre sanfte, höfliche Art hatte es mir überhaupt erst ermöglicht, meine Angst zu überwinden und mich mit ihr zu verabreden. Und jetzt? Hatte sie mich wegen meiner Schönheit ausgewählt und aus keinem anderen Grund, gerade so, als wäre ihr das genug?

Romi betrat das Zimmer. Sie trug ein weißes T-Shirt, der Dildo baumelte von ihrer Hüfte wie ein Arm. Sie dimmte das Licht mit zögerlichen Bewegungen, als fiele ihr das, wozu sie fest entschlossen war, nicht ganz leicht. Ihren kräftigen Körper füllte sie so voll und ganz aus, dass er nicht erst durch Sex erfunden werden musste. Sie kniete sich auf die Matratze, ich drehte mich zu ihr um und entspannte jeden Muskel.

Sie fickte mich so, wie es ihr gefiel: als wären wir längere Zeit getrennt gewesen. Den Moment des Eindringens zögerte sie so lange wie möglich hinaus. Ich redete leise auf sie ein, wollte sie zum Sprechen bringen. Das Reich der Dinge, die durch sie geläutert wurden, sollte sich vergrößern. Erzähl mir, was jetzt passiert, flüsterte ich ihr ins Ohr. Sag mir, wie dein Schwanz sich anfühlt. Sag mir, wie ich aussehe. *Baby*, sagte sie, mehr nicht: *Baby*. Das Zimmer wurde dunkler und blauer und die Luft schwül, als hätten wir unserer persönlichen Jahreszeit Leben eingehaucht. Ich war den Tränen nah. Ich war so überwältigt, dass ich nicht mehr wusste, ob Lust oder Herzschmerz in mir anschwoll. Ich zog Romi fest an mich. Ihre Brüste, die sie normalerweise unter Sport-BHs oder Bandagen versteckte, wirkten an ihrer athletischen Figur ziemlich groß. Meine Hände lagen an ihrem Rücken, unter dem T-Shirt-Stoff sammelte sich der Schweiß. Ihr nackter

Körper war bar jeder Verstellung und keine Offenbarung mehr, sondern eine Erinnerung an das, wofür ich mich immer wieder entschied, an die Sicherheit, die ihre Umarmung bedeutete.

Als ich kam, fühlte es sich an wie ein gewaltiger Hustenreiz, als versuchte mein Körper vergeblich, einen Stein auszustoßen.

* * *

Die Wohnung, die ich mir mit meiner Freundin Fatima teilte, lag fünfzehn Gehminuten von Romis Apartment entfernt. Während unserer gemeinsamen Jahre hatte sich in den drei kleinen Zimmern ein Haufen bunt zusammengewürfelter Möbelstücke angesammelt, einige davon mit Hussen und verschiedentlich gemusterten Kissen, und dazu jede Menge Pflanzen, die Fatima am Leben hielt. Unsere Wohnung verströmte eine muffige Süße, einen Geruch nach Kakao und Leinen. Bis auf einen Kessel auf dem Tresen waren alle Abstellflächen in der Küche leer. Wir pflegten seit vielen Jahren ein kleines Ritual: Wenn wir beide zu Hause waren, setzten wir uns mit einem Tee aufs Sofa.

Fatima war überrascht, mich so spät noch zu sehen. Meistens übernachtete ich bei Romi, wo wir die ganze Wohnung für uns hatten.

Wie war es bei der Arbeit?, fragte Fatima.

Verlegen zeigte ich ihr Olivias Profil.

Eine Stammkundin aus dem Café, log ich. Heute hat sie mir beim Bezahlen ihre Nummer zugesteckt.

Aber warum?, fragte Fatima. Ich meine, was ist mit Romi?

Darf ich jetzt nicht mal mehr eine Handynummer annehmen?

Kommt mir ein bisschen unehrlich vor. Andererseits – Fatima zog die Augenbrauen hoch – weiß ich ja, wie gerne du neue Bekanntschaften machst.

Während sie sprach, hängte sie Teebeutel in zwei große Becher. Sie war ein hübsches, pragmatisches Mädchen, das zuverlässige Männer anzog. Wie mühelos sie ihr seelisches Gleichgewicht hielt, fand ich ebenso erstaunlich wie beneidenswert. Sehr oft wollte sie genau das, was man wollen sollte, und wenn sie es dann bekam, konnte sie es genießen. Beispielsweise einen Freund, der sie vergötterte. Zu der Zeit war sie in einen Programmierer namens Jeremy verliebt.

Und? Wie findest du sie?, fragte ich. Olivia. Die Frau.

Eigentlich nicht dein Typ.

Du meinst, weil sie so hetero aussieht?

Ja, lachte Fatima und goss Wasser aus dem Kessel auf. Das wollte ich damit wohl sagen.

Ich fühle mich irgendwie seltsam, sagte ich. Ich weiß auch nicht.

Was soll das heißen? Stimmt bei dir und Romi irgendwas nicht?

Ich nahm Fatima die Becher ab und trug sie ins Wohnzimmer. Ich hatte unbedingt über Olivia sprechen wollen, aber nun wünschte ich mir, ich hätte den Mund gehalten. Dass ich Fatima angelogen und die Sache mit den Nacktfotos unterschlagen hatte, gefiel mir gar nicht, und noch weniger gefiel mir, dass sie wusste, was ich vorhatte. Das Schlimmste war, dass sie sich kein bisschen wunderte.

Woran merkst du, fragte ich ohne Überleitung, dass du mit jemandem schlafen willst?

Das weißt du genauso gut wie ich.

Nein, im Ernst. Gibt es da was Bestimmtes? Gewisse Anzeichen? Oder ahnt man nichts, bis die andere Person den Anfang macht oder es sich einfach so ergibt?

Eve, genauso gut könntest du dich fragen, woran du gemerkt hast, dass du lesbisch bist.

Ich lachte. Woran hatte ich gemerkt, dass ich lesbisch war? War ich lesbisch? Mit fünfzehn hatte ich mich in ein Mädchen verliebt, das im selben langweiligen Kaff in Massachusetts aufgewachsen war wie ich. Ihre Mutter besaß eine riesige Farm nördlich der Stadt. Nachmittags gingen wir in die Scheune, um zu knutschen und an unseren Shirts herumzuzupfen. Sie war sehr schön, und sie war mir näher als alle anderen. Wenn ich mit ihr zusammen war, spürte ich eine Zielstrebigkeit, wie ich sie nur vom Langstreckenlaufen kannte, eine Ahnung, dass ich ans Ziel kommen und einen sauberen Sieg hinlegen würde; dann verstand ich, wozu mein Körper geschaffen war. Auf unserem Morgenspaziergang hatte ich Romi von dem Tag erzählt, als ich meine Bestimmung zum ersten Mal erkannt und erfüllt hatte. In den zehn Jahren, die seither vergangen waren, hatte ich überall und in jedem weiblichen Körper nach dieser köstlichen Gewissheit gesucht.

Damals war es mir unmöglich gewesen, meine Gefühle mit den Folgen in Einklang zu bringen – damit, dass das Mädchen nach ihrem ersten Orgasmus unsere Freundschaft aufgab, die vielen gemeinsamen Jahre, die Stunden, die wir im See geplanscht, und die Nächte, in denen wir uns Taschenlampen ans Kinn gehalten hatten, die vielen Stunden auf dem Fußballplatz, die im selben Bad zum Trocknen aufgehängten Shorts und Badeanzüge, die Schuhe im Partnerlook, in denen wir auf den immer gleichen Wegen durch den Wald gelaufen waren. Nicht auszuschließen, dass Olivia diesem Mädchen ein kleines bisschen ähnlich sah.

Weißt du, sagte ich zu Fatima, ich habe keine Ahnung. Ich glaube, zuerst muss ich bekommen, was ich will, und dann kann ich erklären, warum ich es wollte oder ob es gut ist.

2

Im College half mir ein Trick, mich auf Partys wohlzufühlen: Ich fragte Pärchen – oder Leute, die miteinander schliefen – nach ihrem ersten Mal, als die eine Person die andere verführt hatte. *Wie habt ihr es gemerkt?*, fragte ich. Ich sah zu gern, wie sie über ihre alten Mutmaßungen lachten, über den erhebenden Augenblick, als sie gemerkt hatten, dass ihre Gefühle erwidert wurden. Sie tauschten verschwörerische Blicke aus und erinnerten sich an das Zeitfenster, in dem Sex – die Erfüllung ihrer heimlichen Sehnsüchte und Hoffnungen – plötzlich zum Greifen nah war, an die Signale, die sie erst abgetan und dann richtig gedeutet hatten. Manche Paare erzählten lange dramatische Geschichten, die entweder ein moralisches Versagen verschleiern oder die Moral der Zuhörerin auf die Probe stellen sollten. Andere gaben unumwunden zu, sie hätten keine zwei Stunden nach dem ersten Kennenlernen miteinander geschlafen. Im Laufe des Erzählens löste sich der verschwörerische Blickkontakt, sie wurden wieder zu zwei getrennten Menschen und erinnerten sich an ihre Einsamkeit, als die Zweifel noch nicht ausgeräumt waren. Die süße Erinnerung war etwas ganz Privates, ein Trost für das alte verunsicherte Ich.

Darüber dachte ich nach, als ich auf meinem Weg zur

ersten Verabredung mit Olivia durch Bed-Stuy lief. Über die Frage, woran ich es merken würde. Oder würde sie sich gar nicht stellen, da wir online bereits unser unverblümtes Interesse aneinander bekundet hatten? Doch ich brauchte einen körperlichen Austausch, einen Blick, der uns beiden bestätigte, dass unser zartes Interesse noch vorhanden war. Ich hatte seit Jahren nicht mehr geflirtet.

Als ich die Bar betrat, war sie schon da. Sie saß an einem Ecktisch in ein Taschenbuch vertieft und trug einen langen Rock, der knapp den Boden streifte. Ihr Haar war ein dichter Vorhang. Offenbar hatte sie ein Glas Wasser bestellt und seither ignoriert.

Bevor ich mich setzte, berührte ich sie an der Schulter, woraufhin sie zusammenfuhr. Sie hatte wunderschöne, mit hellen Sommersprossen besprenkelte Haut. Ihre Nase war eine Spur zu breit, was die Haarwolke um ihren Kopf eher widerspenstig als sinnlich wirken ließ. Als sie mich anlächelte, fiel mir zu meiner Beschämung ein, dass auch bei mir die Nase den Gesamteindruck zu verderben drohte. Ich war attraktiv, aber nicht auf die atemberaubende Weise; nicht, solange ich meinen Körper unter Kleidung versteckte.

Ich suchte nach Anzeichen von Enttäuschung in ihrem Gesicht, aber da war nur so etwas wie Verbindlichkeit, als täte es ihr leid, mich nicht früher gesehen zu haben.

Möchtest du etwas trinken?, fragte sie, sobald ich ihr gegenüber Platz genommen hatte. Ein Bier oder etwas anderes?

Noch nicht.

Tut mir leid, sagte Olivia, aber ich weiß nicht mal deinen Namen. Wie heißt du?

Eve.

Sie errötete so heftig wie ein Mädchen in der Mittelstufe. Das hatte ich von der Person, die auf meine Bilder reagiert hatte, nicht erwartet, trotzdem erfüllte es mich mit warmer Zuversicht. Es gab also Hoffnung, dass ich sie einlullen und rumkriegen konnte, und danach würde sie dankbar zu mir aufschauen.

Olivia, sagte ich, ich bin froh, dass du mich angeschrieben hast. Ich war ziemlich überrascht. Wie schön, dich kennenzulernen.

Warum hast du mir geantwortet?, fragte Olivia. Ich … Wahrscheinlich bekommst du jede Menge Nachrichten. Entschuldige.

Bist du auf Komplimente aus?

Nein, nein, sagte Olivia schnell und drückte sich das Buch an die Brust. Sie fing sich wieder und legte es mit den offenen Seiten nach unten auf den Tisch.

Also, du kannst gern eins haben, sagte ich. Deine Haare sind wirklich umwerfend. Das ist mir auf deinem Profil sofort aufgefallen.

Schon gut, aufhören, bitte.

Und deine Nachricht hat mir auch gefallen. So höflich.

Oh, sagte Olivia, und diesmal sah ich tatsächlich so etwas wie Enttäuschung. Sie schämte sich, für ihre Höflichkeit gemocht zu werden.

Was ist denn?, fragte ich. Du weißt doch, wie höflich sie war. Das hat mir gut gefallen.

Schön, sagte sie wenig überzeugt.

Und wahrscheinlich habe ich dir geantwortet, weil du eine Frau bist.

Ihr Blick wanderte zur Tür. Ich fragte mich, ob es ein Fehler gewesen war, sie zu treffen. Ob sie mir irgendwie gefährlich werden konnte oder ob sie nur ein kleines Mädchen mit einer fixen Idee war, das sich völlig unerwartet in dieser Lage wiederfand. An reiner Schüchternheit war ich nicht interessiert. Aus ihrer Nachricht hatte ich geschlossen, dass zumindest ein bisschen Wildheit in ihr steckte.

Ist das … Hast du damit ein Problem?, fragte ich.

Damit, dass du dich lieber von Frauen anschreiben lässt? Nein, natürlich nicht.

Auf welche Sorte Frau stehst du?, fragte ich. Du stehst doch auf Frauen, oder?

Ja.

Auf mich?

Olivia senkte den Blick. Ja, hauchte sie wie ein Mädchen, das ein Bagatelldelikt – Kaugummi unter die Tischplatte kleben – gesteht.

Wirklich?, fragte ich.

Ich will dich nicht kränken, sagte Olivia, auf keinen Fall. Du bist sehr schön. Es ist nur so, dass ich nicht genau weiß, worauf ich stehe. Irgendwie hat sich alles verändert … Ich mache gerade eine merkwürdige Phase durch, sagte sie und klang plötzlich ernst.

Okay, sagte ich. Was für eine merkwürdige Phase?

Das ist schwer zu erklären. Ich rede nicht gerne darüber.

Was hat dich denn früher interessiert?

Keine Ahnung. Kunst, hauptsächlich.

Und jetzt nicht mehr?

Na ja, ich bin Malerin, sagte Olivia und neigte verlegen den Kopf, als wollte sie sich unter einer streichelnden Hand wegducken. Auf einmal fand ich ihre Tics seltsam anziehend – wie sie sich hinter ihrem Haar versteckte, wie ihre Finger nervös auf den Buchrücken trommelten. Vielleicht fand ich ihre Ängstlichkeit so attraktiv, weil sie mich in eine ungewohnt gelassene und selbstsichere Haltung zwang.

Früher hast du dich also für Malerei interessiert, sagte ich, und jetzt für etwas anderes. Vermutlich ist es was Sexuelles?

Olivia nestelte an dem Taschenbuch herum und zuckte die Schultern.

Was ist so merkwürdig an deinem Leben?

Nach einer längeren Pause presste sie entschlossen die Lippen zusammen und sah mich an.

Da ist dieser Mann, mit dem ich schlafe, sagte sie. Wir mochten deine Fotos und dachten uns, du würdest uns vielleicht gern kennenlernen. Uns beide.

Auf einmal überfiel mich dasselbe ungewohnte Gefühl wie am Vortag, als ich das Café verlassen hatte – die Ahnung, mein Leben könnte ein Spektakel vor lauwarmem Publikum sein. Olivias Vorschlag war nicht sonderlich schockierend. Frauen, die Frauen daten, kennen das, es ist ermüdend. Aber weil ich mich möglicherweise nach einer Intrige sehnte, begrüßte ich ihn als zusätzliche aufregende Komplikation, als einen weiteren Faden, den es zu entwirren galt. Immerhin bestätigte er mir, dass sich hinter Olivias schüchternem Auftreten tatsächlich etwas verbarg. Etwas, das längst existierte, potenziell anstößig war und ganz eigenen Regeln gehorchte.

Okay, sagte ich. Was ist daran merkwürdig?

Das kann ich nicht erklären. Du musst ihn kennenlernen.

Warum sollte ich dir vertrauen? Ich meine, wer ist er?

Du musst ihn kennenlernen, sagte Olivia. Er wird dir gefallen.

Olivia, sagte ich, falls das überhaupt dein richtiger Name ist. Du klingst, als wolltest du mich für eine Sekte rekrutieren, merkst du das? Während ich dachte, ich würde mich einfach nur mit einer Frau treffen.

Olivia wurde abermals rot. Wir sind keine Sekte, sagte sie.

Warum habt ihr mir dann nicht gemeinsam eine Nachricht geschickt?

Haben wir doch.

Aha. Aber das habt ihr nicht gesagt.

Eben hast du selbst gesagt, dass du dich lieber von Frauen anschreiben lässt.

Warum ist er nicht hier?

Unsere Beziehung ist ein bisschen kompliziert, sagte Olivia. Wir gehen nicht oft zusammen aus.

Warum nicht?

Ich kann dir das nicht allein erklären. Triffst du dich mit uns? Dieses Wochenende?

Macht ihr das oft?

Nein, natürlich nicht. Ich habe so was noch nie gemacht.

Du hast noch nie eine Frau gefragt, ob sie sich mit dir trifft? Oder noch nie mit einer Frau geschlafen?

Doch, sagte sie und wich meinem Blick aus. Doch, ich war schon mal mit einer Frau zusammen. Mit Frauen, meinte ich.

Dieser Typ könnte sonst wer sein.

Ich weiß, sagte Olivia. Endlich lächelte sie. Ich komme nicht gerade überzeugend rüber, oder? Nathan könnte das viel besser als ich. Er hätte dich in einer Minute überredet.

Wie hat er *dich* überredet?

O nein, mich brauchte er nicht zu überreden, sagte sie. Das ist eine lange Geschichte.

Na ja, hast du heute noch was vor? Wir könnten uns was zu trinken bestellen, und du erzählst mir die Geschichte.

Nein, tut mir leid. Ich muss los. Aber du solltest am Wochenende wirklich vorbeikommen und ihn kennenlernen.

Du bist diejenige, die ich kennenlernen wollte. Außerdem vertraue ich ihm nicht.

Aber mir kannst du genauso wenig vertrauen.

Stimmt, sagte ich. Aber ich mag, wie du aussiehst. Das reicht doch fürs Erste.

Bist du denn gar nicht neugierig?

Weißt du denn gar nicht, wie gefährlich Männer sind?

Im Ernst, sagte Olivia sanft. Magst du keine Männer, nicht mal ein bisschen?

Du hast für Männer kein Gespür, oder?, hatte Fatima einmal gesagt, als ich mit ihr in einer Hetero-Bar war und mir Drinks ausgeben ließ. Es hatte geklungen, als wäre ich eine Austauschschülerin und sie in ihrem Heimatland. Ja – die Dynamik zwischen Männern und Frauen war mir ein Rätsel. Ich probierte die Männer an und wurde mir der vielen Stellen bewusst, an denen sie mir nicht passten. Als ich das einräumte, sah ich einen Funken Angst in Fatimas Augen. Was ich für Männer empfand, konnte man wohl kaum ein *Gespür* nennen. Die meisten existierten kaum für mich, ich nahm sie nur undeutlich wahr, als Bekannte oder als Hindernis. Nur manchmal, in der Gegenwart eines Mannes, der Macht ausstrahlte, spürte ich eine Art Schwerelosigkeit; ich wurde weich und nachgiebig, sobald seine Aufmerksamkeit mich auch nur streifte. Aber diese Wahrheit war in meinem Leben so unzulässig, dass ich sie sogar vor mir selbst verleugnete.

Ich weiß nicht, sagte ich zu Olivia. Manche fand ich ganz nett. Aber eigentlich möchte ich das nicht forcieren. Ich bin nicht wirklich drauf aus, sie zu mögen.

Warum hast du die Fotos gepostet, wenn du nicht willst, dass Männer sie sehen?

Ich lachte, um zu überspielen, wie sehr die Bemerkung mich traf.

Ich war hier nicht mit einem Mann verabredet, wiederholte ich.

Nein, sagte Olivia, aber ich glaube wirklich, dass es dir nichts ausmachen würde. Ich glaube sogar, dass du sehr viel Spaß hättest.

Auch das gefiel mir – Olivias Überzeugung. Zum ersten

Mal wirkte sie sicher; und wenn nicht sicher, dann wenigstens überlegen. Sie war kurz davor, das Interesse zu verlieren. Sie saß hier, um besagtem Mann einen Gefallen zu tun, nicht, weil sie mich begehrte. Wenn ich sie abwies, würde sie einfach gehen, sie wäre ein bisschen enttäuscht, aber trotzdem der Überzeugung, dass *ich* etwas verpasste, nicht sie. Das hier war kein Flirt, sondern ein Streit, und ich hatte keinen Grund zu glauben, wir würden uns irgendwann später doch noch in die Arme fallen. Aber noch während ich meine Überflüssigkeit erkannte, wurde mir klar, dass ich sie verführen wollte.

Dann kann ich dich also nicht allein treffen?, fragte ich. Nie?

Wenn du auf unser Angebot zurückkommen möchtest, sagte Olivia, hätten wir am Samstagabend Zeit. In Uptown. Ich schreibe dir die Adresse.

Sie zog ihren Mantel von der Lehne und begann, ihre Sachen einzusammeln. Als sie das zerfledderte Buch einsteckte, sah ich das Cover: *Mansfield Park*.

Du willst schon gehen?, fragte ich. Das wars?

Sie wirkte so peinlich berührt, dass ich die Frage sofort bereute. Ich war lange nicht so feinfühlig, wie sie es offensichtlich gebraucht hätte. Ehrlich gesagt war ich immer noch ein bisschen beleidigt wegen des Verlaufs, den unser Gespräch genommen hatte.

Tut mir leid, sagte sie wieder. Ich hoffe, wir sehen uns am Wochenende?

Und dann ging sie, mit gesenktem Kopf und wehendem Rock.

* * *

Worauf immer ich gestoßen war – nun, da ich die Grenze erreicht hatte, war ich mir nicht mehr sicher, ob ich bereit war. Bis zu dem Punkt hatte ich viel Zeit damit verbracht, mir die Dinge auszureden, die ich mochte, um ein anderer, besserer Mensch zu sein. In den vergangenen zehn Jahren hatte ich aus meiner Vorliebe für Frauen ein politisches Bekenntnis zum Lesbischsein gemacht, und statt mich an den Genüssen des Lebens zu erfreuen, schämte ich mich bitterlich für die Nichtigkeiten, die mir früher solchen Spaß gemacht hatten – Charme, harmlose Schwindeleien, Lästern, Eitelkeit, schöne Frauen, gute Tänzerinnen, Taxifahrten und Cafébesuche, Männer, die mir hinterherpfiffen, und Bemerkungen, die mir die Röte ins Gesicht trieben. Und auch Leute, die es schafften, mit etwas »durchzukommen«, selbst jene, die sich das bloß einbildeten, denn ich konnte mich noch sehr gut an das Gefühl erinnern und vermisste es schmerzlich. Ich war überzeugt, Ernsthaftigkeit zu mögen, wenigstens theoretisch, aber eigentlich langweilten mich ernste Menschen. Doch war es nicht meine Pflicht, meinen Teil beizutragen und mich an Regeln zu halten, die meiner Meinung nach die ganze Welt beherzigen sollte?

Mir war bewusst, dass meine Selbstkontrolle nach all den Jahren jederzeit zerbröckeln konnte. Ich hatte es nie zugegeben, aber wenn man mich aus dem Tiefschlaf geweckt und vor die Wahl gestellt hätte, wäre ich nicht in der Lage gewesen, mich zwischen Männern und Frauen zu entscheiden. Das wäre, als sollte man sich zwischen Land und Meer entscheiden. Das eine lag näher, denn die meisten Menschen bevorzugen das entgegengesetzte Geschlecht, obwohl ich Frauen kannte, die andere Frauen für die offensichtlichere Wahl hielten und den Rest der Menschheit für blind. Wenn ich mich nicht zur krassen Außenseiterin machen und das Gute, mit dem ich gesegnet war, nicht aufgeben wollte, müsste ich an Land leben, zusammen mit allen, die ich liebte. Aber die Entscheidung fiel mir nicht leicht. Jeder, der schon einmal aufs Meer hinausgefahren ist, weiß, dass man es nie ganz vergessen kann. Das Meer liefert den Beweis für die Größe der Welt, das Meer zeigt, wie rund, großartig und monströs sie ist. Es steht für die Feier des Lebens, für Anziehung und Tiefe. Wer wollte darauf verzichten?

So dachte ich über die Wahl zwischen Männern und Frauen. Wahrscheinlich fiel die Entscheidung immer gleich aus, was sonst, die Menschen haben nun mal ihre Vorlieben. Aber manchmal probierte man etwas Neues, nur um nicht zu vergessen, dass man am Leben war. Manchmal brauchte man Sex, um sich daran zu erinnern, dass man die Leute, die man auf der Straße sieht, nicht wirklich kennt. Der Sex versetzt uns abermals in einen Zustand der Ehrfurcht – er offenbart, wie schwierig es ist, jemanden wirklich zu kennen, und wie viel Konzentration und Selbstbetrug nötig sind, um Liebe heraufzubeschwören. Vermutlich könnten die meisten Menschen die Sache so sehen, würde die Bisexualität mit derselben kulturellen Leichtigkeit behandelt wie das Fremdgehen. Über das Fremdgehen hatte immer schon ein stilles Einverständnis geherrscht, es machte ein eintöniges Leben erträglich und verlieh allem, wofür man sich entschieden hatte, einen neuen Glanz. Doch ich wollte weder auf das eine noch auf das andere verzichten, schon gar nicht auf den Glanz! Für den Glanz des Lebens, dachte ich, bräuchte es Unmengen von Beteiligten: Männer, Frauen, Respekt und Respektlosigkeit, Liebe und lustvollen Hass.

Aber ich wusste, dass ich eigentlich etwas anderes wollen sollte. Woher konnte ich wissen, was gut für mich war? Ich hatte immer nur gelernt, was es zu vermeiden galt. Worauf es wirklich ankam, hatte niemand mir je erklärt. Meine Freundinnen und ich waren ohne Religion oder eine vergleichbare Lebensethik aufgewachsen, die unsere Überzeugungen und Wünsche gefiltert hätte, und mit genug Geld, was uns die Angst vor einem zukünftigen Überlebenskampf ersparte. Die Fenster unserer Brooklyner Wohnungen gingen auf Straßen hinaus, wo in den wärmeren Monaten Bäume und Vorgärten leidenschaftslos blühten. Viele von uns arbeiteten in Jobs, von denen sie nicht gerade geträumt hatten, dann wiederum wussten die meisten gar nicht, wovon sie träumen sollten. Das eigene Leben auf den Erwerb von Geld, Besitz oder Status auszurichten kam nicht infrage. Wir lernten, die Liebe zu schätzen, uns aber nicht zu sehr auf sie zu verlassen, denn wir waren in eine Welt der grenzenlosen Freiheiten hineingeboren worden, wo geduldige Treue, wie die Liebe sie erfordert, nicht gedieh. Wir wurden ermutigt, uns große Sorgen um den Zustand der Welt zu machen, gleichzeitig traute uns niemand zu, wirklich Einfluss zu nehmen. Uns wurde ganz allgemein vermittelt, der Abstand zwischen Wünschen und Pflichten habe sich in den letzten Jahrzehnten geschlossen, wobei alle sich einig waren, dass die Abschaffung der Pflicht uns nicht befreite. Vor allem blieb uns der Glaube an Komplexität. Diese Denkweise hatte auch ihre Vorteile; sie hielt uns von den beiden Extremen Dogma und Unwissen fern und schützte uns vor Militarismus ebenso wie davor, auf Schneeballsysteme hereinzufallen. Gleichzeitig rechtfertigte sie eine gewisse Lethargie. Angesichts der moralischen Kompromisse, die jede Entscheidung mit sich brachte, schien es manchmal, als wäre Nichtstun der am wenigsten verwerfliche Weg.

Ich beneidete tiefreligiöse Menschen. Sie lebten nach einem Kodex, der ihnen vorschrieb, was wünschenswert, was gut und was schlecht war. Sie verfügten über einen sicheren

Maßstab und hatten Rituale, die den Eindruck erweckten, das Leben unterliege einer zeitlichen Logik: Taufen, Feiertage, Gottesdienste, Andachten, Gebete. Anscheinend strebten sie das Unerreichbare an, doch ihr Scheitern wurde ihnen immer wieder verziehen. Gab es eine bessere Art zu leben? Sich permanent auf ein Ideal hinzubewegen und bis ans Lebensende von diesem Schwung tragen zu lassen?

In meinem Umfeld war niemand gläubig, ganz im Gegenteil galt Religiosität als Kapitulation, als aktive Komplizenschaft mit Strukturen, die den Kapitalismus stützten. Also musste es andere Wege geben, die Illusion einer alles verwaltenden Logik zu erzeugen. Ich hatte eine Schwäche für Uniformen, weil sie ein einzigartiges Pflichtbewusstsein signalisierten, den Glauben an ein Geistesleben jenseits der Eitelkeit (wann immer ich Romi im Krankenhauskittel sah, überkam mich eine Welle der Ehrerbietung). Ich bewunderte alle Aktivistinnen, weil sie eine scheinbar unantastbare Überzeugung gewählt oder gefunden hatten, die ihren Alltag um spezielle Anforderungen herum strukturierte. Doch was war schon so unantastbar, dass ich daran hätte glauben können?

Die Queerness breitete sich in meinem Leben aus wie eine Religion; als ich nach New York kam, merkte ich schnell, dass es hier übergreifende Überzeugungen und Glaubenssysteme gab. Sie verbanden vielleicht nicht alle queeren Menschen, aber doch jene, für die queer zu sein mit einem bestimmten moralischen Bewusstsein einherging. Nun würde ich also endlich erfahren, was für mich gut und wünschenswert war. Stagnation wurde strikt abgelehnt, der Fokus lag auf Dynamik. Wichtig war vor allem, sich selbst immer besser kennenzulernen, damit man irgendwann entscheiden konnte, was man mit seinem Körper und seinem Leben anfangen wollte, wen man lieben wollte und wie, was man fürchten und demzufolge meiden sollte. Selbsterkenntnis war für uns queere Menschen deshalb so relevant, weil wir uns in einem fortdauernden Genesungsprozess befanden, in dem wir das Unterdrückte zutage förderten und alte Glaubenssätze hinterfragten. In einer vorherrschenden Praxis radikaler Toleranz wurde nichts höher geschätzt als Offenheit und Aufrichtigkeit. Zu reden, egal worüber, war grundsätzlich von Nutzen, denn Geheimnisse konnten sich zu beschämenden Wunden entwickeln.

In einem Leben mit vielen Möglichkeiten und wenigen echten Problemen mangelt es trotzdem nicht an Emotionen, man könnte sogar behaupten, dass sich manche Dinge gegen den eigenen Willen im Zentrum des eigenen Lebens festsetzen (obwohl das Gefühl, es geschähe gegen den eigenen Willen, natürlich eine Illusion ist, gäbe es doch kaum einen angenehmeren Ort oder eine angenehmere Zeit). Etwas setzt sich im Zentrum des Lebens fest. Manchmal eine ganz natürliche, wenn auch schmerzhafte Verlusterfahrung, manchmal eine hartnäckige Fixierung auf die eigene Unzulänglichkeit innerhalb dieses weiten angenehmen Lebens mit seinen unbegrenzten Möglichkeiten. Das Leben weiß, es braucht eine Form; es sucht in Filmen und in anderen Existenzen nach Vorbildern und bildet einen Kern aus, um den herum es kreisen kann. Das Leben hat ein Gespür dafür, auf welcher Bühne seine Protagonistin am authentischsten erscheint.

Und mein Leben kreiste um Sex, entgegen aller Vernunft.

3

Olivia sehnte sich nach Ekstase. Sie hatte es mit dem ganz normalen Leben versucht, Bilder gemalt und bei der Arbeit lange Röcke und Schnürschuhe getragen, aber das war ihr nicht genug gewesen. Am meisten beneidete ich sie darum, dass sie durch Nathan einen Weg gefunden hatte, das Problem zu umgehen.

Sie war seit Jahren in ihn verliebt, auf eine inbrünstige, unerhörte Weise. Aber Nathan war einer dieser wenigen Menschen, die von der Liebe verschont bleiben. Bei unserer ersten Begegnung wirkte er so bei sich, so *vollendet*, dass ich mir unmöglich vorstellen konnte, wie er sich einem anderen auslieferte. Sein Ausdruck war ebenso gelassen wie belustigt, seine Gesten zielgerichtet. Neben ihm fühlte ich mich fast durchsichtig. Als ich sah, wie er mit Olivia umging, dämmerte mir, dass es ihm großen Spaß machte, einer anderen Person ihre Emotionen und Sehnsüchte zu entlocken und selbst völlig ungerührt zu bleiben.

Wäre er ein Künstler, hätte das einen Sinn ergeben, in der Tat wäre es der ultimative Kunstgriff gewesen: Er war in der Lage, ein so brennendes Verlangen wie das von Olivia zu wecken, und bewahrte sich dabei die Fähigkeit, es aus dem Abstand zu studieren. Aber Nathan war kein Künstler. Er leitete seit drei Jahren eine Vermögensverwaltung in Manhattan. Einmal, ich war gerade dabei, mich wieder anzuziehen und ihn dabei wie üblich mit Fragen über Olivia zu löchern, wollte ich es endlich wissen: Stört es dich nicht, dass ich immer so viele Fragen stelle?

Nein, sagte er, mir gefällt sehr, wie du die Informationen aufsaugst. Das ist deine Kunst. Meine ist Ficken.

* * *

Das stimmt nicht, sagte Olivia, als wir drei zusammensaßen. Es war der dritte Abend, den ich im Laufe des ungewöhnlich milden Dezembers mit den beiden verbrachte. Wir waren im Pleiades, einer Bar in Uptown mit in Leder gebundenen Cocktailkarten und höflichem Personal, die sie regelmäßig besuchten. Nathan saß neben mir in einer plüschigen Nische, Olivia auf der anderen Seite des kleinen runden Tischs.

Natürlich ist Nathan ein Künstler, wiederholte Olivia. Weißt du, früher hat er auch gemalt.

Wirklich?, fragte ich.

Früher, sagte Nathan.

Er war ein wunderbarer Maler, sagte Olivia. Ein Naturtalent. Aber er hat es nie ernst genommen.

Warum hast du aufgehört? Hast du aufgehört?

Keine Ahnung, sagte Nathan.

Er ist heute wohl ein bisschen wortkarg, sagte Olivia zu mir. Er hat das Interesse verloren, weil er in einfach allem gut ist. Stimmts, Nathan?

Olivia lachte hinter vorgehaltener Hand. Ich freute mich sehr darüber, denn mir war aufgefallen, dass sie sich nur selten mit mir verbündete. Unter dem Tisch legte ich eine Hand auf Nathans Oberschenkel, wie um ihm zu signalisieren, dass ich es nicht so meinte. Es dauerte immer eine Weile, bis mir wieder einfiel, dass Nathan gegen Spott oder harte Kritik immun und ich vom gesellschaftlichen Gebot der Rücksichtnahme befreit war.

Ich hatte gedacht, es würde mir viel mehr abverlangen, sagte Nathan. Außerdem hätte ich es nie so machen können wie Olivia und zu Hause malen, nach der Arbeit. Diese Art von Doppelleben wäre nichts für mich gewesen. Ich hatte das Gefühl, dass ich, wenn ich wirklich malen wollte, alles dafür geben und ganz anders leben müsste. Und das wollte ich nicht.

Wie anders?

Mit Hingabe, sagte Nathan.

Und dafür, fragte ich, hättest du unter einer Brücke schlafen müssen? Dir die Haare wachsen lassen?

Es war in der Tat sehr romantisch, sagte Olivia lächelnd. Während des Studiums hat er in einer Dachkammer gewohnt, direkt an der Mass Ave. Ja, wirklich! In einer Mansarde. Seine kleine Mansarde. Ich habe ihn so darum beneidet.

Ich kann mich nicht erinnern, dass du je in meiner Mansarde, wie du es nennst, gewesen wärst, sagte Nathan.

Ein Mal, sagte Olivia. Bei einer Party.

Und für dich, sagte ich zu Olivia, ist es anders? Du gehst ins Büro, kommst wieder nach Hause und malst deine Bilder? Das funktioniert?

Ja, sagte Olivia. Sobald ich meine Aufmerksamkeit auf sie richtete, zog sie den Kopf ein. Wenn wir uns mit Nathan unterhielten, war ihr Gesicht entspannt, fast offen, doch sobald ich sie ansah, verschloss sie sich wieder. Ich fühlte mich unsicher und uncharmant. Wirkte ich neben Nathan so himmelschreiend langweilig? Oder war der Gedanke an den Sex, den wir später haben würden – unsere Barbesuche waren immer nur ein Vorspiel –, für sie so schmerzhaft und abstoßend, dass sie meine Anwesenheit nur Nathan zuliebe ertrug? Aber warum sollte sie sich der Situation in dem Fall schutzlos ausliefern?

Nicht zum ersten Mal fragte ich mich, ob meine Annahme, das alles sei allein Nathans Idee, nur meine eigene Naivität und Spießigkeit bewies. Schließlich war es Olivia gewesen, die mich angeschrieben hatte. *Ich* hatte Nacktfotos gepostet. Auf einmal wurde mir klar, wie sehr ich mir wünschte, dass alles Nathans Idee sei.

Nein, ich male gern in meiner Freizeit, erklärte Olivia und berührte die Spitzen ihrer Haare, die sie zu einem langen Zopf geflochten hatte. Die Arbeit … füllt mich irgendwie aus. Sie nährt mich. Ich beschäftige mich gern damit.

Und später beim Malen fließt sie in deine Bilder ein?, fragte ich.

Irgendwie schon, sagte Olivia. So wie alles andere auch.

Liv, möchtest du noch einen Drink?, fragte Nathan.

Nein danke.

Also gut, dann los.

Sofort erschien ein Kellner. Die knappe Geste, mit der Nathan die Rechnung bestellte, implizierte eine naturgegebene Überlegenheit, für die er sich nicht zu entschuldigen brauchte. Er blieb stets höflich, doch seine forschen Bewegungen schienen jeden anzuklagen, der jetzt noch im Pleiades herumlungerte. Etwas so Anmutiges und gleichzeitig so Befremdliches hatte ich nie gesehen. Ich wollte vor ihm davonlaufen, aber ich wollte auch lernen, *danke* zu sagen wie er: als wären das Wort und alle Menschen, zu denen ich es sagte, mein Eigentum.

* * *

Wie hatte Olivia es gemerkt? Sie und Nathan hatten sich im College kennengelernt und waren nach dem Abschluss sechs Jahre lang entfernte Bekannte gewesen, bis Nathan ihr auf der Weihnachtsfeier eines gemeinsamen Freundes einen Job anbot. Er war gerade dabei, eine Vermögensverwaltung für den großen und wohlhabenden Clan eines alten Bankiers zu gründen, der darauf hoffte, die neue innovative Firma würde den Bedürfnissen der nachkommenden Generation gerecht. Die jungen Leute wollten ihr Geld nicht mehr in Waffenproduktion und Pharmaindustrie investieren, zumindest wünschten sie sich auch noch andere appetitlichere Projekte, die von den verwerflichen ablenken würden. Sie mochten Nathan wegen seiner Herkunft, seiner künstlerischen Vergangenheit und, obwohl ihnen das nicht so bewusst war, wegen seines entschlossenen und dennoch eleganten Führungsstils.

Damals hatte Olivia mehr schlecht als recht an einer Bilderserie für eine Ausstellung im darauffolgenden Frühjahr gearbeitet, die am Ende nie zustande kam. Sie besaß ein Treuhandvermögen, fühlte sich aber unwohl bei dem Gedanken an zu viel Müßiggang beziehungsweise daran, wie das auf andere gewirkt hätte. Ihre freie Zeit, die sie sonst mit ihrer Freundin verbracht hatte, erschien ihr nach der hässlichen Trennung hohl und tückisch. Seit dem College hegte sie insgeheim den unerklärlichen Wunsch, Nathan oral zu befriedigen. Während ihrer ersten sechs Monate an der Uni hatte er bei ihr, der Studienanfängerin, einen unauslöschlichen Eindruck hinterlassen. Sie war besessen von seiner Art, Entscheidungen zu treffen, mit Menschen zu reden, sich zu bewegen – als wäre ihm jeder Zweifel fremd. Sie hingegen verließ einen Coffeeshop, wenn er zu voll war oder der Barista einen schlecht gelaunten Eindruck machte.

Weißt du, hatte Nathan zu ihr gesagt, ich glaube, du solltest dich wegen der Bilder nicht so unter Druck setzen. Sicher findet sich bei uns in der Firma etwas für dich. Ein bodenständiger Job könnte hilfreich sein und dich beflügeln. Dein Denken herausfordern, neuen Schwung in die Sache bringen.

Olivia, die bis zu dem Zeitpunkt noch nie von einer Festanstellung geträumt hatte, stellte fest, dass der Vorschlag, sobald er aus Nathans Mund kam, einen ganz eigenen Reiz entfaltete. Ich weiß nicht, sagte sie, bist du dir sicher? Und Nathan winkte ab, als sei es längst entschieden.

Sie war eine zwanghafte Person, schüchtern und ängstlich. Vor der Fixierung auf Nathan hatte sie sich nach einer ihrer Lehrerinnen von der Highschool verzehrt, die zu laut sprach und sich nicht scheute, Olivias brillante Essays zu kritisieren. Eines Nachmittags bestellte sie Olivia in ihr Büro und sagte: Glaubst du wirklich, damit würdest du den Ansprüchen gerecht, Olivia? Ist das wirklich der Text, unter den du deinen Namen setzen willst? Nur damit wir uns richtig verstehen: Ich erwarte Großes von dir. O ja, Olivia.

Olivia dachte ungefähr einmal pro Woche an diese Lehrerin und spürte dabei eine beschämende Nässe zwischen den Beinen, und als Nathan ihr vorschlug, die Bilder beiseitezulegen und stattdessen für ihn zu arbeiten, hatte sie die Frau abermals deutlich vor Augen. Sie war überzeugt, dass es ihr nicht an Talent mangelte, sondern an der Fähigkeit, sich selbst zu managen; dass Nathan ihr Anweisungen gab, war aufregend und eine große Erleichterung. Sobald sie seine Erlaubnis hatte, die Bilder aufzugeben, wandte sie sich ihnen mit frischer Energie zu. Nathan hatte nie irgendwelche sexuellen Andeutungen gemacht, aber sie spürte, dass seine Kraft unerschöpflich war, sein Hunger grenzenlos und er kein Mann, den man zurückwies.

Während einer Geschäftsreise klopfte sie nachts an seine Hotelzimmertür und flehte ihn an, sich von ihr den Schwanz lutschen zu lassen. Bitte, bitte, bitte, bitte, bitte, sagte sie, bitte, bitte, bitte.

Nathan fand Olivias Unterwürfigkeit so seltsam und manisch – anscheinend war sie besessen und brauchte ein bestimmtes Medikament oder einen heilsamen Schock –, dass er sich, obwohl er sich nie sonderlich für sie interessiert hatte, auf sie einließ wie auf ein kompliziertes Forschungsobjekt. Er würde herausfinden, welches Heilmittel sie brauchte.

* * *

Als unbeholfene Dreierreihe liefen wir über die Park Avenue zu Nathans Wohnung in der 83rd Street. Beim Gehen sah Olivia auf ihre schwarzen Oxfords hinunter. Ich fand, sie als Künstlerin sollte mehr auf ihre Umgebung achten. Was sie sonst vielleicht auch tat, normalerweise. Nathan hatte erwähnt, dass sie manchmal hobbymäßig fotografierte und die Fotos später abmalte.

Während wir uns dem Gebäude näherten, nahm ihre Schüchternheit groteske Formen an. Nathan betrat die Lobby, ich folgte ihm und hielt ihr die Tür auf, sie senkte den Kopf. Ganz kurz musste ich an Romi denken, die mir immer die Tür aufhielt und überall den Vortritt ließ.

Guten Abend, grüßte Nathan den Portier.

Der Aufzug brachte uns direkt in Nathans Wohnung. Es gab ein eigenes kleines Foyer mit beeindruckend großer Standuhr. Diese Art von Luxus war mir vage vertraut; als Kind hatte ich Freundinnen gehabt, die in riesigen Häusern mit Eingangshallen voller Kunst aufwuchsen. Aber im Allgemeinen assoziierte ich diesen Reichtum mit alten Leuten und schlechtem Geschmack. In meinem New Yorker Erwachsenenleben war er mir höchstens in Restaurants oder als Zeitschrift begegnet.

Was möchtet ihr trinken?, fragte Nathan vom Wohnzimmer aus.

Egal, sagte ich.

Ich brauche nichts, sagte Olivia. Ich hole mir ein Wasser.

Während ich meine Stiefel aufschnürte, verschwand Olivia in einen dunklen Flügel der Wohnung, in dem ich während meiner Abende dort nie gewesen war und in dem ich die Küche vermutete. Wenn wir ankamen, entschuldigte sie sich jedes Mal mit einer Ausrede und mied das Wohnzimmer, wo Nathan es sich gemütlich machte, als wäre sie gedemütigt und nicht in der Lage, die Konstellation auszuhalten. In Momenten wie diesen fragte ich mich, wie Olivia und ich wohl miteinander umgehen würden, wenn Nathan nicht dabei wäre und das Geschehen lenkte. Ich erinnerte mich an das Ziehen und Schieben, das sich oft zwischen mir und einer anderen Frau ergab und über die übliche Gestaltung des gesellschaftlichen Miteinanders weit hinausging. Wenn keine von uns die Initiative ergriff, fühlte ich mich sofort verantwortlich, die aufkommende Situation zu moderieren. Diese Verhandlungen waren ebenso lustvoll wie beklemmend. Es war nervenaufreibend, die Machtposition zu vermeiden, sie zu umgehen oder so zu tun, als hätten wir die Schieflage durch unsere Queerness überwunden. Aber sicher kamen Nathan solche Überlegungen nie in den Sinn.

Bis zu diesem Dezember war ich jahrelang nicht mehr allein mit einem Mann im selben Zimmer gewesen. Wenn Olivia verschwand, erinnerte sich mein Körper trotz Nathans erregender Aufmerksamkeit an den Grund. Nathan wirkte nicht wie ein Gewalttäter, aber ich beobachtete ihn trotzdem genau, ich machte mir klar, wie entspannt er wirkte und wie unwahrscheinlich es war, dass seine verbindliche Art in wütende Unsicherheit umschlug.

Er reichte mir ein Glas Wein. Wir saßen an den jeweiligen Enden des Sofas, dessen abgewetzter dunkler Brokatbezug an Möbel in einem Lesesaal erinnerte. Überhaupt hatte Nathans Wohnzimmer etwas Gedämpftes, es wirkte altmodisch, fast bescheiden und völlig unpassend im Vergleich zu dem imposanten Gebäude und dem privaten Foyer. Die grünen Bankierslampen glichen denen in öffentlichen Bibliotheken, vor den beiden Lehnsesseln in der Ecke standen zwei Fußbänke.

Wie läufts im Café?, fragte er. Du arbeitest als Barista, richtig?

Gleich bei Olivia um die Ecke, sagte ich, aber sie kommt nie vorbei.

Sicher ist es ihr peinlich.

Warum?

Na ja, ihr ist alles peinlich, sagte Nathan.

Dann hat es nichts mit mir zu tun?

Nathan stand auf, öffnete das äußerste linke von vier Fenstern, nahm eine Zigarette aus der Schachtel auf dem Fensterbrett und zündete sie an. Ich konnte mich nicht entscheiden, ob ich ihn wirklich attraktiv fand. Er war blass, hatte ein kantiges Kinn und breite entspannte Schultern. Oft achtete ich nicht auf sein Gesicht, sondern nur auf seinen Anzug und den strahlend weißen aufgeknöpften Kragen seines Hemds, das sich vorbehaltlos und bescheiden an ihn schmiegte. Er trug eine schlichte Uhr mit schwarzem Lederarmband und an der rechten Hand einen goldenen Ring.

Nathan stellte sein leeres Weinglas neben die Zigarettenschachtel und aschte hinein. Ich fragte mich, warum er keinen Aschenbecher besaß, ob er sich für zu unkonventionell oder zu idealistisch hielt.

Nein, sagte er, gar nichts. Überhaupt nichts.

Warum hat sie mich dann ausgesucht?

Das wäre mir neu, sagte Nathan lächelnd. Wir haben dich zusammen ausgesucht.

Oh. *Du* hast meine Fotos entdeckt?

Ja, natürlich.

Und dann hast du mich in Olivias Namen angeschrieben?

Kannst du dir vorstellen, dass ich solche Nachrichten schreibe?, lachte Nathan. Nein, sie hat dir geschrieben. Wir sehen uns Fotos an und erzählen uns, was wir mögen. Ich sage ihr, welche mir gefallen. Sie genießt das.

Und verschickt Anfragen in deinem Auftrag?

Nein, das machen wir zusammen, sagte Nathan. Das und noch ein paar andere Sachen. Wir bilden uns weiter.

Nathan bot mir seine Zigarette an. Auf Socken tapste ich ans Fenster, er gab sie mir und nahm sich eine neue.

Aber sie hat schon mal mit einer Frau geschlafen, sagte ich.

Ja, natürlich. Fast nur mit Frauen. Früher.

Wir redeten über Olivia, als wäre sie ein Mündel und wir ihr Vormund. Ihre gesamte Art verlangte nach Schutz, gleichzeitig erkannte ich dahinter eine einnehmende Rücksichtslosigkeit, die sich nicht zuletzt in ihrer Fixierung auf Nathan zeigte, und wenn nicht Rücksichtslosigkeit, dann irgendein anderes Verlangen, das sie bis zum Äußersten trieb.

Ich finde sie sehr attraktiv, sagte ich. Sie ist faszinierend, obwohl sie ehrlich gesagt nicht ganz mein Typ ist. Aber ich mache mir auch Sorgen um sie.

Nathan sah mich an und sagte nur: Das stimmt kein bisschen.

Wie bitte?

Das stimmt kein bisschen, wiederholte er. Du brauchst dich nicht zu verstellen. Du stehst nicht auf sie. Du bist meinetwegen hier.

Ich war so perplex, dass mir nichts weiter einfiel, als zu rauchen und ihn anzustarren.

Als ich in das Treffen eingewilligt habe, hatte ich noch nicht einmal ein Foto von dir gesehen, sagte ich.

Wie lange kennst du uns?, sagte Nathan. Zwei Wochen, einen Monat? Und du gehst nach Hause und machst dir Sorgen um Olivia?

Ja.

Warum?

Komm schon, Nathan. Sie ist in einer schwierigen Lage – du hast sie eingestellt, in der Firma bist du ihr direkter Vorgesetzter. Ich kann nicht glauben, dass das für sie immer nur ein Zuckerschlecken ist.

Aber genau das ist es, was sie antreibt. Es macht sie an.

Weiß irgendwer davon? Hat sie jemanden, mit dem sie reden kann?

Ihren Therapeuten, sagte Nathan. Wenn sie will.

Sie geht ein hohes Risiko ein.

Wir hätten wahrscheinlich beide viel zu verlieren. Du brauchst dir um sie keine Sorgen zu machen.

Aber für Olivia ist es anders, sagte ich. Sie arbeitet für dich. Nicht dass ich irgendeine Ahnung von deiner Firma hätte. Was macht sie eigentlich genau?

Sie kümmert sich um die gemeinnützigen Spenden, sagte Nathan.

Ach so, ja, die Spenden ... Was heißt das?

Du weißt, was es heißt. Tu nicht so, als wären wir korrupt. Abgesehen davon, sagte Nathan seufzend, sind wir das natürlich, aber nicht korrupter als alle anderen. Was spricht dagegen, dass sie ihren Beitrag für eine bessere Welt leistet? Sie ist jung und findet bei ein paar sehr einflussreichen Leuten Gehör. Sie ist erstaunlich gut, denn sie hat die richtige Einstellung. Leidenschaftlich und demütig zugleich.

Wie heißt die Familie noch? Für die du arbeitest?

Nathan lächelte mich an. Es wäre ein Leichtes gewesen, die Antwort selbst herauszufinden, ich hätte einfach nur seine Brieftasche aufklappen und seinen Nachnamen lesen müssen. Aber Nathan gab nie irgendwelche Informationen preis, und ein Teil von mir zog es vor, unwissend zu bleiben.

Weißt du, das Ganze war Olivias Idee, sagte Nathan. Kurz nachdem sie bei mir angefangen hatte. Sie wollte, dass zwischen uns was passiert.

Trotzdem. Ist diese Heimlichtuerei nicht anstrengend? Ich meine, ihr könnt das nicht ewig für euch behalten. Außerdem glaube ich kaum, dass sie …

Ist ein bisschen Heimlichtuerei nicht schön? Auf der Hut sein zu müssen? Muss denn alles langweilig und durchschaubar sein?

Ich hielt meine Zigarette über sein Glas und aschte hinein.

Olivia will es so, sagte Nathan. Ich kann nichts dafür. Ich weiß, du hältst mich für ein Arschloch, aber ich bin kein … Nein, im Ernst! Ich bin kein Sadist. Olivia will es so.

Er lächelte mich gewinnend an, eine Hand am Ellbogen und in der anderen die Zigarette. Mit ihm zu plaudern und mir einzubilden, wir wären zwei besorgte, um Olivias Wohlergehen bemühte Freunde, beruhigte mich. Hoffte ich, es würde mich von jeder Verantwortung entbinden? Trug ich ihr gegenüber überhaupt eine Verantwortung? Immerhin hatte ich die beiden, Nathan hatte es selbst gesagt, gerade erst kennengelernt. Was die Leute über sich behaupteten, nahm ich praktisch immer für bare Münze; vielleicht aus Bequemlichkeit redete ich mir ein, die Menschen verstehen zu wollen wäre naiv und anmaßend. Was wusste ich schon über Olivias Leben? Ich hatte keine Ahnung, was sie tat, wenn sie allein war, was sie wollte, wer sie vor Nathan gewesen war oder was sie nach ihm sein würde. Sie wiederum wussten nichts über mein Leben, über Romi und meinen Vorsatz, ein besserer Mensch zu sein.

Olivia ist zäh, sagte Nathan. Versprochen. Sie ist unverwüstlich. Sie wirkt schüchtern, aber sie hat alles unter Kontrolle.

Was hast du gesagt?, fragte Olivia, die plötzlich auch im Wohnzimmer stand.

Ach, wir haben uns nur darüber unterhalten, wie zäh du bist, sagte Nathan. Bist du doch, oder?

Olivia setzte sich aufs Sofa und zog die Beine in den blickdichten Strümpfen unter sich. Sie hielt ein Wasserglas in der Hand.

Eve glaubt, du magst sie nicht, sagte Nathan. Weil du so zurückhaltend bist.

Das habe ich nie …

Stopp!, sagte Olivia, als machten wir es damit nur noch schlimmer. Nein, nein. Ich mag dich sehr. Oder, Nathan?

Ja, sagte Nathan. Wir beide mögen dich sehr.

* * *

Im Verlauf des Dezembers wurde ich mit jedem Treffen neidischer auf Olivia. Zwei Monate vorher war es ihr endlich gelungen, Nathan zu verführen. Ich wusste, ich kannte nur die aufregendsten, verstörendsten Ausläufer ihrer Beziehung, trotzdem fühlte es sich an, als entwickelte sie sich vor meinen Augen. Die besondere Fülle der Erfahrungen, die Olivia in diesen Wochen und mit mir als Zeugin machte, das berauschende, leidenschaftliche Ausmaß des Ganzen schimmerte an ihr wie ein Kleid oder eine Lackschicht. Im Verborgenen hatte sich ihr ganzes Leben verändert. Offensichtlich hatte sie bis dahin mit den üblichen Ängsten und Freuden vor sich hin gelebt, aber dann war sie Nathan endlich so nahegekommen, wie sie es sich in ihren Zwanzigern erträumt hatte, und fand sich nun auf einer märchenhaften Orgie wieder: Nathan fickte sie sechs oder acht Stunden am Stück, lud sie ein, ihm zuzusehen, wenn er sich mit anderen Frauen vergnügte, und verwandelte ihren Arbeitsplatz in eine ebenso fremde wie bezaubernde sexuelle Landschaft. Für sie war es Liebe und ging tiefer als jedes Verbot. Auf seinem Sofatisch stapelten sich Bücher, deren Zwillingsausgaben Olivia mit sich herumtrug – sie lasen gemeinsam. Nach dem Sex schaute ich zu, wie sie halb nackt und mit der vorwurfsvollen, stoischen Gelassenheit von Geschwistern darum zankten, welchen der Schokoriegel aus Nathans Vorrat sie essen würden, und wie sie ihn anschließend direkt aus der Verpackung teilten. Er war überaus erfahren, aber sie schaffte es, nicht nur mit ihm zu schlafen, sondern ihn zu *beschäftigen;* sie brachte ihn zum Staunen. Es war, als wäre sie gerade sechzehn geworden und hätte ihre gesamten Kräfte auf einmal erhalten oder als wäre sie in einen Geheimbund aufgenommen worden, von dessen Existenz sie immer schon etwas geahnt hatte.

Ihr Glanz, der nur auf Nathan zurückging, war das, was mich anfänglich zu ihm hinzog. Mein Interesse an ihm war ebenso abstoßend wie faszinierend. Er war Mitte dreißig, aber sein Gesicht kam mir jungenhaft und vertraut vor; man konnte es überall in der Stadt sehen, es war das Gesicht junger Männer beim Besteigen eines Taxis. Er trug stets Anzug und nie Krawatte. Das Attraktivste an ihm war seine starke, feste Stimme, die sein ganzes Charisma offenbarte. Bevor er eine Frage beantwortete, nahm er sich kurz Zeit zum Nachdenken und sprach dann schnell und mit wachsendem Nachdruck. Wenn er einen Gedanken zu Ende geführt hatte, erschien seine Logik bezwingend, und mich beschlich das Gefühl, es wäre naiv, seine Worte infrage zu stellen.

Obwohl ich wusste, dass er in mir nicht dieselbe Ehrfurcht auslösen würde wie in Olivia, spürte ich in seiner Nähe so etwas wie Hoffnung. Möglicherweise war ich Olivia ähnlicher, als ich glaubte; vielleicht würde auch ich erweckt und in einen hedonistischen Lebensstil hineingezogen werden, der mich einschüchtern und völlig in Beschlag nehmen würde. Hatte ich nicht dasselbe von Romi verlangt, hatte ich mir nicht ihre Stärke und Ernsthaftigkeit aneignen wollen? Nach einem Treffen mit den beiden dachte ich tagelang über unsere Gespräche nach, über den Rhythmus und die Einzelheiten unserer Körper, über die Blicke, die sie in meinem Beisein ausgetauscht, über den Tonfall, in dem sie mir eine gute Nacht gewünscht hatten.

Dass ich eifersüchtig sein würde, hätte mir nach dem ersten Sex klar sein müssen. Als Nathan mich küsste – ohne jede Vorwarnung, wie es seine Art war –, wallte ein Triumphgefühl in mir auf. Während ich leicht angetrunken in Nathans weitläufiger Wohnung zwischen halb leeren Gläsern und doppelten Ausgaben von *Bad New Days* und *The Art Fair* saß, begriff ich, dass ich in ihrem System der Intimität nur als das Neue bestehen konnte. Mir wurde glasklar, dass sie mich, falls sie mich überhaupt mochten, wie ein formvollendetes Objekt behandeln würden – das beste Mädchen in der Reihe. Meine Gier war üppig und schwer. Anscheinend führten sie ein Leben, wie es angesichts meiner Zugeständnisse an die Heterosexualität, den Kapitalismus und diese monströse

Stadt auch mir zugestanden hätte – ein Leben voller Abenteuer, Romantik, Schönheit und Vergnügen.

An dem Abend pendelte Nathan, es war jetzt schon Routine, zwischen Olivia und mir wie zwischen zwei benachbarten Inseln. Im warmen Licht seiner Aufmerksamkeit wurde mir schwummrig. War es uns denn unmöglich, in diesem Raum zu sein und den bitteren zwanghaften Wunsch nach männlichem Begehren zu überwinden? Olivia und ich hatten uns zu zweit getroffen und, wie ich glaubte, auch gemocht. Doch der Drang, Nathan zu beeindrucken, war so groß, dass er sich nicht intellektuell fassen oder durch Gedankenspiele unter Kontrolle bringen ließ. Zu später Stunde und in seiner Wohnung war Nathan durchaus in der Lage, unseren Wert zu bestimmen.

Ich konnte nicht anders, als mir seiner auf eine schmerzliche, köstliche Weise bewusst zu bleiben – wo er hinsah, wie er sich bewegte. Wenn er sich Olivia zuwandte, wurde ich erregt und ungeduldig. Ich war neidisch auf beide. Manchmal wurde mein Neid von meiner Unsicherheit verdrängt; dann wusste ich nicht mehr, welche Position ich während des Wartens auf ein einladendes Zeichen einnehmen sollte. Dann wiederum wartete ich nie lange. In unseren Nächten zu dritt fickte er Olivia nie vor meinen Augen; er küsste und zerzauste sie ein bisschen, drehte sich zu mir um, entkleidete mich binnen zwanzig Sekunden und drückte mich aufs Sofa. Sobald er über mir war, nahm ich nichts mehr wahr als sein Gewicht und die Temperatur des Zimmers, die wunde Kälte überall dort, wo er mich nicht berührte.

Erst danach fiel mir wieder ein, dass ich eigentlich Olivia gewollt hatte. Olivia, die Frau, mit der ich mich ursprünglich getroffen hatte. Warum sie? Sie schaffte es, ihre Unschuld vorzuführen und gleichzeitig ihre ausgeprägte eigensinnige

Sexualität. Ich wollte sie erforschen, ich wollte sie flachlegen und zärtlich dabei sein.

Während ich nackt auf dem Rücken lag, kauerte sie auf der Sofakante, immer noch in Samtrock und Satin-BH. Sie hatte nur die Bluse abgelegt und sah aus wie ein Teenager, der sich zum ersten Mal vor seinem Schwarm auszieht. Die Hälfte ihrer Haare war aus dem Zopf gerutscht.

Hast du keine Lust?, fragte ich schließlich. Ich sah sie an und wurde plötzlich verlegen.

Olivia versteckte ihr Gesicht in der Haarwolke.

Sie ist nur schüchtern, sagte Nathan, und sie ließ sich in seine Arme sinken.

Alles in Ordnung?

Ja, absolut, sagte Nathan.

Ja, sagte Olivia.

Willst du eine rauchen?, fragte Nathan.

Klar, sagte ich. Olivia?

O nein, sagte sie. Ich rauche nicht.

Sorry.

Nein, nein, macht nur, sagte sie und fing an, sich die Bluse wieder anzuziehen. Ich weiß, es ist albern, aber ich … ich habe keine guten Erfahrungen damit gemacht.

Wirklich?

Und deswegen rauche ich nicht, sagte Olivia wie zur Entschuldigung. Aber bitte, macht ruhig.

Sie richtete ihre Strümpfe und verließ das Wohnzimmer.

Nein, nein, sagte ich, obwohl nur noch Nathan mich hören konnte.

Er stellte sich in Boxershorts ans Fenster, zündete zwei Zigaretten an und sagte: Liv stört das nicht.

Aber es ist nicht richtig, sagte ich. Anscheinend hat sie was dagegen, dass du rauchst.

Aber noch während ich das sagte, merkte ich, dass Olivias Abwesenheit mir und Nathan einen kurzen Moment der Intimität bescherte, der mir den Rest des Abends versüßen würde.

Sie ist nicht sauer, sagte Nathan. Sie muss sich einfach nur dran gewöhnen.

Habe ich was falsch gemacht?

Nein, nein. Sie sieht gerne zu, sagte Nathan.

Ich stellte mich zu ihm ans Fenster.

Sicher?

Sie ist eine ziemliche Masochistin, sagte er.

Ich glaube, sie hat was gegen mich.

Sie probiert sich aus.

Obwohl ich wusste, dass ich mich genauso ausprobierte wie Olivia, ärgerte ich mich: Ich war nicht selbstbewusst, nicht unempfindlich genug, um als Testperson herzuhalten.

Also, wie ist das nun mit euch?, fragte ich. Komm, erzähl es mir. Ihr seid nicht richtig zusammen, oder?

Wir stehen uns sehr nah, sagte Nathan.

Aber es sind keine Gefühle im Spiel?

Doch, natürlich, sagte Nathan, als hätte ich einen dummen Witz gemacht. Ich bete sie an. Sie ist ein liebes Mädchen.

Als er fertig geraucht hatte, drückte er die Zigarette aus, legte sich wieder aufs Sofa und bedeutete mir mit dem gekrümmten Zeigefinger, zu ihm zu kommen.

Ich bete sie an, sie ist ein liebes Mädchen – als wäre sie seine Nichte oder eine Praktikantin, die zu ficken er sich herabgelassen hatte; eine Bekannte, die er leidlich charmant fand, aber nicht ganz ernst nahm. Ich wusste, Nathan sagte die Wahrheit, aber irgendwie wählte er seine Worte so, dass sie ehrlich waren und ihm gleichzeitig erlaubten, Nähe zu mir herzustellen, sobald Olivia den Raum verließ.

Bist du sicher? Es stört sie nicht, dass wir miteinander schlafen, während sie nebenan ist?

Es gefällt ihr.

Wirklich?

Weißt du, nachdem du letztes Wochenende gegangen bist, habe ich sie drei oder vier Stunden lang gefickt.

Wenn er von Olivia sprach, sagte er immer, er habe sie gefickt, nie, dass *sie* gefickt oder miteinander geschlafen hätten.

Ach, du hast sie tatsächlich gefickt?, fragte ich. Wirklich? So langsam glaube ich, das ist nur eine Geschichte, die du erzählst.

Nathan lächelte. Sie wird sich schon noch an dich gewöhnen, sagte er.

Du hast sie also gefickt …

… und wir haben über dich geredet. Du weißt schon – was du magst, wie es ist, dich zu ficken, wie gut es mir gefällt.

Währenddessen?

Ja. Sie liebt es, so was zu hören.

Was liebt sie noch?

Du meinst, worauf sie steht?

Wenn ich dabei bin, ist sie immer so still.

Nathan lachte. Ich würde sagen, am liebsten mag Liv … die Faust im Samthandschuh. Sie will sich unterwerfen, sie will dominiert werden, aber auf eine absolut intime und innige Weise.

Ich kann verstehen, warum sie mich nicht mag.

Sie mag dich. Nur eben nicht so, wie du es gerne hättest.

Sie will keinen Sex mit mir!

Olivia sieht dir gern zu, weil sie ihre eigene Unzulänglichkeit spüren will, sagte Nathan. Die schmerzhafte Wahrheit über sich selbst. Über ihr Aussehen.

Aber sie ist wunderschön!

Nathan legte lächelnd den Kopf schief, als wollte er sagen: *Was soll man da machen?*

Er wackelte abermals mit dem Finger, und ich ging zu ihm. Wenn wir allein waren, schien ich mich selbst, die Welt der Frauen und die Landschaft meines Lebens zu vergessen. Der Sex verlangte mir nichts ab, ich tauchte einfach unter. Ich war ein Geschenk, das er entgegennahm.

Nach einer Dreiviertelstunde stand Nathan vom Sofa auf, entschuldigte sich lächelnd und erklärte, Olivia wolle nun von ihm in den Schlaf gefickt werden. Im ersten Moment war ich kleinlicherweise angeekelt. Wahrscheinlich hätte ich etwas Ähnliches gefühlt, hätte eine Freundin mir erzählt, sie habe die ganze Nacht vor dem Haus ihres Ex gewartet oder ihm betrunken eine Szene gemacht, irgendetwas so Hilfloses und Mitleiderregendes, dass es mir im Herzen wehtat. Was sollte das überhaupt heißen, *in den Schlaf gefickt werden*? Musste sie sich körperlich verausgaben, um müde genug zum Einschlafen zu sein? Hing sie so sehr an ihm, dass sie sich nur in seinen Armen entspannen konnte?

Während ich zuschaute, wie Nathan in dem Flügel der Wohnung verschwand, wo Olivia auf ihn wartete, wurde mir die Tiefe ihrer Intimität bewusst. Ihre Beziehung ließ zu, dass Olivia im Bett auf ihn wartete, während er mit mir auf dem Sofa lag. Nathan war bei mir gewesen, im Wohnzimmer, aber paradoxerweise schien es nun so, als hätte sich noch nie jemand so gut um mich gekümmert wie er sich um Olivia. Niemand war am Ende eines langen Tages, ungeachtet der eigenen Sorgen und Pflichten und unabhängig davon, dass er am nächsten Morgen früh rausmusste, so um meinen Schlaf und mein Wohlergehen bemüht gewesen. Wenn ich bei ihnen war, vergaß ich Romi komplett; es war mir unmöglich, die Existenz von Nathan und Romi gleichzeitig zu erfassen, im selben Gedanken. Was bei Nathan wie eine monumentale und selbstlose Leistung aussah – die Rückkehr zu seiner Partnerin in den frühen Morgenstunden –, hätte ich Romi als unverständliches Desinteresse vorgehalten.

* * *

Obwohl ich es damals nicht zugeben wollte, sehnte ich mich danach, in andere Beziehungen einzubrechen. In meinen Augen schrie die Beziehung von Nathan und Olivia geradezu danach, zerstört zu werden; sie war zu gut und gleichzeitig zu hässlich und unstatthaft. Unmöglich, dass sie reich, attraktiv, erfolgreich, geschmackvoll, belesen und Stammgäste in Bars waren, wo Jazzsängerinnen im Meerjungfrauenkostüm auftraten, und trotzdem so eine Beziehung führten – innig und rückhaltlos, beneidenswert und beängstigend, kurz gesagt eine Beziehung, die das Leben verändert und verkompliziert und von der die meisten Menschen nur träumen können.

Aber hätte mir jemand Olivias Platz angeboten, hätte ich abgelehnt. Ihr ganzes Leben gehörte ihm. Er beurteilte ihre Arbeit, legte ihr Gehalt fest, pflegte Umgang mit ihren wenigen Freundinnen und kannte ihre Eltern. Sie gab vor, Zeit zum Malen zu brauchen, und traf kaum jemanden außer ihn. Im Büro entschied er darüber, welche Projekte sie übernahm; im Privatleben, in ihrem Atelier waren es seine Leidenschaft und seine Ruhe, die sie in den kostbaren Zustand der Kreativität versetzten. Diese Regelung war ihre Basis, das lebendige Fundament. *Sag mir, dass du mir kein Gehalt zahlst, wenn ich dir nicht den Schwanz lutsche,* hörte ich Olivia mehr als einmal zu ihm sagen, und ihre schüchterne Stimme strafte ihre Worte lügen. Ich war viel zu argwöhnisch, um mich dieser Art von Macht zu unterwerfen. Stattdessen fragte ich mich, wenn ich mich hinterher von Nathans erregenden Blicken erholte oder mir wieder einmal Sorgen um Olivia machte, wie ich selbst so mächtig werden könnte. Ich analysierte sogar Nathans Art, sich zu bewegen und zu sprechen. Aber trotz meines Argwohns war ich eifersüchtig auf die beiden. Ich wollte nicht, dass ihre Beziehung auch ohne mich existierte, draußen in der Welt. Ich wollte sie sehen wie in einem Film, ich wollte vor den Konsequenzen und vor der Verantwortung der eigenen Rolle geschützt sein und trotzdem alle dramatischen Wendungen hautnah miterleben.

Manchmal trat ich gedanklich einen Schritt zurück – letztlich war ich einfach nur zu einem Treffen mit einer Frau gegangen, die ich online kennengelernt hatte – und wunderte mich, warum die Beziehung zwischen Olivia und mir zu einem grausamen, bizarren Wettbewerb geworden war. Das war natürlich übertrieben, denn ich war bloß schmückendes Beiwerk, ein Zaungast in ihrem gemeinsamen Leben; doch offenbar hatte die Intensität von Nathans Aufmerksamkeit mein Begehren neu verdrahtet. Durch ihre Beziehung zu Nathan – eine Stärke, der ich nichts entgegenzusetzen hatte – erschien mir Olivia attraktiver als am Anfang, geradezu einschüchternd. Nach einer Weile merkte ich, dass ich eigentlich nicht mit ihr schlafen, sondern wissen wollte, wie es wäre, *sie zu sein*, so hingerissen war ich von ihrem erblühten Leben.

Ich wollte Nathan nicht begehren oder mich ihm hingeben; ich gab mich nur wegen meines Interesses an Olivia mit ihm ab. Aber seine Aufmerksamkeit war fesselnd, er selbst von Zweifeln oder Angst völlig unbelastet. Ich wollte mir einreden, diese Art von Kontrolle wäre unschön, doch illoyalerweise sehnte ich mich selbst danach. Nach den ersten Wochen mit Nathan und Olivia fragte ich mich, ob ich es nicht immer schon ziemlich anstrengend gefunden hatte, Frauen zu Liebe und Sex zu verführen, egal, wie sehr ich sie begehrte. Am Ende war es demoralisierend. Romantik mit einer Frau setzte voraus, dass ich für mich einstand und darauf vertraute, dass ich geliebt würde, sobald ich bewiesen hatte, wie gut ich mich um sie kümmern würde, wie aufregend ich wäre. Anscheinend beruhten meine Beziehungen darauf, dass ich eine Frau von meinem Wert überzeugen konnte. Und jetzt war es eine Wohltat, mich zu zeigen, und sei es nur meinen Körper. Viele Frauen belastet der Gedanke, ihr Körper könnte für Sex gemacht sein, das hatte ich schon als Jugendliche gewusst und meinen Körper deshalb mit ebenso viel Angst wie Hoffnung betrachtet. Doch bei Nathan spürte ich eine tiefe Erleichterung, denn für ihn war das alles ganz einfach. In seinen Augen hatte mein Körper einen Zweck, eine Natur, zu der er mühelos Zugang fand. Warum hatten meine Freundinnen meinen Körper immer gefürchtet, als könnte er uns beide jeden Moment überrumpeln? In gewisser Hinsicht waren wir dazu erzogen worden, *allen* Frauenkörpern gegenüber misstrauisch zu sein. Wenn ich mit einer Frau schlief, wurde das Vergnügen von den alten Vorstellungen darüber verzerrt, was eine Frau zu sein hat. Um der Leidenschaft Platz zu machen, mussten wir erst einmal lernen, diese erbarmungslosen Stimmen auszublenden. Doch für Nathan war ich keine unangenehme Erinnerung an den eigenen überfrachteten Körper; nichts an mir schüchterte ihn ein. Er sah mich und wusste, was zu tun war.

Wenn ich unter Nathan lag, wurde mir bewusst, wie sehr die romantischen Unwägbarkeiten mich erschöpft hatten: das Warten, das Hoffen, das Überreden, das Versuchen, selbst der Erfolg. Ich wusste, ich war schwach und hatte kapituliert, aber es fühlte sich so gesund an wie Einschlafen. Wenn klar war, dass Nathan mich in wenigen Stunden ficken würde, war mein treuloser Körper angespannt und aufgekratzt und wusste, er brauchte einfach nur zu warten. Wenn Nathan dann endlich in mich eindrang, war es so tröstlich und neu und befriedigend, dass ich sofort kam.

4

Heiligabend rief mein Vater an. Es dauerte immer eine Weile, bis er seinen Stolz überwinden und mir sagen konnte, was er wollte. In der Hinsicht waren wir uns ähnlich.

Ich habe ein Geschenk für dich, sagte er mit seiner typischen übertrieben lauten Telefonstimme. Willst du für ein paar Tage nach Hause kommen?

Oh, tut mir leid, aber das geht nicht. Ich muss die ganze Woche im Café arbeiten.

Nicht mal morgen? An Weihnachten?

Morgen haben wir geschlossen, aber die Zeit wird für Hin- und Rückfahrt nicht reichen.

Während der Feiertage zu arbeiten ist doch verrückt, sagte mein Vater.

Na ja, was soll ich machen, sagte ich und biss mir auf die Nagelhaut. Ich saß im Wohnzimmer auf dem Sofa, Fatima hantierte in der Küche herum und bereitete eine Art Nachtisch zu.

Was machst du an Weihnachten?, fragte ich ihn. Bist du bei Jeff?

Ja. Du könntest den Zug nehmen und wenigstens einen Abend hier verbringen, oder?

Ich bin bei Romi.

Hat sie denn keine Familie?

In *Kalifornien,* Dad. Außerdem muss sie auch arbeiten. Sie hat einen dieser Jobs, für die man von allen bewundert wird. Über die Feiertage muss sie trotzdem in die Klinik.

Na ja, ich finde, sie könnte sich mit ihrer Familie mehr Mühe geben. Wenn es sein muss, kannst du sie mitbringen.

Das ist aber lieb von dir, Dad.

Wirst du jetzt frech?

Nein, sagte ich. Ich kann nicht kommen, okay? Ich werde dich bald besuchen, im Frühjahr vielleicht. Wenn du willst.

Wäre schön, wenn du bezahlten Urlaub hättest.

Klar wäre das schön. Aber weißt du, Dad, ich mag meinen Job.

Ich weiß, du willst das nicht hören, aber du solltest dir was Richtiges suchen, sagte er. Spätestens nächstes Jahr. Einen Job, bei dem du dir auch mal eine Woche freinehmen und dir eine anständige Krankenversicherung leisten kannst. Und ein Auto. So kann es doch nicht weitergehen, Evie.

Man braucht hier kein Auto, sagte ich.

Das meinte ich nicht.

Bye, Dad.

Ich blieb eine Weile auf dem Sofa sitzen, das Handy in der Hand. Über die Feiertage zu arbeiten machte mir nichts aus, die Lüge hingegen schon – eine Lüge nicht meinem Vater, sondern mir selbst gegenüber. Eigentlich musste ich nicht arbeiten, dann wiederum schon. Mein Vater war der größte Bauunternehmer in einer kleinen reichen Stadt in Massachusetts, aber er hatte keine Lust, mir etwas von seinem Geld abzugeben, solange ich, wie er in seinen von erschöpfter Resignation gefolgten Wutanfällen zu sagen pflegte, *so verdammt faul* war. Er lebte in seinem überschaubar kleinen kapitalistischen Mikrokosmos und würde mir erst dann Nachsicht und Sicherheit gewähren, wenn ich finanziell auf eigenen Beinen stand. Genauso zutreffend war, dass ich schuldenfrei und in künstlicher Armut lebte, denn im Krisenfall würde mein Vater sich natürlich dazu herablassen, einzuspringen und mich zu retten, daran bestand gar kein Zweifel. So kam es, dass ich kaum Ersparnisse hatte und kein Interesse, mir einen sicheren Job zu suchen.

Ich wusste nicht genau, was schlimmer wäre: mich an meinen Vater zu klammern oder an eine Stelle, auf die ich langfristig gar nicht angewiesen war, irgendein Marketingjob, für den mein Abschluss mich qualifizierte, der mich aber kein bisschen interessierte. Ich redete mich damit heraus, dass es im Grunde ungerechtfertigt wäre, Reichtum anzuhäufen, wenn ich ohnehin damit gesegnet war. Mein Vater war nicht so reich wie die anderen Familien in meiner Heimatstadt, aber um einiges reicher als die meisten Menschen im Land, wobei seine beengte Weltsicht dazu führte, dass er bei der Vorstellung, jemand könnte ihn reich nennen, große Augen gemacht hätte. Ich ging davon aus, dass ich eines Tages eine beträchtliche Summe erben würde – den genauen Betrag kannte ich nicht –, zu wenig, um nie wieder arbeiten zu müssen, aber genug, um im Notfall über die Runden zu kommen. Allerdings konnte ich nichts vorweisen, was meine Gleichgültigkeit erklärt hätte: Ich war weder eine Künstlerin noch intellektuell, und ich träumte auch nicht von einer Schauspielkarriere. Ich hatte einfach nur keine Lust, meinen Verstand zu vermieten.

War er das?, fragte Fatima.

Sie stand in der Tür und leckte einen Löffel ab.

Er hat endlich angerufen?, fragte sie. Was hat er gesagt?

Dass er sich wünscht, ich wäre ehrgeizig und voller Tochterliebe.

Du bist ehrgeizig!

Wirklich?

Du wünschst dir dasselbe wie alle, sagte Fatima und verschwand wieder in der Küche. Du weißt schon – nicht allzu depressiv sein, gute Haut haben, von allen gemocht werden und im Kreis lieber Mitmenschen sterben.

* * *

Während meiner Kindheit hatte mein Vater seine Sache größtenteils gut gemacht. Wir kamen miteinander aus. Ich glaube, er war dankbar dafür, nicht allein zu sein und ein ruhiges, pflegeleichtes Kind zu haben.

Als ich sechzehn war, endete unser friedliches Zusammenleben. Eines Abends erwischte er mich in der dunklen Einfahrt, wie ich ein Mädchen vom anderen Ende der Stadt küsste – die Kindheitsfreundin, in die ich mich irgendwann verliebt hatte. Während des ganzen langen Winters nötigte mein Vater mich, nach dem Abendessen mit ihm in der Küche zu sitzen und, wie er es nannte, zu »diskutieren«.

Mit einer Frau zusammen zu sein ist leichter, erklärte er an einem dieser Abende. Er saß vor leeren Tellern und Tassen, seine Hände waren geöffnet und sein Ausdruck wohlwollend. Also, für Frauen, fügte er hinzu. Es ist leichter, mit jemandem vom gleichen Geschlecht zusammen zu sein. Ich weiß, wie schnell man sich näherkommt, wenn der andere so ist wie man selbst. Man versteht sich einfach.

Er nahm eine Clementine aus der Schüssel, die auf dem Küchentisch stand, und bohrte den Daumennagel in die Schale.

O ja! Damit kenne ich mich aus, sagte er lächelnd. Aber weißt du, Schätzchen, in der Liebe geht es um sehr viel mehr.

Ich weiß, du bist noch jung und … Okay, jetzt sieh mich nicht so an. Du *bist* noch jung! Hör mir zu. Leg die Gabel weg. Denk über meine Worte nach.

Welche?

Es ist etwas Besonderes, einen Menschen zu lieben, der nicht so ist wie man selbst, sagte mein Vater langsam. Die Frucht hatte er vergessen, die Schale lag in einer eleganten Spirale vor ihm auf dem Tisch. Sie ist eine Art Brücke, sagte er. Man baut eine Brücke. Das macht diese Liebe so … so *spektakulär.* Sie bringt dich mit jemandem zusammen, den du sonst nie verstehen könntest.

Mein sechzehnjähriges Hirn bemühte sich, den Gedanken zu verarbeiten. Mein Vater hatte alle konservativen, in meinen Augen immer schon falschen Vorstellungen davon, was natürlich ist und was nicht, einfach auf den Kopf gestellt. Aber seine Sichtweise schien ein Körnchen Wahrheit zu enthalten, das mich nachdenklich stimmte. Ja, für mich waren Mädchen die natürlichere Wahl – ich wusste instinktiv, wie ich zu ihnen in Verbindung treten konnte. Bis zu diesem Moment hatte ich meinen Instinkt immer als ein kostbares Gut betrachtet, das mich erlösen würde. Wenn ich das wählte, was für mich natürlich war, könnte ich nichts falsch machen. Aber nun befürchtete ich, dass ich in Wahrheit bloß feige war und meine Engstirnigkeit mich von wahrer Lebenserfahrung abschneiden würde.

Dad, wenn ich es nicht besser wüsste, würde ich jetzt glauben, du sprichst von *natürlich* und *unnatürlich.* Oder? Aber du hast das alles falsch verstanden. Du sagst, für zwei Mädchen wäre es natürlicher, leichter, als würde man da einfach so reinrutschen, wenn man nicht aufpasst.

Als ich jung war, fuhr mein Vater fort, war ich wie du, Evie. Ich war selbstverständlich nicht schwul, aber ich hatte meine

Überzeugungen – feministische Überzeugungen. Ich habe an die freie Liebe geglaubt. An alle möglichen Freiheiten. Ich weiß, dass du es jetzt noch nicht verstehen kannst, aber die Männer … die Männer sind euch ähnlicher, als du denkst. Zugegeben, sie haben mehr Macht, als ihnen zusteht, und das ist eine Schande. Aber irgendwie hat sich alles in die falsche Richtung entwickelt, kannst du das nicht sehen? Der Feminismus hat die Dinge bis zur Unkenntlichkeit verzerrt.

Sein Tonfall war leise und klagend. Die Erwartungen an uns Männer haben sich nicht verändert, sagte er. Wir sollen stark sein, die Familie ernähren und uns aufopfern, aber Gefühle dürfen wir keine haben. Da ist kein Platz für unsere Angst und unseren Kummer. Für die Opfer, die uns die Verantwortung abverlangt. Wir haben … Wir machen uns was aus der Liebe, wir machen uns was aus der Kunst. Könntest du versuchen, das im Hinterkopf zu behalten? Könntest du versuchen, die Männer wenigstens zu verstehen, sie als echte Menschen wahrzunehmen?

Wenn es um meine verlorene heterosexuelle Zukunft ging, schlug mein Vater oft diesen wehleidigen Ton an, den ich noch aus meiner Kindheit kannte. So hatte er über seine Jugend gesprochen. Früher war er ein erfolgreicher Musiker gewesen – so talentiert, dass seine Brüder über seine Teenagerzeit mit einem milden, melancholischen Leuchten in den Augen sprachen. Aber dann hatte er aus Gründen, die ich nie ganz verstanden hatte, die Musik aufgegeben. Der warme, wehmütige Tonfall meines Vaters löste eine Woge der Liebe in mir aus, dennoch ärgerte es mich, wenn er wieder mal sein persönliches Leid ausbreitete. Für ihn war mein Coming-out nur eine weitere Zurückweisung. Ich war nur eine weitere Frau, die nicht glaubte, Männer könnten ihrer Liebe würdig oder mehr als duldsame Versorger sein.

* * *

Das neue Jahr kam und mäanderte dahin. Der Januar war frisch und gnädig. Seit ich Nathan und Olivia zuletzt gesehen hatte, war fast ein Monat vergangen, aber ich wusste natürlich, dass Nathan derjenige war, der die Treffen vorschlug. Ich war bei der Arbeit und fragte mich gerade, ob ich Olivia eine Nachricht schicken sollte, als er mich im Café überraschte.

Und könnte ich bitte eine zweite Tasse haben?, fragte die Frau, die gerade an der Kasse war. Wäre das möglich?

Kein Problem, sagte ich und schob eine zweite Tasse über den Tresen.

Hinter ihr stand Nathan in rotem Poloshirt und schwarzem Mantel. Er war größer, als ich ihn in Erinnerung hatte, und bei seinem Anblick überkam mich ein unbeschreibliches Gefühl.

Oh, sagte ich. Hallo.

Die Frau drehte sich zu Nathan um und dann wieder zu mir. Er lächelte nachsichtig. Ich kannte dieses Lächeln: gesittet, angemessen. So sah er mich an, wenn ich die Hüfte anhob und sagte: *Du Arschloch.*

Hallo, sagte Nathan sanft zu ihr.

Die Frau nahm die zweite Tasse und ging zu den Thermoskannen mit der Milch weiter.

Nathan, ich bin bei der Arbeit, sagte ich.

Er lächelte nur und legte sein Handy auf den Tresen. Ich hatte ihn noch nie außerhalb von Manhattan gesehen. Ich spürte einen schändlichen Anflug von Dankbarkeit, weil Romi nicht im Café war, obwohl es nicht mal einen Grund gab, warum sie da sein sollte – sie kam nur sonntags vorbei.

Ich bin bei der Arbeit, wiederholte ich. Ich weiß, du kennst das so nicht, aber ich habe hier tatsächlich was zu tun.

Bewundernswert, sagte Nathan. Sehr gut.

Findest du?

Ja. Ich kann sehen, dass du eine sehr gute Mitarbeiterin bist.

Was möchtest du?, fragte ich. Einen Kaffee?

Einen Espresso. Bitte.

Als ich ihm den Espresso reichte, sagte er: Danke. Der sieht toll aus, vielen Dank. Hör mal … Ich geh gleich kurz auf die Toilette. Kommst du mit?

Im Toilettenraum lehnte Nathan an der Wand neben dem Waschbecken. Seine Lederschuhe glänzten nass von Schneematsch. Ich wartete, während sein Gesicht einen Ausdruck ehrlicher Aufmerksamkeit annahm. Wenn ich einen Raum betrat, wo Nathan schon wartete, ergaben sich oft kleinere Verzögerungen wie diese, die den Eindruck vermittelten, er sei tief in Gedanken gewesen. Er lächelte mich an; selbst seine Zerstreutheit war voller Güte.

Hör mal, sagte ich, du kannst nicht einfach an meinem Arbeitsplatz auftauchen. Ich habe ein Leben.

Verschweigst du mir irgendwas?, fragte Nathan, und sein Lächeln wurde breiter. Gibt es da jemanden, vor dem du Geheimnisse hast? Ist es das?

Warum bist du den ganzen Weg hierhergekommen? Wollte Olivia dir keinen blasen?

Ich will deinen Körper sehen, sagte Nathan. Zeig her.

Ich zog mir meinen Pullover über den Kopf. Das Licht im Waschraum war grell, sicher konnte Nathan sehen, wie meine Rippen sich mit jedem Atemzug bewegten. Er zog die Augenbrauen zusammen, als wäre der Anblick schmerzhaft für ihn. Wunderbar, sagte er. Sehr gut.

Ich streckte die Hand nach dem Reißverschluss seiner Hose aus, aber Nathan nahm meinen Kopf zwischen die

Hände und drückte mir einen Kuss in die Halsbeuge. Mein Blut raste. Es war absolut verstörend, ihn in meinem echten Leben zu sehen, in dem Toilettenraum, den ich fünfmal pro Woche putzte, ebenso verstörend war es, dass er keinen Anzug trug. Interessierte er sich plötzlich auf eine neue Weise für mich? Warum bejubelte ich den Anblick seiner gerunzelten Stirn und meiner nackten, unberührten Brüste nur Zentimeter unterhalb seines Mundes, verwaschen im weißen Licht? Zu wissen, was er sah, war wie Nahrung; ich hätte den ganzen Nachmittag in Nathans Schweigen stehen und an meinen Brustwarzen vorbei auf seine nass glänzenden schwarzen Schuhe starren können.

* * *

Kurz nachdem wir uns kennengelernt hatten, sagte Nathan, während er mir die eine Hand an den Rücken legte und sich mit Zeige- und Mittelfinger der anderen über den kleinen rosa Mund strich: Du bist gemacht, um gefickt zu werden. Das ist es.

Sind wir das nicht alle?

Nicht so wie du.

* * *

Im Februar wurde ich erneut in Nathans Wohnung eingeladen, diesmal ganz ohne Förmlichkeit, Vorwand oder Vorspiel in der Bar. Olivia blieb auf dem Sofa sitzen, grüßte aber höflich, als Nathan mich ins Wohnzimmer führte. Ihre Blicke folgten ihm quer durch den Raum zum Barwagen, wo er mir einen Drink einschenkte. Ihre Beine in den marineblauen Nylons waren untergeschlagen und ihr Haar zum üblichen

Zopf geflochten. Sie trug ein langärmeliges blaues Kleid und kleine Goldkreolen.

Ich fragte mich, wie sie sich im Sommer kleidete. Bevorzugte sie einteilige Badeanzüge? Trug sie Sandalen? Die Art, wie sie am Saum ihres Kleides nestelte, verriet mir, wie unwohl sie sich fühlte.

Ich zog meine Stiefel aus und setzte mich auf das Sofa gegenüber von Olivia. Im Vergleich zu ihren gepflegten kurzen Fingernägeln wirkten meine pink lackierten billig.

Ich freue mich, euch wiederzusehen, sagte ich.

Obwohl ich, wenn ich am darauffolgenden Morgen in meiner Wohnung aufwachte, befürchten würde, nie wieder eingeladen zu werden, wusste ich, dass dazu kein Grund bestand; ganz offensichtlich mochten wir uns, zumindest stimmte die sexuelle Chemie. Trotzdem hegte ich den Verdacht, die beiden könnten meine Furcht bewusst kultivieren, denn in den zehn Minuten, bevor ich ging, gaben sie sich jedes Mal betont kühl.

Bei der Arbeit war heute viel los, sagte Nathan.

Olivia und ich begannen, uns so gezwungen zu unterhalten wie zwei alte Bekannte, die sich nach Jahren zum ersten Mal wiedersehen und sich nicht eingestehen können, dass sie eigentlich keine Gemeinsamkeiten haben. Wir sprachen über ihre Arbeit im Büro und meine im Café. Nathan, erzählte sie stolz, habe gerade einen neuen Zehnjahresplan für die Familie entworfen, und nun musste sie jene Felder recherchieren, auf denen sie sich möglichst effektiv als Mäzene betätigen konnten. Zu wissen, dass wir bald gegeneinander ausgespielt würden – was aber weder Olivia noch Nathan jemals zugegeben hätten –, machte mich leutselig und froh, als könnte ich Olivia durch mein schwachsinniges Geplauder tatsächlich davon überzeugen, ich wäre ihre Freundin.

Als Nathan von unserem Small Talk genug hatte, machte er den Anfang wie üblich. Während Olivia redete, beugte er sich unvermittelt hinunter und küsste sie. Ich staunte über seine forsche, fordernde Art. Aus irgendeinem Grund war sie kein bisschen ruppig oder feindselig. Er bewegte sich, und sofort herrschte im Zimmer helle Aufregung. Nathans Selbstvertrauen machte unsere Unbeholfenheit erträglicher. Weder Olivia noch ich wussten, wie wir uns verhalten sollten; wir waren dankbar, uns von Nathan berühren und dirigieren zu lassen, während wir nackt und verletzlich waren. Olivia und ich küssten uns flüchtig, vor Unsicherheit rauschte mir das Blut in den Ohren. Dann wandte sie ihren Mund Nathans offener Hose zu.

Er streichelte mich, während sie ihm einen blies. Ich versuchte so zu tun, als wäre Olivia gar nicht da. Die Vorstellung, dass sie uns sah, tat weh. War ich tatsächlich dabei, mich vor Olivia ficken zu lassen, obwohl ich wusste und sehen konnte, wie sehr sie ihn liebte? War mir ihr Schmerz egal? Dann wiederum hatte ich keine Ahnung, wie ihr Schmerz und ihre Lust zusammenspielten oder was ihr gefiel.

Nach ein paar Minuten hatte ich sie vergessen. Kurz bevor Nathan endlich in mich eindrang, spürte ich wie immer einen heftigen Taumel der Bedürftigkeit. Die Eröffnung hatte mich erregt; ich war nervös und schämte mich, weil Nathans Aufmerksamkeit auf Olivias Kosten ging. Aber sobald er mich fickte, verebbten meine Zweifel. Ich war erfüllt und überwältigt. Zumindest währenddessen war es unheimlich erleichternd. Mein Verstand war wie blank poliert, mein Körper von Gewissheit erfüllt.

Nathan fickte so gut, dass ich mir nichts vorzumachen brauchte. Wenn er in mich eindrang, spürte ich bei jedem Stoß das Biest seiner Aufmerksamkeit, die Aufmerksamkeit seiner Augen, Arme, Hüften, und sobald ich spürte, dass ich etwas wollte, spürte er es auch und bot es mir an. Es war, als beherrschte er fließend eine Sprache, die ich nur stümperhaft sprach. Eigentlich unterschieden sich seine Gesten kaum von denen anderer Männer, mit denen ich geschlafen hatte, aber er schien meinen Körper intuitiv zu kennen. Er erspürte den Punkt, an dem es mir reichte, von hinten gefickt zu werden – wenn es nur noch ein Rhythmus ohne Steigerung war –, und dann richtete er sich auf, drehte mich um und drückte mich nieder. Er wusste, wann er mir die Finger in den Mund schieben sollte, und wie er mich allein durch den Druck und die Reibung seines Beckens kommen lassen konnte, brauchte ihm niemand zu erklären.

Ich blickte zu ihm auf. Seine Miene war gequält, sein Mund vor Anstrengung gekräuselt. Nathans Begierde sah aus wie Agonie. Ich wusste nie, ob dieser Ausdruck seine wahren Gefühle verriet oder verschleierte. Ein Teil von mir erwartete, ein glattes entspanntes Gesicht zu sehen, als käme er einfach nur seinen Pflichten nach.

Wenn ich mich danach an Olivias Anwesenheit erinnerte, überkam mich eine surreale Ungläubigkeit. Anscheinend hatte sie alles mitbekommen – und ich mich gehen lassen, obwohl mir ihre Anwesenheit eigentlich unangenehm war. Irgendwie genoss ich es wohl doch, eine Augenzeugin zu haben, auch wenn es vermutlich eine eher feindselige war. Olivia saß mit angewinkelten Beinen im Sessel. Auf dem Beistelltisch daneben lagen eine aufgeschlagene Kladde und zwei Bleistifte.

Olivia, sagte ich. Sind das … Ist das ein Skizzenbuch?

Ich habe mir nur ein paar Notizen gemacht, sagte sie. Ihr seid sehr schön. Ihr beide. Zusammen.

Ich stand auf, um einen Blick in das Buch zu werfen, aber

sie klappte es hastig zu. Ich wunderte mich darüber, dass sie sich nicht entschuldigte und nicht mal gefragt hatte, ob es mich störte, gezeichnet zu werden, während Nathan mich fickte. Störte es mich? Ehrlich gesagt gefiel es mir, und Olivias Kommentar gefiel mir auch. Zugleich beneidete ich sie um die eigenartige Selbstverständlichkeit, mit der sie uns skizziert hatte.

Wir redeten, und das Reden brachte uns wieder ins Gleichgewicht. Unser Umgang miteinander wurde geradezu jovial. Nathan saß vor uns auf dem Teppich, lehnte sich ans Sofa und streckte den Arm nach oben aus, um Olivias Taille zu streicheln.

Ich liebe es, Nathan mit einer anderen zu sehen, sagte Olivia. Egal mit wem.

Dass sie mich ganz beiläufig abwertete, nahm ich kaum wahr. Ich war zu froh, dass sie über ihren Spaß am Zuschauen sprach. Anscheinend meinte sie es ehrlich.

Ich liebe es, sein Verlangen zu sehen, fuhr Olivia fort, zu beobachten, was passiert …

Magst du es, beobachtet zu werden?, fragte mich Nathan.

Ja, sagte ich.

Ich sagte immer Ja, wenn Nathan oder Olivia mich etwas fragten. Beobachtet zu werden kam mir in dem Moment tatsächlich sehr reizvoll vor. Allerdings nicht von Olivia.

Das Besondere an Nathan, sagte Olivia, ist seine Unersättlichkeit. Meinst du nicht auch? Ich meine, klar, er ist gut im Bett, aber das Entscheidende ist wohl sein Verlangen.

Bist du unersättlich?, fragte ich Nathan neckisch.

Findest du nicht?, fragte Nathan zurück.

Redet ihr auch so, wenn ihr bei der Arbeit seid?

Irgendwie schon, sagte Olivia. Bei der Arbeit bin ich immer sehr erregt.

Sicher wissen alle längst Bescheid, sagte ich.

Nein, tun sie nicht, sagte Nathan.

Auf keinen Fall, sagte Olivia.

Weißt du, im Büro gibt es noch zehn andere Frauen, die ich gern flachlegen würde, lachte Nathan. *Mindestens* zehn. Amanda. Sadia. Ja, Olivia, Sadia ist wirklich heiß. Aber, sagte er ernst, das würde ich nie tun. Niemals. Das wäre Selbstmord.

Und keine von denen würde Ja sagen, da bin ich mir sicher, sagte ich.

Olivia, sagte Nathan, wie viele Frauen sind im Büro?

Zwanzig … Olivia überlegte. Zweiundzwanzig, schätzungsweise.

Und wie viele von denen würden mit mir schlafen?

Zweiundzwanzig, sagte Olivia.

Ich lachte.

Du weißt, was ich mir wünsche, sagte Olivia. Lass mich zuschauen, wenn du das nächste Mal jemanden feuerst. Musst du diese Woche nicht Jackie entlassen?

Liv, sagte Nathan streng.

Die Anwälte, sagte Olivia zu mir, raten Nathan immer, eine andere Frau im Raum zu haben, wenn er eine Angestellte feuert, vor allem wenn sie noch nicht lange bei uns ist. Du weißt schon, nur um irgendwelchen Anschuldigungen zuvorzukommen. Am Anfang war es wirklich furchtbar. Ganz offensichtlich macht es keinen Spaß, jemanden zu entlassen. Nathan hasst es. Er ist so gutmütig, dass er furchtbar darunter leidet. Er hat Angst davor. Und während des Gesprächs finde ich es auch furchtbar. Manche Leute behaupten, gefeuert zu werden wäre schlimmer als eine Trennung. Die Leute regen sich richtig auf. Oder sie wehren sich. Einmal haben wir eine junge Frau entlassen, die sich mittendrin an mich gewandt hat, so nach dem Motto: *Danke, Olivia, was für eine Scheißhilfe du bist.* Es war schrecklich.

Olivia nahm einen ihrer Stifte und begann, eine Haarsträhne darumzuwickeln. Wenn ich die beiden so reden hörte, stellten sich mir die Nackenhaare auf.

Aber danach, fuhr Olivia fort, stellt sich bei mir jedes Mal eine unglaubliche Erleichterung ein. Es fühlt sich erstaunlich an. So frei, so klar. Außerdem ist es absolut erotisch, ihm dabei zuzusehen – er macht das so gut, so würdig und entschlossen, obwohl er dabei natürlich sehr unglücklich ist.

Während Olivia erzählte, fiel mir plötzlich das Buch wieder ein, das sie zu unserem ersten Date in der Bar mitgebracht hatte: *Mansfield Park.* Aus seinem Zustand zu schließen hatte sie es mehrmals gelesen. Damals war mir die Wahl ausgerechnet dieses Romans – wenn ich mich recht erinnerte, ging es darin um Urteil und Erlösung – plausibel erschienen, wirkte Olivia doch so nüchtern und bescheiden. Ihre Kleidung und ihre Art zu sprechen suggerierten eine Ernsthaftigkeit, die mich wahrscheinlich an Romi erinnerte und den Eindruck erzeugte, Olivia wäre ein Mensch mit Prinzipien. Wie sie da jetzt lag, mit nacktem Unterleib und einem Blick, der bei unserem seltsamen ersten Date in Bed-Stuy nicht annähernd so wach gewesen war, konnte ich kaum glauben, dass es sich um ein und dieselbe Person handeln sollte. Während sie schilderte, wie Nathan weibliche Angestellte feuerte, wirkte sie wie ein begeistertes Kind, das etwas Aufregendes entdeckt hat und es kaum erwarten kann, sich kopfüber hineinzustürzen.

Dabei war *ich* kindisch gewesen; ich hatte mir ein Bild von Olivia gemacht, bloß weil sie einen bestimmten Roman las. Und überhaupt, wer wollte schon nach den Prinzipien von Austens edlen Hauptfiguren leben, den eigenen Idealen und den Familien gegenüber immer loyal sein und jahrelang auf die eine erlösende Berührung warten, zu der es möglicherweise nie kam? Aber trotz meines Unbehagens wagte ich nicht, den Mund aufzumachen. Wahrscheinlich würden die beiden alles, was ich zum Thema Anstand zu sagen hätte, moralisierend und naiv finden.

Nathan hörte sich das alles schmunzelnd an und richtete den Blick auf das Weinglas in seinem nackten Schoß.

Warum darf ich dir und Olivia nie zusehen?, fragte ich.

Daraufhin errötete Olivia lächelnd, und ich merkte, dass ich ihnen möglicherweise eine Brücke gebaut hatte. Plötzlich war die Atmosphäre wieder aufgeladen, für alle drei.

Ich folgte ihnen durch den Flur in Nathans Schlafzimmer. Im aquatischen Leuchten der Nachttischlampe konnte ich kaum mehr erkennen als zerwühlte weiße Laken, eine Bettdecke und Nathans Armbanduhr auf dem Nachttisch. Als ich das Deckenlicht einschalten wollte, sagte Olivia: Nein, bitte nicht.

Liv mag es lieber im Dunkeln, sagte Nathan.

Ich setzte mich neben der Türschwelle auf den Boden. Es gab keinen Stuhl, aber mich zu ihnen aufs Bett zu setzen wäre mir aufdringlich erschienen. Mein Herz schlug schneller. Endlich würde ich Olivia schutzlos sehen; ich wollte sie nicht stören aus Angst, sie könnte ihre Meinung ändern. Sie schob sich die Strümpfe über die Knie und hob nacheinander die Füße, um sie sich von den Beinen zu ziehen. Ihr kompakter Körper hatte die Schönheit einer Schwimmerin; wie grazil und dennoch muskulös ihre Beine waren, fiel mir erst jetzt auf, als sie sich mit dem Rücken zum Licht bückte. Unter mir war kein Teppich, mein Körper wurde kalt und schwer.

Nathans Bewegungen waren zügig und entschlossen. Sie

gab sich vollkommen hin. Hoch konzentriert drapierte sie ihren Körper unter seinem und schlang die Arme um ihn, als erwarte sie, hochgehoben zu werden. Ihre Stimme war stockend wie die eines Vogels. Während er in ihr war, flüsterten sie einander ins Ohr, aber so leise, dass ich nichts verstand. Sie waren wie zwei Menschen in einem Restaurant, die über dem Tisch Händchen halten. Da war etwas Abstraktes, nach dem auch ich mich sehnte, doch es gehörte so eindeutig nur ihnen allein, dass ich mir nicht mehr vorstellen konnte, ein Teil davon zu sein; einerseits war es nicht offen und beliebig wie Pornografie, andererseits aber auch nicht so ungestüm und einladend, wie ich es mir vorgestellt hatte. Für mich blieb Nathan undurchschaubar. Aber Olivia – wie sie sich unter ihm bewegte und ihn umarmte – verriet mir, dass sie ihn liebte, dass ihr Vergnügen echt und überwältigend war. Und dann, zu meiner Überraschung, schlug er ihr zweimal ins Gesicht.

Danach klammerte Olivia sich an ihn wie ein hilfloses anhängliches Kind. Danke, flüsterte sie. Danke, Nathan, danke.

Dann kümmerte Nathan sich wieder um mich. Er machte sich sanft von Olivia los, beugte sich herunter und küsste mich, wie um mir zu zeigen, dass er mich nicht vergessen hatte. Unter seiner Berührung zuckte ich zusammen, wahrscheinlich grundlos, aber ich wusste: Wenn er mich schlug, würde ich so laut schreien, als hätte mich ein Fremder auf der Straße angegriffen.

Wir taten so, als wäre nichts vorgefallen. Auf Olivias Gesicht war kein Handabdruck zu sehen. Ich kletterte zu ihnen ins Bett, wir streckten uns auf der breiten Matratze aus. Olivias Miene war ernst, und meine Furcht, von Nathan geschlagen zu werden, verunsicherte mich zusätzlich. Aber wer war ich, die einvernehmlichen Praktiken zweier erwachsener Menschen zu kritisieren? Ich war nur ein Blümchensexmädchen, aufgeschreckt durch eine Szene, die mir banal erschienen wäre, hätte ich sie in einem Porno gesehen oder auf einer Party davon gehört.

Was ist los?, fragte Nathan. Auf einmal so schüchtern?

Ist sie nicht wunderschön?, sagte Olivia und sah dabei mich an. Ihr Arm lag auf Nathans Bauch.

Ich kehrte ihnen den Rücken zu. Sex allein mit Olivia wäre anders gewesen, getrieben von einem ganz eigenen Verlangen, aber weil Nathan dafür sorgte, dass wir um seine Aufmerksamkeit buhlten, verstand ich ihre Frage fast als Vorwurf.

Hat sie nicht einen perfekten Körper?, fragte Olivia.

Nathan betrachtete mich, streckte die Hand aus und ließ sie über meine Taille gleiten.

Willst du sie nicht ficken?, fragte Olivia.

Nathan ging auf die Knie und drang in mich ein, ohne Olivia aus den Augen zu lassen. Ich schnappte nach Luft. Er stieß ein kurzes quietschendes Stöhnen aus – wahrscheinlich das, was für ihn dem Kontrollverlust am nächsten kam.

Du willst sie, oder?, fragte Olivia. Diese Brüste. Du willst sie, stimmts? Sie und keine andere.

Sind wir das nicht alle? Nicht so wie du.

Ich hörte Olivias Stimme und fragte mich, ob ich über den Druck meiner Schenkel Kontakt zu Nathan aufnehmen könnte. Auf keinen Fall sollte er denken, irgendetwas wäre nicht in Ordnung. Ich wollte unbedingt verrucht erscheinen – nicht zu verschlossen, nicht zu schüchtern, eine willige Spielkameradin. *Das ist es, was du willst, oder? Nicht mich. Ist es besser als das, was ich zu bieten habe?* Ich krümmte mich vor Scham; ja, ich war eine Frau, die es genoss, mit anderen Frauen verglichen zu werden. Woher hatte sie das gewusst? Waren wir alle so? Wie sollten wir einander dann lieben?

Ich versuchte, mich zu entspannen und ihre Befriedigung darüber zu genießen, dass Nathan vorübergehend mir den Vorzug gab. Aber anscheinend bekam sie mich von meiner schlechtesten Seite zu sehen, in den triebhaften Untiefen meines Geschlechts, die sich seit Jahren in mir auftaten und mich auf das Brutalste daran erinnerten, dass die Welt ebenso in mir war wie ich in der Welt.

Erzähl mir, wie gut sein Schwanz ist, sagte Olivia zu mir.

Ich hielt den Atem an.

Er gehört dir, nicht wahr?, fragte Olivia. Es ist dein Schwanz. Willst du ihn ganz für dich allein? Gefällt dir nicht, was er mit dir macht?

Doch, sagte ich.

Hast du nicht davon geträumt? Hast du nicht zu Hause im Bett gelegen und an Nathan gedacht? Daran, dass er dich will? Gefällt es dir nicht, dass er dich mehr will?

Doch, sagte ich.

Sieh mich nicht an, sagte Olivia.

Ihre Winterhaut war strahlend, ihre Schultern waren zierlich, die Brustwarzen fast farblos. Sie saß halb aufgestützt, die flache Hand mit den kurzen gepflegten Fingernägeln auf die Matratze gestemmt. Ihre Hüften waren so schmal, dass ihr Körper wie ein einziger schlanker starrer Strich wirkte. Das offene Haar stand ihr wild vom Kopf ab, und wie sehr sie bei der Sache war, merkte ich daran, dass sie es sich nicht aus der Stirn strich. Während sie auf meine Antwort wartete, schob sie sich die Zungenspitze zwischen die Zähne und hielt so still, als atme sie nicht mehr.

Scheiße, sagte Nathan. Liv, ich komme gleich, ich komme in …

Nein, sagte Olivia. Plötzlich klang sie gar nicht mehr vorwurfsvoll und kontrolliert, sondern flehentlich. Nein, Nathan, bitte nicht.

Das würde dir wohl gefallen, sagte Nathan und sah mir ins Gesicht. Dass ich in dir komme. Was?

Bitte, sagte Olivia, ich möchte …

Nathan zog seinen Schwanz aus mir heraus und überließ sich Olivia. Ich schloss die Augen und legte mir beide Hände an den pochenden Unterleib. Für sie war ich nur ein Spielzeug. Ich hatte eingewilligt, die Abende als Requisit zu verbringen, als Hilfsmittel, um die Konturen ihrer Beziehung hervortreten zu lassen. Ich hasste sie und verzehrte mich nach ihnen, ich hasste Olivias Zurückhaltung und wie sie meinen Berührungen auswich und auch ihren Anspruch auf Nathan. Während er mich gefickt hatte, war ich angespannt gewesen, trotzdem war das abrupte Ende schmerzhaft. Ich lauschte auf seine Atmung und das klatschende Geräusch von Olivias Mund. Nachdem er gekommen war, flüsterten sie wieder miteinander, ich hörte *ich weiß* oder vielleicht auch *heiß* und noch andere Wörter, die ich nicht verstand.

Während ich lauschte, stellte ich mir Nathans Gesicht in Olivias Haaren vor. Seine Hände umschlossen ihren Kopf, ihr Körper reckte sich ihm entgegen wie der Sonne. Warum irritierte ihre Hingabe mich so? Olivia und ich standen beide auf Frauen, und doch landeten wir immer wieder hier. Hatten wir uns nicht beide von subtiler weiblicher Schönheit verzaubern lassen, hatten wir nicht in intimen, strahlenden Räumen geschwelgt und die neuen Welten erkundet, die sich eröffnen, wenn zwei Frauen auf Entdeckungsreise gehen? Oder vielleicht hatte Olivia ihr Queersein nie auf diese Weise erfahren; vielleicht brauchte sie eine andere Stimme dafür, die dem, was sie bei Nathan suchte, nicht widersprach.

Wollte sie von Frauen dasselbe wie von Nathan, war die Dominanz, die sie so auskostete, unabhängig vom Geschlecht?

Nathan verfügte über ein ganz eigenes Charisma, aber seine Aufmerksamkeit war getrübt durch Arroganz, Selbstgerechtigkeit und gelegentliche Herablassung. Vor unserer ersten Begegnung hätte ich behauptet, Typen wie er seien hoffnungslos aus der Mode. Wer wollte sich noch mit gebildeten, aber gefühlskalten Männern in geschmackvoll möblierten Apartments abgeben? Das musste auch Olivia klar sein – sie war jung, noch keine dreißig. Gleichzeitig konnte ich es ihr nicht wirklich verübeln, denn auch ich begehrte etwas von diesem Charisma. Es war so überzeugend, weil Nathans Selbstvertrauen, ähnlich dem von Romi, den Zweifel nicht einmal als Möglichkeit zuließ. Sein Wissen und seine Instinkte waren in vollkommenem Einklang. War er ein Genie und unsere hart erkämpfte Vorstellung von weiblicher Genialität nur eine vorübergehende Erscheinung? Oder war er nur scheinbar genial und in Wirklichkeit ganz anders? War ich reingelegt worden, oder hatte sich mir eine Wahrheit offenbart, die tiefer und älter war als jene, der ich mich bislang so eifrig verschrieben hatte? Dass Nathan aus überzeugenden Unwahrheiten zusammengesetzt sein könnte, war schwer zu glauben, dafür war sein Habitus zu natürlich.

Mehr als einmal hatte ich ihn sagen hören, sein exzellenter Geschmack gehe auf seine Fähigkeit zurück, das größtmögliche naheliegende Potenzial einer Sache zu erkennen. Genauer gesagt mochte er dasselbe wie alle Leute, der Unterschied war nur, dass er es bekam – die schönsten Frauen, den begehrtesten Job, luxuriöse Wollmäntel, einträgliche Geschäfte, exklusive Einladungen. Er gebot über die Wirklichkeit und den Wert der Dinge. Hatte Olivia nicht immer schon auf diese von ihm erspürte Weise benutzt und mit Entlassung bedroht werden wollen, vermittelte ihr Körper ihr nicht jeden Morgen, wenn sie einen neuen Kratzer entdeckte, den keine Salbe heilen konnte, und auf dem U-Bahnsteig von anderen Fahrgästen angerempelt wurde, sie hätte es nicht besser verdient? Und hatte ich mir nicht immer schon gewünscht, verehrt zu werden? Hatte ich es mir nur deswegen ausreden wollen, weil sich für etwas Besonderes zu halten als hässlich galt? Ich fürchtete kaum etwas mehr als Hässlichkeit.

Du fickst dich gut, tönte Nathans Stimme, und dann spürte ich den leichten Druck seiner Hand an meiner Taille. Ich öffnete die Augen. Olivia hatte das Schlafzimmer verlassen.

Erinnerst du dich, sagte Nathan, wie ich zum ersten Mal in dich eingedrungen bin? Erinnerst du dich, wie gut das war? Ich weiß noch, dass ich dabei an einen Satz von Salter denken musste, an den Satz über seinen Schwanz, der in sie eindringt wie … *eine Eisenstange in Wasser.* So schwer.

Ich war erleichtert und aufgeregt, ich war erfüllt von der klingelnden, wenn auch nur kurzen Freude, ihn für mich allein zu haben. Besser gesagt: seine ungeteilte Aufmerksamkeit. Sofort überkam mich ein felsenfester Glaube an meinen dekadenten Körper, an das Geschenk meiner Anwesenheit, das Nathan in den Schoß gefallen war.

Warum schlägst du Olivia?, fragte ich.

Bist du wirklich so spießig?, fragte Nathan zurück. Es gefällt ihr.

Ja, das habe ich gesehen. Aber gefällt es *dir*?

Ich bin einfach gestrickt. Ich erahne gern, was die Leute wollen. Es geht mir nicht darum, irgendwen zu verletzen.

Aber genau das tust du. Du verletzt. Ich meine, ich weiß doch, dass ihr noch viele andere Leute fickt, und ich bin mir ziemlich sicher, dass ihr die hinterher nicht alle noch mal anruft.

Na ja, wenn du es so ausdrückst … Ich führe nun mal ein abwechslungsreiches Leben, und es mag Menschen geben, die ein Problem damit haben. Aber ich habe noch nie jemanden absichtlich verletzt.

Ich zupfte mir an den Nagelhäuten herum und schaffte es nicht, ihm in die Augen zu sehen.

Die meisten unserer Bekanntschaften verlaufen relativ enttäuschend. Nicht dass es beim ersten Mal keinen Spaß machen würde – da macht es immer Spaß. Aber meistens gibt es irgendeinen Grund, das Ganze nicht zu wiederholen. Neulich haben Olivia und ich mit einer Frau geschlafen, und es war gar nicht gut. Sie wollte vorher alles besprechen und hat nach unserem Safeword gefragt. Sie wollte wissen, wozu wir bereit sind und wozu nicht. Sie sagte: *Ihr seid das bestimmt gewohnt, ihr macht das doch ständig.* Natürlich habe ich erst mal mitgespielt, aber Olivia hat sich so unwohl gefühlt, dass sie rausgehen musste. Kein Wunder! Ich habe mitgemacht, denn in so einem Moment wäre alles andere zu riskant. Ich sagte: *Nein, so ist das nicht, wir haben kein Safeword.* Was den Sex komplett ruiniert hat. Wenn man von vornherein weiß, was erlaubt ist und was nicht, wenn man von Anfang an Anweisungen befolgen muss, bleibt doch gar kein Spielraum. Da kann sich nichts entwickeln. Und die Frau wird nie erfahren, ob sie vielleicht etwas möchte, wovon sie bislang keinen blassen Schimmer hatte. Keine Möglichkeit, dass sich durch den Sex etwas Neues eröffnet.

Ganz kurz kam mir in den Sinn, dass sie mich vielleicht nicht deswegen trafen, weil ich so ein toller Fick war, sondern weil ich keinen Ärger machte.

Wie ist es, wenn ihr andere Frauen einladet?, fragte ich. Abgesehen von der Sache mit dem Safeword. Was glauben die, was zwischen euch ist?

Es ist so wie beim ersten Mal mit dir, sagte Nathan. Das weißt du doch noch. Zunächst wollen sie sich vergewissern, dass wir in Ordnung sind. Harmlos. Und dann wollen sie wissen, wie es ablaufen soll. Welche Art von Sex wir mögen.

Und wie erklärst du es ihnen?

Gar nicht. Irgendwann merken sie von allein, dass Olivia von mir besessen ist.

Es ist lächerlich, aber anfangs dachte ich wirklich, du wüsstest es nicht. Oder du blendest es absichtlich aus.

Nathan stieß ein kurzes fröhliches Lachen aus.

Wo ist Olivia?, fragte ich.

Sie ist müde. Ich gehe gleich zu ihr rüber.

Ach, um sie in den Schlaf zu ficken?, fragte ich. Kannst du mir erklären, was das überhaupt bedeutet?

Du willst wissen, wie ich sie ficke, wenn wir allein sind?, fragte Nathan. Seine Hand, die auf meinem Bauch gelegen hatte, schob sich abwärts auf meinen Oberschenkel. Vor dem Schlafengehen mag sie es, wenn ich sie von hinten ficke, sagte er. Tief und langsam.

Seine Hand glitt zwischen meine Beine, die Fingerspitzen bohrten sich in mich hinein. Ich spürte, wie mein Körper sich ihm öffnete.

Sie mag es sehr tief und sehr langsam, sagte Nathan. Bevor sie kommt, zucken ihre Muskeln unregelmäßig, fast hektisch. Wenn es dann so weit ist, fühlt es sich an wie ein großes Zusammenpressen – ein einziges lang gezogenes Quetschen, bei dem sich ihr ganzer Körper zusammenzieht und ihre Muschi auch.

Nathan schob sich auf mich, die Hand immer noch halb in mir. Ich spreizte die Beine.

Du kommst anders, sagte er. Anfangs ist da dasselbe stockende ungleichmäßige Zucken. Aber bei dir geht es in einen gleichmäßigen Rhythmus über. Deine Muschi zieht sich blitzschnell zusammen und entspannt sich wieder, wie …

Ich spürte Nathans Schwanz an meinem Bein. Er zog die Hand weg. Ich spürte, wie seine halb pralle Eichel in mich eindrang, sein Schwanz sich unwillkürlich aufrichtete und …

Nathan, sagte ich, wolltest du nicht nach Olivia sehen?

Er sah auf mich hinunter. Ja, sagte er. Danke.

Er verschwand im Flur, ich blieb im Halbdunkel liegen und sah mich um. Der spärlich möblierte Raum erinnerte an ein Gästezimmer in einem Vorort. Zu beiden Seiten des Betts stand ein Nachttisch mit Lampe, auf dem einen ein Wecker und eine Tube Feuchtigkeitscreme, auf dem anderen Nathans Uhr und gegenüber davon ein Fernseher auf einer Kommode. Durch eine Tür auf der linken Seite gelangte man ins Bad. Ich ging auf Erkundungstour. In der Dusche sah ich Duschgel aus der Drogerie und eine Pflegeserie für lockiges Haar, die vermutlich Olivia gehörte. Im Badezimmerspiegel tauchte mein schemenhafter Umriss im bläulichen Gegenlicht des Schlafzimmers auf. Seltsam, welche Gestalt ich in dieser weitläufigen düsteren Wohnung annahm. Anonym, archetypisch.

Ich musste an Olivia denken. So gesehen war sie hier mehr zu Hause als ich, trotzdem machte ich mir ständig Gedanken über sie. Im Grunde meines Herzens glaubte ich, dass sie auf einen schlauen Trick reingefallen war. Schlau, weil teilweise echt: Nathan kümmerte sich tatsächlich um sie, er war aufmerksam, meinte es ernst, war gut im Bett und achtete sie wegen ihrer Intelligenz. Obwohl sein Selbstvertrauen ihn zu einem Wesen von einem anderen Stern machte, hatten sie einen ähnlichen Hintergrund. Sie hatten zusammen studiert, waren beide gut bezahlt und weit gereist. Aber Nathan war ein Player, ein Spieleerfinder. Er machte ihr weis, es könnte ein Leben geben, das ausschließlich aus komplizierten interessanten Spielen bestand. Ich konnte nichts beweisen, wusste aber, dass es nur ein Trick war. So funktionierte das Leben nicht. Nicht für Menschen wie mich und nicht mal für Olivia mit ihren langen Röcken und Satin-BHs.

Nathan kam zurück. Er sah, wie ich nackt im Bad stand und mit den Fingern über den Waschtisch fuhr. Er lächelte.

Wir heben uns das wohl besser fürs nächste Mal auf, sagte er.

Alles okay mit Olivia?

Es geht ihr gut. Sie ist einfach nur müde und braucht etwas Zuspruch.

Meine Enttäuschung, dass der Abend nun vorüber war, drängte die Sorgen um Olivia sofort in den Hintergrund. Was hatten sie die ganze Zeit geflüstert? Worüber hatten sie nebenan gesprochen?

Wenn ich mir vorstellte, die beiden könnten über mich reden – oder eben nicht –, wurde mir angst und bange. Es fühlte sich an wie Fieber, als würde ich auf eine Tür zulaufen, die sich umso weiter entfernte, je näher ich kam.

5

Eine unbarmherzige, eisige Stimmung legte sich über die Stadt. Für den Rest des Winters traf Nathan mich allein.

Viel Spaß mit Nathan, schrieb Olivia.

und das ist wirklich in ordnung?

Absolut.

Meistens gingen wir ins Hotel. Meine Wohnung wird gerade renoviert, sagte er wie zur Entschuldigung. Ach, ich liebe das Standard, sagte ich dann, oder: Ich liebe das Gansevoort.

Ich fragte mich, ob er mich nur deswegen allein sehen wollte, um Olivia das Unbehagen zu ersparen, das sie in meiner Nähe empfand. Oder vielleicht wollte er von der Tatsache ablenken, dass sie sich nicht für mich interessierte. Genauso denkbar war, dass es sich bloß um eine seiner Launen handelte. Unsere Abende waren Skizzen einer Intimität, wie ich sie bis dahin nur in Liebesbeziehungen erlebt hatte. Bevor ich zu einem Treffen fuhr, verbrachte ich Stunden im Bad, rasierte mir Beine und Muschi, cremte mich ein, zupfte mir die Augenbrauen und einzelne Härchen von den Brustwarzen und bearbeitete die Reptilienhaut zwischen meinen Zehen mit Salbe. Mein Outfit sollte eine gewisse Unverfügbarkeit vermitteln: Rollkragenpullover, weite Hose, schwere Stiefel. Nathan traf mich in der Lobby und lud mich in die

Hotelbar ein. Bei einem Drink erzählte er mir von seinen aktuellen Projekten, von einem Dossier mit Wertprognosen für zeitgenössische Künstler, das er gerade erstellte, und einer Auseinandersetzung zwischen zwei Brüdern der Familie, die um ihren Erbteil stritten. Erschreckt stellte ich fest, dass es mich kein bisschen langweilte. Wahrscheinlich verdiente Nathan deutlich mehr als mein Vater, und ganz offensichtlich war er in wohlhabenden Verhältnissen aufgewachsen. Zu der Familie, um deren Geld er sich kümmerte, gehörte auch einer seiner früheren Klassenkameraden von der Phillips Exeter Academy. Im Gegensatz zu dem relativen Reichtum, in dem ich aufgewachsen war, erschien mir das Geld, das Nathan besaß oder verwaltete, sehr glamourös, einfach weil es eine gewisse Stilsicherheit garantierte. Ich wusste, eigentlich hätte es mich anwidern sollen, aber es faszinierte mich, wie es die weißen Villen mit den gestutzten Bäumen und halbkreisförmigen Auffahrten in meiner Heimatstadt nie gekonnt hatten.

Über mein Leben erzählte ich möglichst wenig. Zu lügen war gar nicht nötig; ich wehrte seine Fragen gern ab, und er genoss meine Abwehr, zumindest anfangs. Meinen Vater und Romi verschwieg ich, so gut es ging, über die Arbeit zu sprechen war okay. Manchmal wollte Nathan wissen, was ich studiert hatte oder in welche Bars meine Freundinnen und ich am Wochenende gingen. Er erkundigte sich oft nach Fatima, die ich bei einem frühen Treffen erwähnt hatte, und kommentierte alles, was sie betraf, übertrieben freundlich. *Das ist nett*, sagte er und lächelte verträumt, *wie schön*, als wäre die Einfachheit unseres Lebens wohltuend und besonders. Wovon ich erzählte, war ziemlich banal: Serien, die wir zusammen schauten, gemeinsame Mahlzeiten, ein Zahnarzttermin, zu dem ich sie am Samstagmorgen begleitet hatte. *Das ist nett, wie schön,* sagte er. Anscheinend war mein Leben aus einem Stoff gemacht, den Nathan nur vom Hörensagen kannte, und das verlieh ihm einen besonderen Reiz. Die schonungslose tägliche Nähe zwischen Fatima und mir brachte unsere Zugehörigkeit zum großen Stamm der Weiblichkeit beispielhaft zum Ausdruck; auf einmal führte ich mehr als bloß ein unbedeutendes kleines Frauendasein.

Wenn wir die Hotelbar verließen und in den Aufzug stiegen, machte er mir irgendein Kompliment, wie es vermeintlich nur in diesem zwanglosen Umfeld möglich war: *Ich wollte dir sagen, wie schön du aussiehst. Ich mag dich mehr, als ich mir eingestehen will.* Ich fand seine neue demonstrative Verlegenheit liebenswert, und fast gelang es ihm, die süße Unbeholfenheit eines zweiten oder dritten Dates zu simulieren. In diesen Momenten hatte ich ganz kurz Romis Gesicht vor Augen, ihren ernsten, leicht verlegenen Ausdruck, als sie mir während unserer ersten gemeinsamen Monate ähnliche Komplimente gemacht hatte. Über die Abende mit Nathan hatte ich nie ausdrücklich lügen müssen, denn Romi fragte nie nach meinen Plänen. Wir wohnten gern getrennt und verbrachten drei oder vier Nächte pro Woche allein. Manchmal schickte ich ihr eine liebevolle Textnachricht aus dem Bad, als würde ich zu Hause auf dem Sofa liegen und sie vermissen.

Für unser erstes Treffen zu zweit buchte Nathan ein obszön teures Hotelzimmer, wie ich es noch nie von innen gesehen hatte. Diese Art von Luxus war für mich unerreichbar, aber seine Konturen waren mir so vage vertraut, dass ich ihn genießen konnte, auch ohne ein Teil davon zu sein. Eine Zimmerflucht aus drei Räumen in Ecklage, jeder davon mit deckenhohen Glasschiebetüren, die auf eine schneebedeckte Dachterrasse hinausgingen. Der Fluss lag hinter zwei Zufahrtsstraßen, in denen von Schneeplanen bedeckte Lastwagen parkten. Es gab eine Badewanne mitten im Schlafzimmer. Wir machten es uns auf einem Kanapee mit Blick auf die Terrasse gemütlich und tranken unangemessen billiges Bier – eine Vorliebe, die ich mit Nathan teilte.

Wie wäre es, wenn ich dich fotografiere?, fragte er. Würde dir das gefallen?

Fragst du das alle Frauen?

Nein, sagte Nathan.

Nein? Du hast noch nie eine Frau gefragt, ob du Fotos von ihr machen kannst?

Nicht in der letzten Zeit, sagte Nathan lächelnd. Selten. Seit Jahren nicht mehr. Ich habe mir bloß gedacht, dass es dir gefallen könnte. Du hast deine Fotos selbst hochgeladen, oder?

Kein Foto, das Nathan von mir machen würde, hätte etwas mit jenen gemein, die ich gepostet hatte.

Klar, sagte ich. Aber warum ausgerechnet jetzt?

Es wird dir gefallen, sagte Nathan. Du bist so eitel.

* * *

Als ich zwölf Jahre alt war und im Feriencamp, gab es eine zentrale Frage, die alle Mädchen beschäftigte: ob man, hätte man die Wahl, sein Gesicht verändern würde oder seinen Körper. Kaum eine von uns konnte sich vorstellen, wie sie später einmal aussehen würde, auch wenn wir uns unseres Aussehens natürlich schmerzhaft bewusst waren. Die Schönste von allen, eine Blondine, ähnelte ihrem zukünftigen Ich damals schon. Sie hatte sehr große Augen und einen Zug um den Mund, der sie unschuldig und nett wirken ließ. Sie sagte, sie würde ihren Körper verändern. Die Frage wurde reihum durch die Blockhütte weitergereicht. Die meisten von uns gaben spontan an, ihren Körper verändern zu wollen, vermutlich weniger aus echter Zufriedenheit mit dem eigenen Gesicht als vielmehr aus Angst, mit einem neuen Gesicht nicht wiedererkannt zu werden oder gar ein anderer Mensch zu sein. Wir würden uns in grausame Waisen verwandeln; wir wären schön genug, um die Liebe fremder Leute zu erregen, doch jene, die uns liebten und die wir, so viel förderte die Umfrage zutage, nicht verlieren wollten, würden uns nicht wiedererkennen. (Es war gut, geliebt zu werden, denn das bewies uns, dass es Wichtigeres gab als das Gesicht und den Körper.) Mit einem schöneren Körper wären wir jedoch anmutiger, auf jeden Fall liebenswerter, leichter zu bekleiden und weniger gehemmt.

Als ich an der Reihe war, sagte ich, ich wolle gar nichts verändern. Ich wollte nicht korrumpiert oder mit anderen verwechselt werden, indem ich eine neue Gestalt annahm. Abgesehen davon konnte ich mich glücklich schätzen: Obwohl ich noch aussah wie ein Kind, war ich schlank und geschmeidig. Damals war ich noch nicht eitel, aber meine Gefühle in dem Moment – eine Art entschlossene Selbstzufriedenheit, die Gewissheit, dass ich mich als liebenswert erweisen würde – lassen im Nachhinein den Verdacht aufkommen, meine Eitelkeit könnte sich nicht parallel zu meinem Körper entwickelt, sondern dort einfach nur ihr natürliches Zuhause gefunden haben. Der Körper ist der Ort, an den die Eitelkeit gehört, und meiner war von der Sorte, wie sie öffentlich abgefeiert wird – weiß, gestreckt und selbst in seiner Sinnlichkeit noch irgendwie keusch.

Dass ich nicht mitspielte, machte die anderen Mädchen im Feriencamp wütend. Sie fingen an, hinter meinem Rücken zu tuscheln und zu seufzen, denn indem ich vorgab, die Frage beschäftige mich nicht, ließ ich ihre Schönheit als etwas erscheinen, was sie keinesfalls sein durfte – eine Entscheidung. Immer schon neigte ich dazu, Spielregeln zu verletzen, nicht aus Einfallsreichtum, sondern einfach nur, um zu stören. Die in der Blockhütte gemachten Eingeständnisse berührten einen empfindlichen Punkt, nämlich das, was wir an uns selbst als Makel wahrnahmen. Warum musste ich sie daran erinnern, wie oberflächlich das war, eine Banalität, der wir uns unterwarfen, indem wir uns um eine Taschenlampe versammelten und mit gedämpfter Stimme sprachen? Es war ja nicht so, als hätten wir es nicht alle gewusst. Das, worum wir uns solche Gedanken machten, was wir anstreben und ebenso nachdrücklich von uns weisen sollten, war letztlich eine Ablenkung, völlig belanglos, und trotzdem die Quelle unserer beschwerlichen selbstzerstörerischen Weiblichkeit, die uns zugleich erst liebenswert machte. Die Blockhüttengespräche fanden in aller Heimlichkeit statt während eines langen Sommers, den wir mehr oder weniger ohne Beaufsichtigung durch Erwachsene und ohne Schulaufgaben verbrachten, bei Grillenzirpen, das untrennbar mit dem Geruch des saftigen Grases und der taufeuchten Schwelle zwischen Nacht und Morgengrauen, Tag und Abenddämmerung verbunden war. Ganz ungestört konnten wir besprechen, was wichtig war. Aber dann kam ich daher und sagte: *Zu glauben, man könne sein Aussehen ändern, oder so an der Schönheit und den Äußerlichkeiten zu hängen, dass man es überhaupt ändern will, ist doch lächerlich.*

Als ich mich später in Romi verliebte, fühlte ich mich wahnsinnig verantwortlich für meinen Körper, der mich mit so viel Schuld wie Stolz erfüllte. Mir war schmerzlich bewusst, dass ich dieses Ding von unvergleichlichem Wert nur noch für wenige Jahre besitzen würde. Das Fortschreiten der Zeit nahm ich fast als körperlichen Druck wahr. Wann immer ich abends mit meinem Körper allein zu Hause saß und las oder fernsah, belastete mich meine Nutzlosigkeit. Ich sehnte mich nach einem Ort, wo die Leute meinen Körper betrachten und sagen würden: *Wir können sehen, was du da hast. Wir wissen, was man damit macht.*

In gewisser Hinsicht fand ich erst zu mir, als ich mich in Nathans Wohnzimmer ausziehen konnte. Wenn ich nackt war, dachte ich: *Da ist sie, die Frau, die ich liebe.*

Eitelkeit von Frauen gilt als große Sünde, als so offensichtlich grotesk und beschämend, dass die Leute, die mich für meinen Körper gelobt haben, irgendwie anklingen ließen, ihre Anerkennung könne jenseits des zärtlichen postkoitalen Kontexts nur banal und entwürdigend sein. Selbst meine mutigeren Geliebten schienen zu erwarten, dass ich ihre Aufmerksamkeit in einer Wolke aus Verlegenheit verschwinden ließ. Aber nicht Nathan.

Wann immer er mit mir sprach, fühlte ich Erleichterung und Angst zugleich. Jahrelang war ich damit durchgekommen, meine Eitelkeit zu pflegen und als souveräne Selbstachtung zu tarnen. Ich tat so, als brächte nur meine charakterliche Reife mich dazu, auf ein Kompliment mit *Danke* zu reagieren statt mit *Nein, stopp.* Aber bei Nathan versuchte ich gar nicht erst, mich als liebenswertes Mädchen darzustellen. Ich brauchte nicht so zu tun, als wäre ich bescheiden; für ihn war ich das, was ich nun einmal war – ein Körper, an dem ich jeden Zentimeter liebte und dessen Schönheit ich Frauen gegenüber verleugnete. Trotzdem wurde ich jetzt in dem Hotelzimmer rot und fragte mich, ob ich abwinken sollte.

Ach, hör auf, sagte Nathan. Ich liebe deine Eitelkeit. Ich finde sie sehr sexy.

Durchschaut zu werden war köstlich. In Nathans Gegenwart erschien meine Angst, unmoralisch oder narzisstisch zu sein, absurd und, wie er es ausdrückte, spießig.

Er entkleidete mich vor der hohen Fensterfront. Im Hotelzimmer war es warm. Die Polstermöbel verströmten einen Hauch von Vetiver oder irgendeinem frischen, satten Waldduft. Unter dem Rollkragenpullover trug ich schlichte schwarze, mit Bedacht gewählte Wäsche. Ich stand am Fenster, und er musterte mich von oben herab, murmelte zufrieden, dirigierte mich – ich sollte die Beine spreizen, den Rücken durchdrücken. Es war so grausam und befriedigend wie an dem Abend, als er zum ersten Mal in mich eingedrungen war. Da war er, mein Körper, den ich insgeheim so gut kannte und den ich vor Frauen versteckte. Hatte ich mich geirrt? War mein Körper trotz allem, was ich gedacht und geglaubt hatte, für das allgegenwärtige, unermüdliche Verlangen der Männer gemacht?

So einfach war das also. Mein Vater hatte wieder mal danebengelegen. *Mit einer Frau zusammen zu sein ist leichter. O ja! Damit kenne ich mich aus.* Denn was könnte leichter sein als das hier – zu absolut nachvollziehbaren Bedingungen wertvoll zu sein, so nachvollziehbar, dass ich mir glatt einreden konnte, sie wären das Maß aller Dinge?

An dem Abend war Nathan weniger aggressiv als sonst. Als seine Erektion zwischendurch überraschend nachließ, bearbeitete er seinen Schwanz mit wohlwollender Ungeduld. Offenbar hatte es keinen Einfluss auf sein Selbstvertrauen oder die Strahlkraft seiner Aufmerksamkeit. Manchmal wirkte es fast, als hätte er den Sex vergessen, so vertieft war er in das gründliche Studium meines Körpers. Er hatte jede Menge zu sagen über meine Klitoris (klein), meine Hüften (außergewöhnlich), meine Brustwarzen (sehr groß), meine unrasierten Achseln (ansprechend). Ich liebte diese Aufzählung. Sein Urteil deutete eine Wichtigkeit an, die ich mir selbst niemals hätte verleihen können.

Ist dir eigentlich klar, dass du schöner bist als andere Frauen?, fragte Nathan und legte sich eine Hand ans Kinn. Ich habe mit Hunderten von Frauen geschlafen, und du bist eine der schönsten. Aber so, wie du dich kleidest, würde man nie drauf kommen.

Nein, sagte ich.

Im Ernst, sagte Nathan. Ist dir bewusst, dass du außergewöhnlich schön bist?

Ich lächelte stumm. Er diskutierte gern. Noch mehr genoss er es, mir gelegentlich ein Eingeständnis zu entlocken, ein Bekenntnis meiner Eitelkeit, das seine Vermutungen bestätigte. Nathans Gegenwart versetzte mich in eine Art Rohfassung, in einen Zustand grotesker Offenheit, der mir ungehinderten Zugriff auf mich selbst gestattete; nicht auf mein gesammeltes oder angeeignetes Wissen, sondern auf die Überzeugungen, die man mir gegen meinen Willen eingeflößt hatte.

Es ging so: Zuerst verunsicherte er mich durch beiläufige ungeschönte Bemerkungen. Er sagte Sätze wie: Olivia macht wirklich das Beste aus sich, nicht wahr? Denn eigentlich ist sie nicht besonders schön, abgesehen von den Haaren. Ihr Körper ist so gerade. Wie der eines kleinen Jungen. Und sie ist so blass. Ganz anders als du. Du bist doch Russin, oder?

Ja, sagte ich. Die Eltern meiner Mutter waren aus Russland.

Ja, natürlich, deshalb bist du so schön. Weil du Russin bist. Du hast die bestmögliche Sorte Körper – die perfekte.

So was existiert nicht.

Das glaubst du doch selbst nicht. Würdest du mit Olivia tauschen? Oder mit deiner Mitbewohnerin?

Nein. Weil es mein Körper ist.

Falsch. Nicht weil es deiner ist, sondern weil er besser ist.

Hast du als Teenager schlanke Frauen mit großen Brüsten, breiten Hüften und langen Beinen bewundert?

Ja, gab ich zu und musste daran denken, wie endlos lang mir meine Pubertät erschienen war, wie heftig ich mir gewünscht hatte, zu genau so einer Frau heranzuwachsen.

Und bist du gern mit Frauen zusammen, deren Körper so schön ist wie deiner?

Ich dachte an Olivia. Wir hatten nicht die gleiche Figur, aber wir teilten eine entscheidende Eigenschaft, die mein Verlangen aus der Bahn warf. Sie hatte etwas von einer Skulptur – glatt, reglos, auf subtile Weise muskulös –, und ich wollte eine Skulptur sein, die von einem durch und durch menschlichen Gegenüber betrachtet wurde. Meine Phantasien bezüglich Olivia kreisten um ihre Geheimnisse, um ihr Gefühlsleben, um den Weg, den sie bisher gegangen war. Das alles lag im Verborgenen, und dass Nathan Anspruch darauf erhob, machte es noch verlockender.

Erzähl mal, sagte Nathan. Mit welcher Sorte Frau triffst du dich? Können wir darüber reden?

Mit allen möglichen Sorten. Ich denke nicht in solchen Kategorien.

Aber du hast eine Freundin, stimmts? Oder einen Freund? Nein, eine Freundin, richtig? Deshalb hast du immer so ein schlechtes Gewissen, wenn du bei uns bist.

Ich habe kein schlechtes Gewissen.

Nein? Du findest nicht, dass das Ganze dich ein bisschen nervös macht?

Du meinst meine Sorge um Olivia?

Nein, die nicht, sagte Nathan. Du glaubst, es wäre irgendwie krank, mit uns zu schlafen. Auch deswegen tust du es so gern. Komm schon, spuck es aus. Du hast eine Freundin, ja? Wie heißt sie?

Du hast recht, sagte ich lächelnd.

Ich spürte, wie der Fokus seiner Aufmerksamkeit sich verengte, und unter dieser Lupe wurde jede meiner Regungen faszinierend überdeutlich.

Und, wie heißt sie?

Romi, sagte ich.

Der Name schien wenig mit ihr zu tun zu haben. Er beschwor weder ihr Aussehen noch ihre Stimme oder den Anblick ihres Rückens herauf, wenn sie aus dem Zimmer ging.

Romi, sagte Nathan. Sieht sie aus wie du?

Nein.

Du magst es, dich ihr überlegen zu fühlen, nicht wahr? Dass du schöner bist als sie, vermittelt dir ein Gefühl von Sicherheit.

Ich lächelte wieder, denn es fühlte sich gut an, die Wahrheit zu offenbaren und sogar noch dafür gemocht zu werden. Die Wahrheit würde Nathan erfreuen und zum Lachen bringen. Ja, sagte ich nach einer Weile.

Da ist sie wieder, die Eitelkeit, die mir so gefällt, sagte er. Braves Mädchen.

Romi ist wunderschön, sagte ich, als könnte ich mich damit irgendwie rehabilitieren. Sie wäre einfach nur nicht dein Typ.

Nathan lächelte nachsichtig.

Die Frauen, mit denen ich zusammen war, hatten Anstand und Prinzipien. *Ich glaube nicht an Hierarchien,* sagten sie, wenn ich sie fragte, ob ich schöner oder hässlicher sei als ihre Ex. *Du wirst mit achtzig noch schön sein,* sagten sie, wenn ich zugab, dass ich um meine jugendliche Straffheit fürchtete. *Es stimmt, du warst sehr privilegiert,* wenn ich mir vorwarf, zu wenig erreicht zu haben. Sie sprachen aus, was ich glaubte und selbst wusste, aber die Realität ignorierten sie: dass Frauen nur so lange wertvoll sind, bis ihr Körper sein Verfallsdatum erreicht; dass Frauen, die nur mit Frauen schlafen, diesen Wert von vornherein nicht haben. Zu hören, wie Nathan es so unumwunden zugab, war eine Erlösung. Ich war es leid, mir das Gegenteil einzureden.

Etwas zu hören, was erwiesenermaßen falsch war, mich im Falle seiner Richtigkeit aber zur Auserwählten gemacht hätte, war wie eine Droge. Ich sollte – auf eine flüchtige, aber dennoch spektakuläre Weise – etwas Besonderes sein, allein aufgrund der Tatsache, dass ich in diesem Körper gelandet war? Im echten Leben sah ich, was es für Frauen bedeutete, auch nur einen Zentimeter vom Ideal abzuweichen, und dann fühlte ich eine so elende Machtlosigkeit, dass ich mich fast darauf freute, zu altern und nichts weiter zu sein als eine Hülle für meinen Verstand. Doch Nathan führte mir vor Augen, wie leicht es wäre, sich einfach auf den Lorbeeren auszuruhen. Es war, als sagte er: *Erkennst du denn nicht, dass das, womit du geboren wurdest, die ganze Zeit schon wertvoll war? Und wie dumm es wäre, es zu verleugnen?*

* * *

Nach ein paar Stunden ließ Nathan mir ein Bad ein und setzte sich dann zu mir ins Wasser.

Warum mögt ihr Gruppensex?, fragte ich.

Du immer mit deinen Fragen.

Was ist es, das ich nicht wissen darf?

Manchmal klappt es wirklich, sagte Nathan. Gruppensex.

Nicht mit uns.

Ich weiß, was du meinst, räumte er ein. Liv kann sich eben noch nicht ganz gehen lassen. Aber weißt du, es kommt nur selten vor, dass die Leute sich in der Gruppe gehen lassen, vor allem beim Sex. Oft läuft es wie bei einer Geburtstagsparty. Für die meisten Leute ist es genau das, ein Großereignis, eine spannende Anekdote. Etwas, wovon man hinterher erzählen kann. Nur ganz selten tauchen sie wirklich ab.

Dass Nathan und ich so dicht beieinandersaßen, mit an die Brust gezogenen Knien und ineinandergeschobenen Unterschenkeln, schob ich auf Gedankenlosigkeit seinerseits. Ich schämte mich dafür, so genau wahrzunehmen, wo meine Beine seine berührten, als wäre offensichtlich, wie sehr mein Körper sich nach ihm sehnte.

Warum taucht Olivia nicht ab?, fragte ich. Hat sie Angst? Findet sie mich nicht attraktiv?

Einmal war es perfekt, da habe ich mit diesen beiden Frauen geschlafen … Es war direkt nach dem Studium. Ich war auf Reisen. Die eine kannte ich vom College, ich war in Marseille und wohnte bei ihr. Sie war Französin. Ihre Freundin stammte von irgendwo anders. Woher, habe ich vergessen. Meine Gastgeberin hatte tagelang versucht, mit mir zu schlafen, praktisch die ganze Zeit, während ich dort wohnte. Ihre Freundin konnte mich eigentlich nicht leiden, aber sie wollte einen Dreier, zu dem es dann schließlich auch kam. Zuerst habe ich die Französin gefickt, was ganz okay war, du weißt schon – es war in Ordnung, aber ich war an ihr nicht wirklich interessiert. Ihre Freundin hat uns zugesehen und dabei gewirkt, als sei das eigentlich nicht ihr Ding. Ihre Ausstrahlung war wirklich schräg, fast schon feindselig. Danach fangen sie und meine Collegefreundin an, ein bisschen rumzuknutschen, und meine Freundin überredet sie mitzumachen. Die Frau war die ganze Zeit über irgendwie komisch, aber nun zögert sie keine Sekunde, setzt sich einfach auf mich und fickt los. Es war seltsam. Ich wusste nicht, was sie wollte, also habe ich sie gefragt, ob sie gefickt werden möchte, und sie sagt Ja. Sie ist klatschnass und kommt, sobald ich sie berühre. *Dieser* Moment. *Das* ist Abtauchen. Eigentlich wollte sie nur ihrer Freundin beim Sex zusehen, sie dachte, sie wäre auf einer blöden Geburtstagsparty. Aber plötzlich war sie mittendrin, so richtig dabei.

Ich frage mich, ob es an der Eifersucht liegt, sagte ich. Ich bin auch gekommen, als du mich zum ersten Mal gefickt hast.

Ja.

Ich war eifersüchtig auf Olivia.

Olivia ist unheimlich eifersüchtig auf dich, aber sie genießt es. Eifersucht zu fühlen macht ihr großen Spaß. Sie ist ein bisschen wie die Frau in Marseille. Aber, sagte Nathan, ich bezweifle, dass du jemals wirklich eifersüchtig warst. Dafür bist du zu eitel. Und du brauchst Beweise. Beweise für Begehren, Sex, Lust. Nur so bin ich drauf gekommen, es könnte dir gefallen, fotografiert zu werden.

Unter Wasser rieb ich die Finger gegeneinander.

Schade, dass Olivia so besitzergreifend ist, sobald es um mein Sperma geht, fuhr Nathan fort. Sie mag es nicht, wenn eine andere es kriegt. Dabei würde es dir gefallen, da bin ich mir sicher. Es würde dir Spaß machen, wenn ich in dir komme.

Er bestand darauf, dass ich über Nacht blieb. Bleib zum Frühstück, sagte er über das Abflussgurgeln hinweg. Bitte. Das Frühstück hier ist ausgezeichnet.

Im Ernst?, fragte ich. Du lädst Frauen über Nacht ein?

Nein, aber du riechst so gut, sagte er neckisch.

Sobald er eingeschlafen war, fragte ich mich, warum ich ausgerechnet in seiner Nähe so ungezwungen war. Für ihn war mein Körper das perfekte Medium, aber seiner, der jetzt neben mir lag, kam mir fremd und sogar ein bisschen ungepflegt vor. Ich betrachtete seine Schultern, seinen tiefen Schlaf in diesem unheimlichen Hotelzimmer. Ich musste daran denken, wie Olivias Haare aus dem strammen Zopf gerutscht waren. Wie hatte Nathan mir weisgemacht, ich sollte dankbar dafür sein, mit ihm zu schlafen? Eine der Frauen zu sein, die seine Bedürfnisse erfüllten?

Am Morgen duschten wir friedlich, fast platonisch. Wir redeten über die anstehende Arbeit und über das, was wir stattdessen lieber tun würden. Nathan musste in die Firma und Bewerbungsgespräche führen, was ihn nach eigenem Bekunden frustrierte, weil er die meisten Kandidaten lächerlich fand. Meistens habe ich keine Lust, mit irgendwem zu reden, sagte er durch seine Finger, während er sich das Gesicht einseifte. Leute einstellen, Veranstaltungen besuchen – es ist, als wäre ich auf einer Party mit Menschen, die in der Highschool mit mir befreundet sein wollten, es aber nicht konnten. Bis heute versuchen sie, irgendwie einen Fuß in die Tür zu kriegen.

Stell mich ein, sagte ich.

Oh, du willst keine Barista mehr sein? Plötzlich hast du Größeres vor?

Eigentlich nicht. Vergiss es. Gar nichts habe ich vor.

Nathan grinste. Willst du ewig Kaffee kochen?

Ja, sagte ich. Sei nicht so ein Arsch.

Im Ernst, was verschweigst du? Bist du in Wahrheit eine reiche Erbin? Du trägst hässliche Klamotten und hast einen beschissenen Job, aber du hältst dich tapfer. Anscheinend bist du nicht besonders beeindruckt von …

Nathan gestikulierte in Richtung des Hotelzimmers, von seinen Fingern flogen Wassertropfen.

Anders als die anderen?

Ja, natürlich, sagte Nathan und verteilte Shampoo in seinen Haaren. Ich lerne die Leute online kennen, natürlich sind die meisten so was wie das hier nicht gewohnt. Mit dir ist alles ganz einfach.

Ich war gekränkt – meine Selbstwahrnehmung war eng an den Glauben geknüpft, dass Nathans Privilegien meine bei Weitem überstiegen –, gleichzeitig fand ich beruhigend, dass er es anscheinend nicht nötig hatte, Frauen mit der Zurschaustellung seines Reichtums einzuschüchtern. Mir war gar nicht bewusst gewesen, dass er das Geld am liebsten verschwinden ließ. Was natürlich nie funktionierte, und wenn es zwischen uns doch einmal nicht zu spüren war, schob er es darauf, dass ich mich mit Geld schon auskannte. Auf einmal mochte ich ihn noch ein kleines bisschen mehr, weil er mit seinen Ressourcen nicht herumprahlte.

Ehrlich gesagt bin ich eine Prinzessin, sagte ich und spülte mir den Schaum vom Körper. Aus Europa. Begehbare Kleiderschränke voller Abendroben, Diademe und so weiter. Aber ich schäme mich sehr dafür. Verrate es niemandem.

Nathan lachte. Und, was hast du heute noch vor?

Ich erzählte ihm, dass ich meinen freien Vormittag hatte. Ich würde ein paar Lebensmittel einkaufen, nach Hause gehen und davon träumen, wie es sich angefühlt hatte, an der Fensterfront zu stehen. Ich würde masturbieren und daran denken, was ich mit ihm anstellen würde.

Wie meinst du das, *mit mir anstellen*?, fragte Nathan und reichte mir ein Handtuch. Da gibt es nichts anzustellen. Du wirst masturbieren und dabei in Erinnerungen an mich schwelgen.

Und was ist mit Olivia?, fragte ich. Ich meine … Warum ist sie in meinem Beisein immer so nervös? Sie weigert sich, mich anzufassen. Es ist, als wären wir zwei kleine gehorsame Planeten, die zufällig in deiner Umlaufbahn gefangen sind.

Es hat nichts mit dir zu tun, sagte Nathan. Olivia ist eben sehr zurückhaltend. Und überaus loyal. Für sie bist du immer noch eine Fremde.

Während ich mich vor den Fenstern anzog, versuchte ich, meine Gedanken von Nathans zu trennen. Alles sprach dagegen, dass Olivia und ich einander entdecken würden – nicht bloß Nathans Einfluss, sondern auch unsere verdrehten Vorstellungen von Sex. Man hatte uns Frauen eingeredet, Schönheit sei verdächtig, Eitelkeit eine Sünde und das Begehren räuberisch, und nun glaubten wir, wir wären am attraktivsten, wenn wir uns schüchtern und nachgiebig zeigten.

Sie wohnt in Brooklyn, ganz in der Nähe vom Café, oder?, fragte ich.

Ja, sagte Nathan und knöpfte sich das Hemd zu. In einer beschissenen Souterrainwohnung. Sie ist ziemlich geizig. Aber immerhin hat sie die Wohnung für sich allein und ein eigenes Atelier.

Richtig, das Atelier. Was malt sie so?

Oh, sie ist eine Künstlerin, wie Künstler sie lieben, sagte Nathan und richtete sich im Spiegel den Kragen. Sie ist eine echte, wahre Malerin und nichts anderes. Sie ist weder politisch noch intellektuell. Sie ist Malerin, fertig.

Aber was für Kunst macht sie?

Gute Kunst, sagte Nathan. Ich mag ihre Sachen sehr.

Und sonst so? In ihrer Freizeit?

Sie hat Freundinnen, sagte Nathan. Na ja, nicht gerade viele. Die wichtigste ist Pam, ihre burschikose Ex. Pam ist nett. Liv liest sehr viel. Sie bleibt gern zu Hause, oder sie geht mit Pam in den Park.

Dass Olivia ein so unspektakuläres Leben führte, konnte ich kaum glauben. Dafür war Nathans Zauber zu stark. Wie konnte sie das ganze Wochenende zu Hause sitzen und lesen? Ich stellte mir vor, wie sie sich nach ihm verzehrte und sich ängstlich ausmalte, was er ohne sie tat.

Im Frühstückssaal begrüßte Nathan weder die Hostess noch die Kellnerinnen mit Namen, aber ich konnte sehen, dass sie ihn kannten und ganz okay fanden. Er war zu allen gleich höflich. Wahrscheinlich gab er viel Trinkgeld, verdächtig viel. Wenn ich ihn begleitete, ging seine ausgeprägte Anspruchshaltung auf mich über; für eine Zeit lang war ich einfach nur eine Frau in einem überteuerten Restaurant.

Ich sah zu, wie Nathan ein großes, hübsch angerichtetes Frühstück aß – Eier Benedict, Espresso, hauchdünne Melonenscheiben, Brombeeren. Ich hatte keinen Hunger. Eine so herzhafte, farbenfrohe Mahlzeit, wie Nathan sie bestellt hatte, gönnte man sich eigentlich nur nach einer beschwerlichen Reise, zumindest genoss man sie in freundschaftlicher oder feierlicher Atmosphäre. Meine Beziehung zu Nathan ließ eine solche Mahlzeit nicht zu. Was zwischen uns vorging, war weder entspannt noch feierlich und bot keinen Anlass für Eier Benedict mit Obst. Nathan aß hastig und schenkte mir mehr Aufmerksamkeit als dem Essen, ich bekam nichts herunter als Kaffee und Wasser. Ihn essen zu sehen war ebenso verwirrend wie anrührend. Ich fragte mich, ob er das, was zwischen uns war, entspannt und feierlich fand oder ob es einfach nicht wichtig genug war, ihm den Appetit zu verderben.

* * *

Ich fuhr mit der U-Bahn nach Hause. Es tat gut, eine Stunde lang allein und absolut frei zu sein. Niemand auf der Welt wusste, wo ich war, als der C Train um kurz vor elf ratternd in die Haltestelle Canal Street einfuhr, weder Fatima noch

Romi, nicht einmal mein Vater oder Nathan, der sich immer ein Taxi bestellte, kurz bevor die Rechnung kam.

Die beste Zeit für U-Bahn-Fahrten war mittags. Die Waggons waren halb leer und alle, die darin saßen, in mindestens einer Hinsicht von den allgemeinen Regeln des Lebens ausgenommen; sei es, weil sie für den Mindestlohn Nachtschichten schoben oder in einem opulenten Apartment auf der faulen Haut lagen. Oder sie befolgten die Regeln und hatten das Büro nur kurz verlassen, um zum Zahnarzt zu gehen oder ihr krankes Kind von der Schule abzuholen, und nun, so stellte ich es mir vor, waren sie dankbar für das sanfte Rütteln der Bahn, an einem Ort außerhalb der Zeit, unterwegs zwischen den Räumen der Wirklichkeit, wo die Menschen alterten.

Mir gegenüber saß eine Frau, die ich auf Mitte siebzig schätzte. Ihr dünnes Haar war glatt an den Schädel zurückfrisiert, die schweren Ohrclips zogen ihre Ohrläppchen nach unten. Ihr Mantel und ihre Schuhe wirkten elegant. Gelassen saß sie da, mit im Schoß gefalteten Händen, und ließ den Blick über die Reklametafeln oberhalb der Sitze schweifen. Rechts von ihr klemmte sich ein Mann mit blutunterlaufenen Augen einen Aktenkoffer zwischen die Knie. Am hinteren Ende des Wagens zeigten sich ein paar Kids ihre Handys, schwankend und im Stehen, als lohnte es sich nicht, sich während der kurzen Fahrt hinzusetzen. Unwillkürlich stellte ich mir Nathan auf einer der Kunststoffschalen vor, sein Gesicht so vertraut und undeutlich wie bei unserer ersten Begegnung. Er sah aus wie einer der Männer, die jene Regeln erfunden hatten, die Menschen den ganzen Tag im Büro festhalten.

Wie wollte ich aussehen, wenn ich mit vierzig – oder siebzig – U-Bahn fuhr? Was wäre mein Ziel? Hoffentlich nicht die Wohnung, in der Fatima und ich jetzt wohnten und in der es nach Naivität stank, auch nicht die von Romi, nicht einmal ein ironisch eingerichtetes Apartment wie das von Nathan. Ich wollte an Nathans Luxus teilhaben, aber selbst besitzen wollte ich nichts. Ich wollte nicht morgens um zehn ein Taxi rufen, sondern nach einer Nacht in einem sauberen, gesichtslosen Hotelzimmer mit der Bahn nach Hause fahren. Ich wollte nach Belieben in Hotelzimmern schlafen, bis zu meinem Tod. Nicht in fremden Städten, nicht weil ich irgendwo sein musste, nicht in selbst bezahlten Zimmern, wo ich ganz offiziell und jederzeit erreichbar war. Ich wollte Zimmer, die nur ein paar Kilometer von meiner Wohnung entfernt und aus einem Impuls heraus von meinem Date gebucht worden waren, aus Lust und Laune; Zimmer, die mich daran erinnerten, dass es immer neue Räume zu entdecken gab.

Als mir klar wurde, dass meine Zukunftsvision weiter nicht reichte, setzte ich mich in der Plastikschale aufrechter hin. Ganz kurz spürte ich ein unheilvolles Kribbeln. Was immer ich auch besaß – die Chancen standen gut, dass ich es gerade verschwendete. Meinen kleinen Anteil an Schönheit, an Verstand. Dann wiederum war ich mir sicher, dass ich die kostbare Flasche namens Zeit bis auf den letzten Tropfen leeren würde. Und welcher Mensch, der bereits entschieden hatte, wie und wo er enden wollte, konnte ehrlich von sich behaupten, die ihm verbliebene Zeit restlos auszukosten?

* * *

An dem Abend war ich bei Romi und gab mich ihr auf die übliche Weise hin. Aber es war nicht dasselbe. Wie sollte ich im Einklang mit meinem Begehren leben? Nathan hatte mich gelehrt, dass man beim Sex nur auf eine einzige Art wirklich scheitern konnte: indem man wusste, was man wollte, und es einer anderen Person abnötigte.

Romi hatte immer ganz intuitiv gefickt – nicht furchtlos wie Nathan, aber mit so viel Aufmerksamkeit, dass sie es an unserem ersten gemeinsamen Abend vor vielen Jahren geschafft hatte, mich zum Kommen zu bringen. Hatte ich sie jemals auf diese Weise gefickt? Mit so viel Hingabe, dass ich mich selbst dabei vergaß?

Ich beugte mich über sie und sah, wie ihr beim Ausatmen ein erwartungsvoller Schauder über den Bauch lief. Am liebsten hatte sie eine Zunge und nichts weiter. Sie war genügsam, und leider fickte ich sie manchmal mit mehr Hochmut als Aufmerksamkeit. Ein Teil von mir fürchtete sich davor, sie verletzlich zu erleben, sie wirklich aus der Fassung zu bringen. Ich hatte wohl Angst, die Macht, die wir beide so genossen – Romis Macht, mich zu ruinieren –, könnte an Leidenschaft verlieren. Seit Jahren ließ ich sie, wenn der Sex sich mehr oder weniger dem Ende zuneigte, mit routinierter Treffsicherheit kommen.

Diesmal ließ ich mir Zeit. Ich strich mit den Lippen über ihren Unterleib und dann über ihre Oberschenkel. Sie rutschte unter mir weg, zog den Bauch ein und drückte das Becken in die Matratze. Sie stieß ein leises verlegenes Lachen aus, entspannte sich wieder. Ihre Oberschenkel waren glitschig. Als ich ihre Schamlippen küsste, zuckte ihre Hüfte. Ich spürte meine Instinkte, ganz anders als sonst, wenn ich mich von Verpflichtungen und guten Vorsätzen leiten ließ. Und dann, als ihre fahrigen Bewegungen fordernd wurden, wurde ich von meiner eigenen Aufmerksamkeit überholt. Romi zog die Knie an, und ich ließ den Kopf in die Lücke sinken, die sie mir bereitet hatte.

Du bist so gut, hörte ich sie dumpf durch ihre Oberschenkel sagen. Es klang schüchtern und aufrichtig. Ihre Stimme war immer so ausdrucksvoll, dass es wehtat; ich hörte ihren Widerwillen, wenn sie einzelne Silben verschluckte, und ihre Enttäuschung – die auszudrücken ihr besonders schwerfiel –, wenn sie mitten im Satz kurz innehielt. Jetzt betrachtete ich sie in der zunehmenden Dunkelheit, und sogar der Umriss ihres Körpers erschien rein. Sie bewegte sich bedächtig, ohne Zögern, unangestrengt. Ihre Weiblichkeit trug sie vor sich her, als erfülle jeder Aspekt davon einen bestimmten Zweck, den sie vollkommen durchschaute und sorgfältig umsetzte. Ihre Hüften waren schmal, wie um ihr nicht im Weg zu sein, die Muskeln an Bauch, Armen und Beinen stets einsatzbereit. Ihre Brüste pflegte sie mit stoischer Geduld, als warte sie auf den Tag, wenn sie ihr tatsächlich nützlich sein würden. Ihr Körper erfüllte die schlichte Matratze, die kahlen Wände, das nüchterne, halb leere Zimmer und den beigen Teppichboden mit Sinn. Sie war selbstgenügsam, sie brauchte keinen Komfort.

Wir lagen im Dunkeln, unsere Augen hatten sich daran gewöhnt, und unsere flächigen Körper erschienen lila und blau. Ich sah an mir hinunter. Mein Körper war eine Karikatur der Weiblichkeit. Wozu brauchte ich das alles, die Brüste, auf die ich so stolz war, die Gebärmutter und die breiten Hüften, wenn meine vernachlässigten Muskeln schrumpften und verfielen?

Romi erzählte von ihrem Team im Krankenhaus, von den Triumphen und Fehlschlägen des Tages. Sie sprach mit sanfter Zerknirschtheit, als nähme sie es sich selbst übel, das Versagen der anderen zu analysieren. Sie konnte nicht alle gleich gut leiden, glaubte aber fest daran, dass sie niemanden herabsetzen durfte. Während sie erzählte, atmete ich den Duft ihres Zwei-in-eins-Shampoos ein und überlegte mir, dass ich unmöglich alles haben konnte: Romi und Nathan und Olivia, das Beste und das Schlechteste, die körperlichen Freuden, die ganze Stadt. Im Gegensatz zu Nathan.

Andererseits – warum nicht? Vielleicht war mein Denken so provinziell wie meine Angst vor der Eitelkeit, die Nathan im Hotel so mühelos zerstreut hatte.

Ich stellte mir vor, wie Olivia keine sechs oder zehn Straßen von hier – eine unbewiesene Vermutung – das Atelierfenster einen Spaltbreit öffnete und den Rauch der Kerzen, die in ihrer tadellos sauberen Souterrainwohnung brannten, abziehen ließ.

Was hast du heute gemacht?, fragte Romi.

Dich vermisst, sagte ich.

* * *

In dem Winter rief Nathan regelmäßig an. Oft erreichte er mich, während ich auf die U-Bahn wartete. So ging es monatelang: erfüllende Abende mit Romi, nach denen ich mich fühlte, als hätte ich in einem stabilen Haus eine große redlich verdiente Mahlzeit zu mir genommen, und dann plötzlich ein Anruf von Nathan, der mir ein Taxi schicken wollte oder im Hotel wartete. Allein der Klang seiner Stimme ließ mich übersprudeln.

Warum hast du heute Abend keine Zeit?, fragte er manchmal. Was hast du vor? Kann ich mitkommen?

Während ich mit ihm telefonierte, fuhren Züge, auf die ich nicht gewartet hatte, donnernd in den Bahnhof ein und wieder aus. Ich wusste, ich würde jeden Weg beschreiten, auf den er mich schickte. Gleichzeitig war es eine Wette mit mir selbst; ich redete mir ein, er hätte über mich keine Kontrolle. Ich spielte mit dem, was ich hatte, nicht im Schatten von

Tugend und Ehrenhaftigkeit, sondern von Nathans Luxus und Narzissmus.

Ich könnte mit dir und deinen Freundinnen tanzen gehen, sagte er. Warum nicht? Hör mal … Ich möchte dich heute Abend wirklich gerne sehen. *Wirklich.* Okay … Sag mir Bescheid.

Du genießt es, wenn ich andere dir zuliebe versetze, oder?

O ja, sagte er. Sehr.

* * *

Als Fatima und ich vor ein paar Jahren in die Wohnung eingezogen waren, hatte ich ein Zitat auf einem linierten Stück Papier neben die Tür geklebt, gleich über die Schale, in der unsere Schlüssel lagen: *Ich kann diese Dinnerparty jederzeit verlassen und mich ins echte Leben stürzen.* In dem Sommer hatten wir beide gemerkt, wie satt wir New York hatten – die Enge, die Strenge, den Druck, etwas aus unserem Leben zu machen. Wir lasen Eve Babitz und redeten uns ein, dafür wäre später immer noch Zeit. Die Haltung taugte nicht als Gesprächsthema, und so erwähnten wir sie nur selten. Aber sie stand für ein Gefühl, das mich oft heimsuchte, das Gefühl, dass es da eine Tiefe gab, die ich mied, eine Aufrichtigkeit oder Leidenschaft, ein Drama, das größer war als die kleinlichen Streitereien und winzigen Siege, die mein Leben strukturierten. Sobald ich versuchte, das Gefühl in Worte zu fassen wie jetzt, schlug es ins Absurde um. Die Sinnfrage außerhalb eines religiösen oder akademischen Rahmens zu diskutieren war praktisch unmöglich. Ich begehrte und fürchtete alles, was das echte Leben vermeintlich bereithielt – laut Eve Babitz war das nicht mehr als ein kalter englischer Winter. In der Hinsicht war das Leben in New York sehr real.

Ich kann diese Dinnerparty jederzeit verlassen und mich ins echte Leben stürzen. Wie kam ich auf die Idee, das zwischen Nathan und Olivia könnte das echte Leben sein, wo ihre Welt doch auf Hochglanz poliert war, seine Wohnung makellos, ihrer beider Kleidung teuer, ihre Mahlzeiten ohne Eile? Bildete ich es mir nur ein, weil ich sie um ihr Leben beneidete, oder gewährte mir die Art, wie sie miteinander umgingen – Olivias Aufregung, ihr Vertrauen, die Selbstverständlichkeit, mit der Nathan sich um sie kümmerte –, einen flüchtigen Einblick in echte Tiefen? Nathan und Olivia waren die vollendete Dinnerparty und gleichzeitig auch das echte Leben. Die Dinnerparty gab nur den Rahmen vor; sie schlichen durch die Zimmer, spielten ihren Gastgebern kleine Streiche, stibitzten in der Küche mit bloßen Fingern den exquisiten Nachtisch, lachten und versteckten sich zum Ficken im Marmorbad.

* * *

Was glaubst du, was aus Olivia wird?, fragte Fatima eines Tages. Wir saßen zu Hause auf dem Sofa. Der Winter war an einem Punkt angekommen, an dem wir unsere warme Wohnung kaum noch verließen. Oder aus dir, sagte sie, stand auf und füllte den Kessel. Ist er gefährlich?

Kommt drauf an.

Worauf?

Nicht für mich. Für Olivia vielleicht schon. Ich weiß es nicht.

Ich weiß, dass du dir Sorgen um sie machst, sagte Fatima. Um Olivia. Du fragst dich, was ihr die Beziehung wirklich bedeutet.

Manchmal.

Immerhin ist er ihr Chef. Was, wenn die Sache aus dem Ruder läuft? Was ist dann mit ihrem Job, mit ihrer gesamten Karriere? Sie wäre am Ende.

Fati, das hat sie allein entschieden.

Vielleicht hat er sie vollkommen in der Hand. Vielleicht ist sie ein Missbrauchsopfer. Wer weiß.

Nein, das glaube ich eher nicht. Ich weiß, es ist nicht auszuschließen. Aber was soll ich machen?

Glaubst du, sie lieben sich?, fragte Fatima, kam zurück und setzte sich neben mich. Glaubst du, er wird sie heiraten?

Das wäre gar keine schlechte Idee. Sie kennen dieselben Leute und haben einen ähnlichen Hintergrund. Genau genommen, sagte ich zu Fatima und merkte jetzt erst, wie recht ich hatte, könnte Nathan sich keine bessere Lebensgefährtin wünschen als Olivia. Sie ist ihm so ergeben, dass ihr egal ist, was er sonst noch alles treibt. Im Zweifel steht sie sogar drauf.

Wahrscheinlich endet es wie immer, sagte Fatima, nachdem der Kessel sein kleines Crescendo hinter sich gebracht und sie den Tee aufgegossen hatte. Du weißt schon. Mit der üblichen Tragödie.

Wie immer: mit Tränen und Schluckauf, Panikattacken auf der Taxirückbank und schlaflosen Nächten. Olivia würde ihren Job kündigen und es nicht einmal ungerecht finden. Ihre Gefühle waren stark, und im Schatten der Heimlichtuerei wurden sie immer größer und rastloser. Sie würde Teller zerbrechen und leere Drohungen aussprechen.

Du glaubst nicht, dass es böse enden wird?, fragte Fatima und sah mich an. Ihr Blick war offen und arglos, voller Großmut und auch Selbstzufriedenheit, die ihre Großmut erst möglich machte.

So weit würde sie niemals gehen, sagte ich.

Es stimmte. Trotzdem hatte ich den ganzen Winter über

Albträume, in denen ich vor Gericht stand. Nathan und Olivia waren auch da, aber irgendwie abwesend, und ich war Zeugin, Beschuldigte und Anklägerin in einer Person. Es hätte mich kein bisschen verwundert, mich tatsächlich in einer dieser Rollen wiederzufinden; mein Bauchgefühl saß in seiner Höhle und wusste, ich hatte es nicht besser verdient.

2. Teil

Befragung

6

Ich hatte mal einen Dreier, sagte Fatima. Einmal und nie wieder! Nicht dass es komplett in die Hose gegangen wäre oder ich einen großen Plan gehabt hätte, der dann nicht aufging. Es hatte sich einfach so ergeben, vor ein paar Jahren, ich war zwanzig oder einundzwanzig. Erinnerst du dich an den Sommer, als ich in diesem Brunchlokal in North Fork gearbeitet habe? Der Job war anstrengend und irgendwie demoralisierend, Gastronomie eben. Wir haben nicht viel verdient, es gab ja nur Brunch. Aber nachmittags hatten wir frei und normalerweise noch genug Zeit, um an den Strand zu fahren. Ich weiß nicht mehr genau, wie es dazu gekommen war – so gesehen ist es sogar zweimal passiert, beim ersten Mal fast und beim zweiten dann wirklich. Nachmittags um drei oder vier mussten die Letzten den Laden zumachen, an dem Tag ich und zwei andere Mädchen. Wir haben geputzt und dabei getrunken, und dann haben wir unsere Badeanzüge genommen und uns auf dem Klo oder hinten in meinem Auto umgezogen. In dem Sommer hatte ich ein Auto, die beiden wollten die ganze Zeit bei mir mitfahren. Am meisten hat mich überrascht, dass es nicht mit Küssen anfing. Mir war zwar aufgefallen, dass zwischen uns dreien eine gewisse Spannung herrschte, es war irgendwie sexy, aber ich dachte nicht, dass tatsächlich irgendwas passieren würde. Dass es dann doch passierte, habe ich erst gemerkt, als es schon in vollem Gange war.

Warum hast du es so spät gemerkt?

Es war mir nie in den Sinn gekommen, dass man Sex haben kann, ohne sich küssen. Ist das dumm?

Fatima zuckte die Achseln und deutete auf meine Zigarettenschachtel. Es war der erste Tag im Juni, der Sommer eine frische Verheißung. Wir saßen draußen auf der Vortreppe. Unsere nackten Arme waren bleich und so warm, als hätten wir Fieber.

Na ja, sagte ich, vielleicht hast du nicht damit gerechnet, weil du nicht lesbisch bist.

Ich reichte Fatima eine Zigarette und gab ihr Feuer.

Ja, klar. Aber weißt du, ich war nicht ausdrücklich *nicht* lesbisch. Ich war bloß nicht auf der Suche.

Ich verzog das Gesicht. Der Saum von Fatimas Sommerkleid schaukelte in der Brise. Ach, wirklich?, sagte ich. *Die* Art von lesbisch? Als wäre nichts dabei?

So habe ich das damals nicht gesehen, sagte Fatima. Ich war einfach nur neugierig und offen. So oder so war ich nicht auf der Suche. Die Frage hat mich nicht weiter beschäftigt.

Und was ist dann passiert?

Nichts Schlimmes. Es war nur … gar nicht wie Sex. Ergibt das einen Sinn? Beziehungsweise war es so, wie man sich Sex vorstellt, wenn man noch auf die Highschool geht oder zum ersten Mal einen Porno gesehen hat. Ich glaube, wir drei mochten uns ganz gern, aber im Umgang miteinander waren wir ziemlich unsicher. Ich weiß noch, dass die eine so ähnlich gestöhnt hat wie ich, irgendwie … erstickt. Und die andere klang anders als jede Frau, die ich je gehört hatte. Ihr Stöhnen war genau so, wie man sich das bei einem jungen Mädchen vorstellen würde, gehaucht und zart und mit einer langsamen Steigerung. Jeder einzelne Ton war mit einer Handlung verknüpft, einem Körperkontakt – sie berührt mich, ich berühre sie –, aber trotzdem wirkte es absolut natürlich. Für mich war völlig ausgeschlossen, dass sie uns nur was vorspielte. Ich weiß noch, wie ich dachte: *So klingt sie nun mal – einfach perfekt.* Vielleicht denkt man so, wenn man jung ist und sich ständig mit anderen vergleicht. Ich schob es auf den Umstand, dass wir zu dritt waren und uns nicht wirklich öffnen konnten. Da war keine echte Verbindung zwischen uns. Es war eher so, als wollten wir uns gegenseitig etwas zeigen: *Okay, man kann es so machen, aber auch anders.*

Klingt irgendwie schön, sagte ich. So gemeinschaftlich.

Der einen hatte es offensichtlich besonders gut gefallen, sagte Fatima. Als wir am nächsten Tag das Restaurant abschlossen, hat sie uns beäugt, als hoffte sie, es könnte wieder passieren. Sie hat uns zum Spaß die Badeanzugträger runtergezogen und so weiter, aber es war kein Spaß. Für mich war es wahrscheinlich nur lockerer Sex oder das, was man lockeren Sex nennt, obwohl es sich kein bisschen locker angefühlt hat. Eher wie diese riesige Sache, die zwischen uns stand, an die wir ständig denken mussten. Mit locker meine ich ... du weißt schon ... ohne Liebe. Ich mochte das eigentlich nie. Meistens fühlt es sich an wie ein Test. Das einzig Befriedigende daran war für mich immer nur, dass ich es ganz gut kann und mich sexy dabei fühle, wie eine selbstbewusste Person ohne Hemmungen. Wobei einen gerade das davon abhält, sich auf den Sex wirklich einzulassen, oder? Man kann sich nicht wirklich darin verlieren. Man kann nicht kommen. Ich zumindest nicht.

Aber war es nicht was Besonderes, andere dabei zu beobachten? Das Mädchen zu hören?

Ja, vielleicht sollte ich es so sehen, sagte Fatima. Zum Beispiel: Du weißt doch, wie gern ich eine Party analysiere, wenn alle nach Hause gegangen sind. Wie sie sich verhalten haben, ihre Art zu lachen, welche Schuhe sie getragen haben und so weiter. Die Party selbst kann ich nicht genießen, dafür bin ich zu angespannt. Oder vielleicht bin ich einfach zu verletzlich, um Sex als ganz normale zwischenmenschliche Begegnung zu sehen, bei der ich mir Notizen machen und Neues lernen und Spaß haben kann.

Aber bist du nicht immer verletzlich? Auch auf einer Party? Wenn du dir Notizen machst? Du machst dir Gedanken wegen deines Outfits und weil die anderen auf dem Heimweg ganz offensichtlich über deine Art zu lachen und deine Schuhe lästern werden.

Ich kenne es nicht anders, sagte Fatima.

Ich beobachtete sie. Die Härchen an ihren Unterarmen glühten. Jahrelang hatte ich mich gefragt, wie andere über Sex dachten. *Für die meisten Leute ist es genau das – eine Geburtstagsparty*, hatte Nathan gesagt. Etwas Besonderes und gleichzeitig völlig gewöhnlich. Ein Funkeln, das für ein glückliches Leben steht, eine Zurschaustellung der eigenen Attraktivität, ein Zeichen von Schönheit, Status und Humor, kleiner und oberflächlicher als Liebe. Gleichzeitig war für mich der Moment, in dem es zum Sex kam, alles andere als oberflächlich, denn dann war ich eine Stunde lang absolut real und präsent, dann konnte ich gefühlvoll, intuitiv, zugewandt und verletzlich sein. Warum konnte ich mir dieses Gefühl nicht selbst verschaffen, und sei es durch unterstützende Techniken wie Meditation oder Sport? Bevor ich Olivia und Nathan begegnet war, hatte ich es versucht. Ich hatte gedacht, ich bräuchte nur ein paar Fotos von mir ins Internet zu stellen, und schon wäre ich befriedigt und frei.

Wie geht es dir mit der Sache, die du da am Laufen hast?, fragte Fatima. Mit den beiden?

Nach einer Weile sagte ich, das wisse ich nicht.

Kannst du *irgendwas* dazu sagen?

Als ob es da etwas zu sagen gäbe … Willst *du* mir irgendwas sagen?

Fatima zog die Augenbrauen hoch und starrte kurz auf die Treppenstufen. Du weißt, ich bin dagegen, sagte sie. Wie auch nicht? Ich traue diesen Leuten nicht.

Ich auch nicht.

Früher haben Männer wie dieser Nathan dich nervös gemacht, sagte Fatima. Hattest du denn gar keine Angst?

Ich wusste, was sie meinte: dieses Gefühl, dass Männer mir fremd waren und, wenn ich mit einem intim wurde, es wegen und trotz der Tatsache geschah, dass ich für ihn immer nur ein Körper sein würde. Meine Angst war völlig berechtigt, denn wie kann ein Körper, solange er nur ein Körper ist, jemals sicher sein? Wie können wir darauf vertrauen, dass kein Fremder versuchen wird, das leer stehende Haus abzufackeln? Aber Nathan war kein Fremder. Er hatte Licht in den Fenstern des Hauses gesehen und gewusst, was sich dahinter abspielte, in verborgenen Zimmern. Für ihn war ich ein menschliches Wesen, mehr als für jeden anderen, zumindest fühlte es sich manchmal so an. Seine Anerkennung für meinen Körper hatte mir erlaubt, diesen Körper endlich einmal zu vergessen. Die Fassade des Hauses zu pflegen war meine Pflicht gewesen, mein Zwang, aber nun konnte ich sie tagelang sich selbst überlassen.

Aber wie sollte ich Fatima das alles erklären?

Ich glaube nicht, dass er mir etwas antun würde, sagte ich. Aber ich kann sowieso nicht aufhören, mich mit ihm zu treffen.

Du meinst wohl, du *willst* nicht aufhören. Ich weiß, du hast dir in den Kopf gesetzt, die Situation zu verstehen. Aber bist du dir sicher, dass es da was zu verstehen gibt? Könnte es sein, dass es um etwas ganz anderes geht?

Um was denn?

Na ja, um deinen Wunsch, Romi zu verletzen. Glaubst du nicht, dass du sie am Ende verletzen wirst? Oder könnte es sein, dass du … Ich weiß auch nicht.

Was?

Fatima sah wieder auf die Treppenstufen hinunter. Tut mir leid, sagte sie. Könnte es vielleicht sein, dass du sexsüchtig bist?

Im Ernst? Ich habe mehrmals pro Woche Sex, mit Romi, seit Jahren. Glaubst du wirklich, ich wäre auf der Suche nach *noch mehr*? Außerdem wäre das noch lange nicht gefährlich.

Was, fragte Fatima, ist diese Sache mit Nathan denn bitte, wenn nicht gefährlich?

Ich komme jedes Mal heil nach Hause, oder?

Dafür gibt es keine Garantie. Hast du selbst gesagt.

Fati …

Vielleicht solltest du mal einen Selbsttest machen. Dir Klarheit verschaffen. Kann nicht schaden.

In Ordnung, sagte ich.

Was ist mit Romi? Du hast ihr nichts erzählt, nehme ich an?

Nein. Ich werde ihr nichts erzählen. Warum auch?

Hast du keine Angst, sie könnte dahinterkommen?

Daran hatte ich noch nie gedacht. Ich hatte weniger Angst davor, Romi könnte dahinterkommen, als vielmehr davor, sie könnte mir endlos vertrauen und ich noch tiefer sinken, mich mit ihr vergleichen und irgendwann selbst dafür hassen. Fatima sah mein Gesicht und runzelte die Stirn.

Wie fühlt es sich an?, fragte sie. Romi zu betrügen?

Keine Ahnung.

Hast du kein schlechtes Gewissen?

Doch, sagte ich. Ich fühle mich schlecht, wenn ich dran denke, dass ich sie betrüge. Aber meistens fühlt es sich gut an. Nicht die Sache mit Nathan, sondern beides zu haben. Ich fühle mich so frei. Ich kann gehen, wohin ich will, und tun, was ich möchte. Ich kriege alles, was ich brauche.

Weißt du, du könntest es kriegen, ohne zu lügen, sagte Fatima. Du könntest dir eine Freundin suchen, die damit einverstanden ist. Mit einer offenen Beziehung oder Polyamorie oder was auch immer. Oder du fragst Romi ganz direkt … Wer weiß?

Theoretisch hatte Fatima recht. Aber eigentlich beneidete ich Nathan nicht nur um seine Freiheit, sondern auch um seinen unbefangenen Umgang mit Geheimnissen. Es war eine Sache, mit Menschen zusammen zu sein, die einen in aller Offenheit liebten; zu wissen, was man ihnen schuldig war und was sie von der Beziehung erwarteten. Zeit mit aufregenden Menschen zu verbringen und währenddessen den Karneval des eigenen Privatlebens von ihnen fernzuhalten war etwas ganz anderes. Noch nie hatte ich eine so große, überschwängliche Freiheit empfunden wie jetzt, auch wenn mein Geheimnis niemandem etwas bedeutete außer mir. Plötzlich erinnerte ich mich an den Rausch, als ich mich in Romis Badezimmer eingeschlossen und gesehen hatte, wie Olivia in Echtzeit auf meine Nachrichten antwortete.

* * *

Dass es mir, wie ich Fatima erzählt hatte, die meiste Zeit gut ging, stimmte nicht. Hochgefühle und seelische Tiefs wechselten sich in rascher Folge ab. Wenn ich schon nicht ekstatisch leben konnte, dann wollte ich wenigstens so fieberhaft leben, dass an guten Tagen Ekstase möglich war. Auf einmal erschien mir mein Dasein wieder weit, und das fühlte sich gut an. Ich bewohnte zwar immer noch kleine dunkle Räume, aber ich war nicht mehr an meine alte Denkweise gebunden. Kompromisslos stiefelte ich durch Szenen und Sets. Es gab eine Zeit für Romi und eine für Nathan und Olivia, eine Zeit für die Pflicht und eine für die Kür. Wenn ich gefragt wurde, wie es mir ging, erzählte ich nicht mehr die Wahrheit, sondern suhlte mich in dem Wissen, dass die Wahrheit geschützt war, sicher vor Verschmutzung durch anzügliche Neugier oder die moralischen Befürchtungen anderer Leute.

Doch vor Fatima konnte ich nicht alles verbergen. Sie hörte mich zu ungewöhnlichen Zeiten kommen und gehen, sie hörte mich telefonieren und weinen. Das Unrecht, das ich Romi antat, spürte ich nirgends so deutlich wie in Fatimas Gesellschaft.

Warum tat ich Romi das an, wo ich ihr doch in Liebe und Dankbarkeit verbunden war? Warum war ich so erpicht darauf, unsere Zukunft zu sabotieren? Warum konnte ich nicht – mit derselben Selbstverständlichkeit, die ein Mann mir entgegengebracht hätte – einsehen, dass eine Frau für mich unvermeidlich war und wir so oder so zusammen alt werden würden? Vor Jahren hatte es mir Spaß gemacht, Männer für ihre Selbstverliebtheit auszulachen. Aber jetzt konnte ich nichts mehr daran spaßig finden, geschweige denn lächerlich. Danke, sagte Nathan jedes Mal, wenn er dem Kellner die Cocktailkarte zurückgab, und in seiner Stimme lag nicht der Hauch einer Entschuldigung. Er war nicht zu weit gegangen; er ging nie zu weit, egal wohin, und keiner war je auf die Idee gekommen, ihn zur Rede zu stellen. Danke, sagte ich spätabends zum Portier, wenn ich das Gebäude verließ, aber es klang jedes Mal wie eine Entschuldigung.

* * *

Auch in Romis Haus gab es einen Portier. Er hatte sich an meine fragende Miene in der Lobby gewöhnt und nickte wie zur Antwort in Richtung Aufzug: Erlaubnis erteilt. Romis Ersatzschlüssel lag unter der Fußmatte, wie bei allen Leuten. Ich beneidete sie um die Gedankenlosigkeit, mit der sie Fremden vertraute. Wenn ich Frühschicht hatte und schon am Nachmittag frei, ging ich in ihre leere Wohnung und wartete, bis sie endlich von der Arbeit kam.

Ich kannte jede Nische. Hier gab es keine Geheimnisse zu entdecken. Ihre Schubladen waren halb leer, der Teppichboden wurde regelmäßig vom Hausmeisterservice gereinigt. Im Kühlschrank bewahrte sie einen frischen Vorrat meiner bevorzugten Lebensmittel auf, darunter Plastikschalen mit Granatapfelkernen und Weichkäse. Jeder einzelne Gegenstand in Küche, Abstellkammer und Bad erfüllte einen Zweck. Manchmal zog ich einen von Romis Krankenhauskitteln an und staunte, wie mühelos auch ich mich in ein nützliches Objekt verwandeln konnte. Wenn ich an meiner unförmigen himmelblauen Gestalt hinunterblickte, fühlte ich mich kompetent, zuversichtlich und in der Lage, jedes sich möglicherweise ergebende Problem aus dem Weg zu räumen.

Eines Abends kam Romi nach Hause und sah mich auf dem Bett liegen. Ich trug ihren Kittel und hielt mir ein Buch über den Kopf. Sie schenkte mir ein Lächeln, wie es sonst wohl kranken Kindern vorbehalten war.

Gefällt dir mein Outfit, Baby?, fragte sie, ließ ihre Tasche auf die Schwelle fallen und drehte sich um die eigene Achse. Sie trug immer noch ihre Arbeitskleidung. Partnerinnenlook?

Der ist so bequem, sagte ich.

Stimmt, sagte sie. Aber ich glaube, du hättest die Nase ziemlich schnell voll davon.

Wir bestellten Essen. Romi bestand darauf, es zu Fuß abzuholen. Ich brauche ein bisschen Bewegung, sagte sie.

Als wir später die Plastikschalen auspackten und auf dem Sofatisch arrangierten – wir würden auf dem Boden sitzen, es gab keine Stühle –, fragte ich sie, warum sie es nie mit einem Mann versucht hatte.

Oh, habe ich doch, sagte sie. Du weißt schon … halbherzig. Theoretisch. Ich habe mich gefragt, wie Männer wohl sind. Ob ich einen Mann anfassen würde.

Und?

Würde ich. Nur um zu sehen, wie es ist. Sie setzte sich neben mich in den Schneidersitz und schob eine Plastikgabel aus der Papierhülle. Um mir ein Bild davon zu machen, sagte sie nachdenklich und ließ den Blick zur Decke wandern. Von der männlichen Libido. Wie sie sich anfühlt. Nicht aus Verlangen, nur aus Neugier. Eigentlich möchte ich nicht mit einem Mann schlafen.

Sie hob die Plastikdeckel von den Take-out-Behältern, leckte sich den Daumen ab und sah mich fragend an.

Nervt dich die Ungewissheit nicht manchmal?, fragte ich.

Romi lachte.

Im Ernst, sagte ich. Für Frauen ist es doch so: Sie schleichen umeinander herum und fragen sich, was die andere wohl denkt, wer den ersten Schritt macht, was es bedeutet, den ersten Schritt zu machen, oder was es bedeutet, *etwas zu wollen*, vor allem eine andere Frau. Irgendwann fand ich es nur noch anstrengend. Ich möchte wissen, woran ich bin.

Ist die Sache mit dem Typen aus Amherst deswegen passiert?, fragte Romi. Damals im College?

Hattest du das Problem noch nie?, fragte ich. Wenn alles so unklar ist?

Romi reichte mir einen Stapel Servietten. Doch, sagte sie. Ich war ziemlich schüchtern und immer sehr unsicher, sobald es romantisch wurde. Ich konnte nie genau sagen, was zwischen mir und einer anderen Frau vor sich ging. Nicht mal zwischen uns. Erinnerst du dich? Es hat eine ganze Weile gedauert, bevor …

Ja, sagte ich und berührte Romis nacktes Bein, das aus den kurzen Laufshorts ragte.

Aber ich bin dankbar dafür, vor allem seit ich es mir leisten kann, sagte Romi. Im Ernst, wer will schon in eine festgelegte Rolle schlüpfen, keinen Stress und gute Miene zum bösen Spiel machen und irgendeinen Typen heiraten und ihn ficken, nur weil man dazu erzogen wurde?

Romi! So ordinär redest du sonst nie.

Ist das ordinär?, fragte sie. Wurden wir denn nicht dazu erzogen, Männer zu ficken? Auch wenn das natürlich niemand zugegeben hätte.

Du hast natürlich recht.

Genau deshalb ist es, sobald es einmal läuft, mit einer Frau viel intensiver. Weil es vorher keine Sicherheiten gab.

Willst du damit sagen, dass man kein Drehbuch hat und improvisieren und sich alles selbst ausdenken muss? *Wie hast du es gemerkt? Hattest du keine Angst?* So in der Art?

Romi küsste mich. Ja, sagte sie.

Ich schaute ihr beim Essen zu. Als wir frisch verliebt waren, fand ich, dass Romi trotz der schlichten Joggingkleidung und der kargen Wohnung einem literarischen Helden glich, einem Mann aus einem Roman von Jane Austen, Darcy vielleicht oder Edmund Bertram aus *Mansfield Park.* Ihr Verantwortungsgefühl war geradezu religiös, ihre Ernsthaftigkeit kompromisslos. In ihrer letzten Beziehung hatte sie die Bereitwilligkeit bewiesen, eine lange und qualvolle Liebe zu erdulden. Ich hegte keine Zweifel, dass sie im Notfall jeder meiner Cousinen unter die Arme gegriffen hätte, ohne sich bei der nächsten Familienfeier dafür bejubeln zu lassen. Sie war gütig und großzügig – warum sollte sie jemals unsicher sein? Falls auch sie zu Fehlverhalten neigte, war sie sich dessen nicht bewusst. Möglicherweise war es diese Blindheit, die ihre guten Taten erst ermöglichte. Hatte sie jemals ihre Gefühle wahrgenommen, darüber nachgedacht, daran gezweifelt? Sie nahm die Bedürfnisse anderer Menschen und der Welt wahr. Wenn sie etwas wollte, sagte sie sich, dass es gut war. Ihr Wille war belastbar und zielgerichtet.

Ich war gerade dabei, mir Nudeln und Teigtaschen auf den Teller zu löffeln, als mein Handy klingelte.

Mein Vater, sagte ich. Warte kurz.

Ich stand auf und ging die paar Schritte in Romis Schlafzimmer.

Evie, ist schon eine Weile her, sagte mein Vater. Monate sind vergangen, und du bist immer noch nicht zu Besuch gekommen.

Wie geht es dir?, fragte ich. Was hast du gemacht?

Ach, dies und das. Gearbeitet. Wie immer.

Ich schloss die Tür hinter mir und lehnte mich mit dem Rücken dagegen. Der Teppich darunter war abgewetzt.

Das ist doch gut, sagte ich.

Was ist mit dir? Du bist hoffentlich auf Jobsuche?

O ja, log ich. Klar. Ich gebe mein Bestes.

Wirklich?

Ja, sagte ich. Romi hilft mir.

Wie kann sie dir denn helfen?

Sie hat einen tollen Job, Dad, weißt du noch?

Na ja, du hast nicht Medizin studiert.

Das stimmt.

Du hast, verzeih meine Ausdrucksweise, einen absoluten Scheißabschluss. Das ist doch Verschwendung, Evie.

Sein Tonfall erinnerte mich an einen Abend, kurz nachdem ich Romi kennengelernt und sie zum ersten Mal an Thanksgiving nach Hause mitgebracht hatte. Mein Vater war wie üblich mürrisch und uncharmant, aber abgesehen von der Vorstellung, dass Romi und ich ein Paar waren, mochte er sie ganz gern. Ich hatte nichts anderes erwartet. Wir kochten die Beilagen, Rahmspinat und Süßkartoffeln. Als wir schließlich beim Essen saßen, war er erfreut, von Romis Werdegang zu erfahren – ihre Eltern waren ebenfalls Ärzte und immer noch verheiratet –, von ihrer medizinischen Ausbildung und ihrer ehrenamtlichen Arbeit.

Warum lässt du dich nicht auch zur Rettungssanitäterin ausbilden, hmm?, hatte er an dem Abend zu mir gesagt und dabei mit der Gabel gefuchtelt. Dafür brauchst du keine Ärztin zu sein.

Ich möchte Romi nicht das Rampenlicht streitig machen, sagte ich. Außerdem habe ich auch so genug zu tun.

Und das nennt sie Arbeit, sagte er mit einem verschwörerischen Lächeln zu Romi. Wie ist deine Meinung? Würdest du das Arbeit nennen? An einer Maschine stehen und Kaffee kochen?

Romi hielt seinem Blick auf ihre typische bewundernswerte Weise stand. Sie war eine Person, die sich zu allem freiwillig meldete, an ihrem Arbeitsplatz anonyme Befragungen zur sexuellen Orientierung durchführte und überparteiliche Appelle an registrierte Republikaner verschickte.

Ich denke schon, sagte sie. Ich sehe ja, wie hart Eve arbeitet.

Aber was *macht* sie?, fragte mein Vater. Es verschwindet einfach! Puff! Man kocht Kaffee, die Leute trinken ihn, und plötzlich ist man alt.

Häuser zu bauen ist wahrscheinlich sehr wichtig für Sie, sagte Romi. Etwas von Dauer zu erschaffen.

Nun, das ist uns doch allen wichtig. Es ist gut, das Resultat seiner Arbeit in Händen zu halten. Aber du, Evie, gehst in der Hinsicht leer aus. Niemand sieht die Früchte deiner Arbeit.

Statt meinem Vater seine Ansichten vorzuwerfen, war ich vor Jahren dazu übergegangen, es mit so etwas wie Vergebung zu versuchen; ich gab vor, gegen seine Verachtung und seine Enttäuschung immun zu sein. Nach einer gewissen Zeit war diese Immunität kaum noch von Schweigen zu unterscheiden. Für meinen Vater war unvorstellbar, dass irgendein Fehlverhalten seinerseits meinen Rückzug provoziert oder beschleunigt haben könnte. Er warf mir mangelndes Interesse und Unachtsamkeit vor. Trotzdem rief er mich alle paar Monate an, schließlich war ich sein einziges Kind, außer einander hatten wir niemanden mehr, wir waren die kleine Restfamilie, warum gingen wir nicht liebevoller miteinander um, warum konnte ich nicht einsehen, dass er sich nichts wünschte als mein Glück?

Nach einer kurzen Pause sagte ich: Das ist wohl der Grund, warum ich bei der Jobsuche keinen Erfolg habe. Es liegt an meinem blöden Abschluss. Rufst du wegen was Bestimmtem an?

Hör mal, sagte er. Ich rufe an, weil du bald Geburtstag hast.

Ja.

Tja, ich wollte dir etwas schenken.

Danke, ich brauche nichts.

Du meine Güte, Evie, sagte mein Vater. Jetzt wurde er laut. Also schön, du brauchst nichts, du willst nichts – aber klar, schließlich würdest du es dir einfach selbst besorgen, nicht wahr?

Ich wollte nicht ... So habe ich das nicht gemeint. Mir fällt bloß nichts ein, was ich gebrauchen könnte, das ist alles. Außerdem weißt du, dass ich nicht viel Platz habe.

Weil du im Grunde genommen in einem Wohnheimzimmer lebst.

Klar.

Wie wäre es mit einem Deal?, sagte er. Ich möchte dir etwas Besonderes schenken, aber ich werde damit warten, bis du einen festen Job hast. Einen richtigen Job. Bis wir was zu feiern haben. Wo es sonst keinen Grund gibt, dich fürs Älterwerden zu belohnen.

Nein, sagte ich.

Wie alt wirst du denn diesmal? Achtundzwanzig? Neunundzwanzig?

Achtundzwanzig.

Es gibt keinen Grund, dich dafür zu belohnen, dass du achtundzwanzig bist und wie viel verdienst, zwanzigtausend im Jahr?, fragte er. Nach allem, was ich dir ermöglicht habe?

Alles, was er mir ermöglicht hatte. Das war die Litanei, für die wir uns beide schämten, jeder auf seine Weise. Ballettunterricht, Mathenachhilfe, Geld für Klassenfahrten. Ich war weder auf die Exeter gegangen, noch hatte ich Nathans enormes Selbstbewusstsein entwickelt, aber egoistisch war ich trotzdem.

Machs gut, Dad.

Ich ging zurück ins Wohnzimmer und legte Romi eine Hand auf die Schulter.

Was ist los?, fragte sie. Geht es ihm gut?

Alles okay, sagte ich. Das Übliche.

Romi warf mir einen sanften Blick zu. Tut mir leid, sagte sie. Ist er unzufrieden?

Eigentlich wünsche ich mir bloß, sagte ich und spürte die kleinen weichen Härchen in ihrem Nacken, er wäre stolz auf dich. Ich kann damit leben, dass ich eine Enttäuschung für ihn bin. Damit lebe ich seit Jahren. Aber du? Romi? Die Ärztin?

Stopp, sagte Romi mit dem verschämten, dankbaren Ausdruck eines glücklichen Menschen, dessen Glück verdient ist.

Während Romi das Essen wegräumte, entdeckte ich zwei neue Nachrichten auf meinem Handy. Mein Vater hatte einen Link mit der Überschrift *Zwölf Tipps, seine Zwanziger bestmöglich zu nutzen* geschickt, Nathan eine seiner seltenen SMS: *Habe an dich gedacht*.

* * *

Später in derselben Woche traf ich Nathan und Olivia zum Abendessen in Clinton Hill. Die Einladung hatte mich überrascht. Olivia war ich seit unseren winterlichen Treffen in Nathans Apartment in Uptown nicht mehr begegnet.

Nathan hatte ein kleines italienisches Restaurant mit alter, unauffälliger Fensterfront ausgesucht, in dem ich schon einmal mit Fatima gewesen war. Ich kam unabsichtlich zu früh, wollte mir aber nichts von meiner Beflissenheit anmerken oder mich einsam an der Bar finden lassen. Also rauchte ich eine Zigarette und ging viermal um den Block.

Als wir saßen, begann Olivia, sich verstohlen im Restaurant umzusehen. Wer war sonst noch da? Irgendwelche Bekannten?

Entspann dich, sagte Nathan. Wir sind in Brooklyn.

Und du isst nur mit einer guten Freundin zu Abend, sagte ich. Richtig?

Natürlich, sagte Nathan.

Es fiel mir schwer, mich an den berauschenden Ehrgeiz zu erinnern, den ich bei unserer ersten Begegnung im Dezember empfunden hatte. Zu lange schon hatte ich mich, wenn ich nicht gerade in ängstlichen Analysen meines eigenen fragwürdigen Verhaltens versank, von Olivia wechselweise zurückgewiesen oder benutzt gefühlt. Doch sie faszinierte mich immer noch. Inzwischen flößte sie mir Gefühle ein, wie man sie vielleicht gegenüber einer Prominenten hätte – brennende Neugier, Bewunderung aus der Ferne, Interesse ohne jede Hoffnung auf Gegenseitigkeit.

Olivia, ich bin so froh, dich zu sehen, sagte ich. Wie ist es dir ergangen? Warum haben wir uns so lange nicht gesehen?

Ach ... Sie errötete. Keine Ahnung. Ich war sehr beschäftigt.

Beschäftigt?

Ja.

Hast du gemalt?

Olivia sah auf ihren leeren Teller hinunter. Vielleicht hatte sie sich nach einer Phase der Abneigung mit dem Gedanken an ein Wiedersehen angefreundet, oder womöglich war sie zu diesem neuerlichen Versuch überredet worden. In den Monaten mit Nathan hatte mein Körper eine gewisse Lässigkeit entwickelt, aber nun war er plötzlich misstrauisch.

Wir gaben unsere Bestellung auf, dann folgten die obligatorischen Fragen nach der Arbeit.

Nathan hat mir Fotos von deinen Bildern gezeigt, sagte ich. Von den neuen, glaube ich? Sie sind wunderbar, Olivia.

Weil die Vorspeisen serviert wurden, ergab sich eine kurze Gesprächspause, in der Nathan und Olivia Blicke tauschten.

Olivia begann, eine Blumenkohltarte mit der Gabel zu zerteilen.

Die ist wirklich gut, sagte sie zu Nathan. Das wird dir schmecken.

Im Ernst, sagte ich zu Olivia, ich bin froh, dass ich einen Blick drauf werfen durfte.

Möchtest du mal probieren?, fragte sie Nathan.

Olivia, sagte ich. Ich wollte dir nur ein Kompliment machen.

Olivia ignorierte mich. Ich schaute zu, wie die beiden ein Spiel spielten: Olivia bestand darauf, ihn mit der Gabel zu füttern, fast wie eine Mutter, und Nathan protestierte, um sich dann lächelnd zu fügen. Ich schämte mich für sie, gleichzeitig war ich eifersüchtig. Schließlich sah Nathan mich lächelnd an, wie um sich für meine Nachsicht zu bedanken.

Sie sind wunderschön, sagte ich noch einmal.

Olivia stocherte auf Nathans Teller herum. Ach, hör doch einfach auf, sagte sie.

Nathan, sagte ich, bitte! Jedes Mal wenn ich mit Olivia über ihre Arbeit reden will, tut sie so, als wäre ich Luft. Kannst du mir bitte helfen? Warum will sie nicht mit mir reden?

Nathan, sagte Olivia, ist es dir da unten zu eng? Sollen wir nach einem anderen Tisch fragen?

Unser Tisch stand mitten im beengten Restaurant, unter der Papiertischdecke stießen unsere Beine aneinander. Ich genoss die verschwörerische Berührung von Nathans Knie und meine Sorglosigkeit, während Olivia sich Sorgen machte.

Nathan lachte. Liv, sagte er, warum willst du nicht über deine Bilder reden?

Weißt du, sagte ich zu Nathan, ich habe Olivia sogar Textnachrichten geschickt und ihr gesagt, wie gut mir die Arbeiten gefallen! Wirklich, sie haben mich sehr berührt. Ich fand es aufregend, sie zu sehen. Aber sie hat nicht mal geantwortet. Sie antwortet mir nie.

Wirklich, Olivia?, fragte Nathan. Du schreibst ihr nicht zurück?

Nie, sagte ich.

Olivia ignorierte uns beide und begann, ihre Vorspeise zu essen. Ich nahm die Karaffe und schenkte uns Wasser nach, um sie nicht ansehen zu müssen. Wie tief war ich gesunken? *Kannst du mir bitte mal helfen? Warum will sie nicht mit mir reden?*

Meinem Bauchgefühl nach war es ein Verrat, weniger an Olivia als vielmehr an mir selbst; es war, als hätte ich mir durch ein Lächeln und ein kokettes Schulterzucken einen Job, ein Empfehlungsschreiben oder einen Kontakt gesichert, auch wenn meine Freundinnen und ich vorgaben, ich hätte es meinem Willen und meiner Intelligenz zu verdanken. Es war nur eine Einladung zum Abendessen, redete ich mir ein; ich wollte Olivia bloß auf den Arm nehmen und ihre Schale durchdringen. Aber in Wahrheit erlag ich der Struktur, in die ich mich begeben hatte und in der ich immer auf eine Berührung durch Nathan lauerte, während Olivia, die sich ihm normalerweise anstandslos fügte, auf einmal widersprach, rot anlief und wütend wurde. Offensichtlich war sie ihrer Kunst gegenüber loyal, selbst auf Nathans Kosten. Da war sie also, die eine Sache, bei der sie keine Kompromisse einging.

Liv, sagte Nathan.

Olivia legte ihre Gabel auf den Teller. Das Geräusch war kalt und schabend.

Ich will nicht darüber reden, sagte Olivia. Ich *werde* nicht darüber reden.

Warum nicht?

Auf keinen Fall, sagte Olivia. Ich werde nicht mit dir darüber reden. Ich möchte mit dir nicht über meine Bilder sprechen. Ich wollte sie dir nicht zeigen. Du hast nichts damit zu tun. Sie sind privat. Und besonders wütend, sagte sie mit weit aufgerissenen Augen und schiefem Mund, so absolut wütend macht mich, dass du dir einbildest, du könntest ein Teil davon sein und hättest eine Antwort verdient. Du glaubst, du könntest dir meine Kunst ansehen und mich dazu befragen und dann auch noch eine Reaktion erwarten. Als hätte sie etwas mit dir zu tun.

Ich wurde von Scham geflutet.

Tut mir leid, sagte ich. Das tut mir leid, Olivia.

Nathan war belustigt. Er mochte es, wenn Olivia wütend wurde. Selbst hier im Restaurant hatte ihre Wut einen sexuellen Unterton. Olivia, sagte er, sie wollte nur nett sein. Sie möchte sich mit dir anfreunden.

Ja, sagte ich, gedemütigt von so viel Entgegenkommen.

Außerdem, sagte Nathan, werden *alle* deine Bilder sehen. Jeder wird danach fragen und dich darauf ansprechen. Sie sind nicht privat, nicht mehr. Du wirst groß rauskommen. Weißt du, sagte er zu mir, Liv hat eine neue Galeristin.

Während ich Nathan zuhörte, dachte ich: Was immer ich jemals für mich behalten hatte, hatte ich aus reinem Egoismus behalten, ganz ohne edle, künstlerische Hintergedanken. Ich würde mich nie so abgrenzen können, wie Olivia es eben getan hatte.

Olivia war wieder einmal peinlich berührt. Sorry, sagte sie. Tut mir leid, ich wollte nicht … Ich möchte einfach nicht darüber reden. Ich will nicht über meine Arbeit sprechen. Entschuldigt mich.

Sie stand auf, vermutlich um auf die Toilette zu gehen. Nathan lächelte mich aufmunternd an.

Eigentlich ist sie gar nicht sauer, sagte er.

Nathan, sagte ich, du redest Scheiße. Ganz offensichtlich ist sie sauer.

Nein, sagte Nathan, ist sie nicht. Sie wird sich beruhigen.

Sie ist sauer!, sagte ich. Natürlich wird sie sich beruhigen. Aber sie ist definitiv sauer. Ich habe sie verärgert.

Ich kenne Olivia viel besser als du, sagte Nathan.

Ja, aber *das* verstehst du nicht, sagte ich. Es geht hier um ihre Kunst. Sie nimmt das ernst. Du verstehst sie offensichtlich weniger gut, als du glaubst. Wir sollten sie nicht bedrängen.

Sie wird sich beruhigen, sagte Nathan noch einmal. Ziemlich gut, oder? Der Blumenkohl?

Ich aß den Blumenkohl und fragte mich, woher Olivia die Chuzpe nahm, Sachen zu sagen wie *So absolut wütend macht mich, dass du dir einbildest, du könntest ein Teil davon sein und hättest eine Antwort verdient*. War es mir, wenn mir jemand ein Kompliment machte, je in den Sinn gekommen, etwas anderes zu fühlen als Dankbarkeit und die damit verbundene Verpflichtung? Die ganze Zeit hatte ich versucht herauszufinden, ob Olivia irgendetwas ganz allein für sich hatte, einen Kern, den sie sogar vor Nathan schützte; aber in der Sekunde, in dem ich es entdeckt hatte, verlor ich den Respekt davor. Ich wollte, dass sie ihre Privatsphäre vollständig aufgab.

Als Olivia an den Tisch zurückkehrte, entschuldigte ich mich noch einmal. Nathan war bemüht, Frieden zwischen uns zu stiften. Aber ich wusste, ich war zu weit gegangen; ich hatte die Grenzen von Olivias erzwungener Freundlichkeit gesehen und auch den Beweis dafür, dass sie erzwungen war. Sie tolerierte mich Nathan zuliebe, aber eine Person, die sie lediglich tolerierte, würde sie niemals in die private Sphäre ihrer Kunst einlassen. Und wie immer köderte Nathan mich mit einem Gefühl, das ebenso verführerisch wie falsch war: dem Gefühl meiner eigenen Richtigkeit.

Während wir auf die Rechnung warteten, kritzelte Nathan auf der Papiertischdecke herum. Mit zügigen Handbewegungen schrieb er immer wieder seinen Namen. Ich fand das ebenso peinlich wie rührend. Auf einmal war es, als würde ich ihn wirklich kennen, mehr noch, plötzlich erschien er mir realer als alle anderen Menschen, die ich zu kennen glaubte. Völlig unbefangen bekannte er sich zu einer Hässlichkeit, die ich, wenn ich sie in mir selbst und anderen wahrnahm, verleugnen wollte.

Olivia schenkte mir ein flüchtiges Lächeln. Es war ein Friedensangebot.

Ist es nicht furchtbar, sagte sie, wie kindisch er ist? Siehst du, was er da schreibt?

Ja, sagte ich dankbar. Und es wundert mich kein bisschen.

Nathan lächelte und kratzte ungerührt mit dem Stift über das Tischtuch.

Manchmal, sagte Olivia nachdenklich, ist es wirklich erfrischend, mit dir zusammen zu sein. Denn ehrlich gesagt bin ich so in Nathan verliebt, dass ich manchmal gar nicht mehr merke, wie lächerlich er ist. Wie arrogant. Es fällt mir gar nicht auf. Na ja, irgendwie doch, aber ich genieße es. Weißt du, manchmal telefoniere ich mit ihm, während er rumläuft und Sachen macht. Kaffee holen, einkaufen … Keine Ahnung. Dann höre ich, wie nett die Leute am anderen Ende der Leitung sind, wie *charmant*. Sie flirten mit ihm, stellen irgendwelche Fragen. Ich kann hören, wie sie dabei lächeln!

Vor allem die Baristas, sagte Nathan. Baristas lieben mich.

Ja, das stimmt, sagte Olivia. Er gibt immer viel Trinkgeld und ist sehr höflich.

Du müsstest doch am besten wissen, wie ich auf Baristas wirke, sagte Nathan zu mir.

Olivia tastete unter dem kleinen Tisch nach ihrem Regenschirm und schlug ihn Nathan spielerisch auf den Arm. Sie war jetzt wieder umgänglich. Als wir das Restaurant verließen, kostete ich den Gedanken aus, dass meine Gesellschaft sie zwang, Nathans lächerliche Seiten in schonungsloser Offenheit zu betrachten. Und doch war ich den ganzen Abend locker mit ihm umgegangen. *Du redest Scheiße,* hatte ich gesagt, aber in dem Krieg, den ich mir zusammenphantasiert hatte, standen wir auf derselben Seite. Sein Wasserglas hatte ich wahrscheinlich dreimal nachgefüllt. Nathans Gegenwart lullte mich mehr ein denn je. Ich war nicht einmal enttäuscht, wenn er mich abstieß; jede Facette seiner Persönlichkeit fand in meiner Geografie der Beziehung ihren Platz, fühlte sich irgendwie fruchtbar an.

* * *

Wir gingen zu Olivias Wohnung, einem kleinen, bescheidenen, liebevoll und ziemlich altmodisch eingerichteten Souterrainstudio mit schwerem rot lackiertem Holzschreibtisch und getrockneten Blumen an den Wänden. Trotz meines harmonischen Zusammenlebens mit Fatima hatte ich plötzlich den Eindruck, einen alten Traum zu betreten, den Traum einer Frau, die allein zwischen lauter schönen Dingen lebt. Die Bäume, die vor dem Fenster gerade noch zu erkennen waren, leuchteten grün. Olivia war schlank, ihr Torso hatte die glatte ebenmäßige Silhouette einer Schaufensterpuppe. Sie und Nathan waren zwei weiß schimmernde Schemen vor lackiertem Holz und marineblauer Tagesdecke.

Nathan wollte uns beide vögeln, vielleicht weil wir es ohne

seine Hilfe nicht schaffen würden, uns zu vereinen, oder weil er spürte, dass die Eifersucht einen Keil zwischen uns trieb. Wie immer durchschaute ich es nicht genau.

Olivia war als Erste dran. Bevor er anfing, sagte er:

Du musst Eve küssen, wenn ich dich ficken soll. Hört nicht auf, sonst gehe ich.

Ich fasste es als Anweisung auf und küsste Olivia auf den Mund. Ich mochte es, dicht neben ihr unter Nathans Arm zu liegen und mich als Teil ihrer Zweierbeziehung zu fühlen.

Olivia stellte ihn auf die Probe. Sie atmete mich an, wich mir aus und versuchte, ihn zu umarmen, aber er zog sich zurück.

Küss sie, sagte er. Oder willst du etwa nicht gefickt werden?

Olivia gab mir ein schüchternes Küsschen. Als wir zu einem Rhythmus gefunden hatten – anhaltende Küsse, immer schnellere Stöße –, machte sie sich plötzlich von mir los und sagte: Nathan! Danke, danke, ich danke dir!

Ich schloss ganz kurz die Augen und drehte den Kopf zur Seite. Ich ertrug ihren Anblick nicht, wenn sie sich bei ihm bedankte – ihre Kinderaugen, der gereckte, durchgebogene Hals, das nackte offene Gesicht. Nathans Miene wirkte brutal und hoch konzentriert, als könnte er jeden Moment eine Tür eintreten. *Danke, danke* – mein Gott, hatte ich so etwas jemals von mir gegeben, wenn ich unter Nathan lag? War es mir je in den Sinn gekommen?

Er ließ von ihr ab, um mich zu ficken, aber die Anweisung blieb dieselbe. Olivia küsste mich auf ihre Art, mit fast geschlossenen Lippen. In Nathans Umarmung war ich schnell wieder glücklich, folgsam, ekstatisch; ich liebte es, zwischen ihnen zu liegen und eins mit ihnen zu sein. Wir atmeten, die Luft im Zimmer wurde dick. Wir schaukelten uns im Tandem hoch. Ich fragte mich, ob ich im Grunde immer nur das gesucht hatte – Vielfalt, Gemeinschaft und ein Begehren, das größer war als das eines einzelnen Menschen. Es absorbierte unsere Wünsche und ließ sie zu einer neuen Spezies heranwachsen, zu einem gefräßigen, kraftstrotzenden Tier. Mein persönliches Begehren traf keine Schuld, denn es wurde verschluckt.

Aber dann hörte er auf, noch bevor ich so weit war. Es fühlte sich an wie ein Stich ins Herz, mein Körper war immer noch gierig.

Nathan zog sich zurück und streckte sich neben mir auf dem Bett aus. Ich legte mir die Hände auf den Bauch wie im Schlaf. Nathan umschloss den kleinen und den Ringfinger meiner rechten Hand mit der Faust und legte sich die andere Hand an den Schwanz. Sein Griff um meine Finger war fest, sie wurden warm. Ich kam wieder zu Atem und spürte, wie ich in meine Finger hineinfloss in der Hoffnung, für immer so umschlossen zu bleiben. Wie konnte ich mir so etwas wünschen? Ausgeschaltet, gehalten, gewärmt zu sein und gesagt zu bekommen, was ich war, von einem Mann wie Nathan.

Olivia schloss die Lippen um Nathans Schwanz. Ich war dankbar dafür, dass sie ihm so gern einen blies, denn diese Form der Unterwerfung hatte mir nie Spaß gemacht. Unter gewissen Umständen hätte ich mir vorstellen können, es zu genießen, vielleicht wenn ich das Gefühl hätte, es verleihe mir eine besondere Art von Macht, die Fähigkeit, die Lust und zunehmende Hilflosigkeit eines anderen zu steuern. Fatima hatte gesagt, manchmal fühle es sich genau so an. Aber bei Olivia und Nathan war es anders. Olivias Liebe zeigte sich in allem, was sie für ihn tat, trotzdem schienen ihre Gefühle sie in diesem Moment zu überwältigen. Von der stillen

Passivität, die sie überkam, wenn er sie fickte, war nichts mehr zu spüren. Sie war rhythmisch, konzentriert, energisch. Ihn zu befriedigen berührte sie zutiefst; sie stöhnte, ihre Hüften zuckten unwillkürlich. Ich sah es und fragte mich, ob es ihr vor allem auf dieses Gefühl ankam, auf diese ultimative Unterjochung, wenn sie ohne Vorbehalte und voller Eifer zu einem anonymen Loch wurde. *Manchmal blase ich ihm einen, wenn er im Büro sitzt und telefoniert,* hatte sie an einem anderen Abend gesagt, als die Unterhaltung nach dem Essen ins Sexuelle abgedriftet war. *Ich mag das sehr, denn dann habe ich das Gefühl, er beachtet mich gar nicht.* Olivia würde ihm folgen, egal in welche Tiefen. Kein Teil von ihr wäre entsetzt, kein Argument und kein Glaube könnten sie zurückhalten. War sie denn keine Sekunde lang zerrissen zwischen dem, was sie an sich liebte, und dem, was sie fürchtete? Was war es, das ihren Verstand beleidigte und dem sich ihr Körper trotzdem nicht widersetzen konnte?

Nathan brauchte lange, um zu kommen, und als es so weit war, schien Olivia entzückter zu sein als er selbst. Er schlug sich die Hände vors Gesicht, das Bettzeug unter ihm war schweißnass. Sie tastete danach und lachte. Dann zog sie ein langes schwarzes Shirt über und stellte sich an die Küchenzeile in der Ecke.

Was möchtest du trinken?, fragte sie. Wasser? Einen Sauternes?

Das war Nathans Lieblingswein, den er im Restaurant öfter bestellte.

Er gab keine Antwort.

Olivia, sagte ich, wo ist dein Atelier?

Dahinten, sagte sie und zeigte auf eine kleine Tür neben den Souterrainfenstern, die auf die Straße hinausgingen. Ich hatte einen Kleiderschrank dahinter vermutet. In ihrer

Wohnung hingen keine Gemälde, weder ihre eigenen noch andere, es gab nur die Blumen, getrocknete und frische, dazu verschiedene Vasen, wie es sie in den Spezialgeschäften mit Keramik und hochwertigen Lederwaren zu kaufen gab, die überall in Brooklyn aus dem Boden schossen wie Pilze, und zwei mit Taschenbüchern vollgestopfte Wandregale.

Nathan, was möchtest du?, fragte Olivia noch einmal.

Schaust du gern zu, wenn Olivia mir einen bläst?, fragte Nathan.

Ja, sagte ich.

Olivia stand in der Zimmermitte und beobachtete uns.

Findest du, dass ich dabei aussehe wie eine Hure?, fragte sie.

Kurz spielte ich mit dem Gedanken, Ja zu sagen, ganz einfach, weil ich alle ihre Fragen mit Ja beantwortete. Wahrscheinlich wollte sie wie eine Hure wahrgenommen werden, weil sie in der Welt, in die Nathan sie eingeführt hatte und wo sie mit ihm, mir und anderen Frauen schlief, promisk war, ganz im Gegensatz zu ihrem früheren Leben. Sie wollte in der Neuheit schwelgen.

War das eine rhetorische Frage?, fragte ich.

Olivia sah Nathan an.

Nein, sagte Nathan. Natürlich nicht.

Nein, sagte ich. Du siehst nie aus wie eine Hure. Darf ich das so sagen?

Es liegt nur daran, dass meine Titten zu klein sind, sagte Olivia niedergeschlagen.

Ich musste lachen. Nein!

Was ist sonst der Grund?

Du bist Nathan sehr zugetan, sagte ich. Verzeihung. Aber es ist ganz offensichtlich, wie sehr du ihn liebst.

Das ist wahr, sagte Olivia.

Nathan schenkte mir ein wohlwollendes Lächeln. Auf dieselbe Weise lächelte er, wenn ich von Fatimas und meinem Zusammenleben erzählte. Gedankenverloren drehte er den Ring an seiner rechten Hand vor und zurück. Er schloss die Augen. Das ist schön, sagte er. Sehr schön.

Olivias Liebe war also schön, so schön wie ein überraschend gutes Essen oder ein starker Tag an der Wall Street. Er nahm sie zur Kenntnis, aber sie drang nicht bis in sein Innerstes vor, wo er sich selbst erkannte und Pläne schmiedete. Anfangs hatte ich vermutet, dass die Nähe zwischen den beiden ihn für das Ausmaß ihrer Liebe blind machte oder dass es ihm sehr wohl bewusst war, er an ihrem Wohlbefinden aber kein bisschen interessiert war. Doch weder das eine noch das andere traf zu. Beide wussten sehr genau, was zwischen ihnen war. Olivia liebte ihn nicht zuletzt wegen seiner Ausgeglichenheit, wegen der Fähigkeit, ihre maßlose Verliebtheit zu erdulden und noch zu vertiefen, ohne dabei irgendwelche Forderungen an sie zu stellen. Seine Selbstgenügsamkeit machte einen großen Teil seiner Anziehung aus, für sie ebenso wie für mich. Trotzdem fragte ich mich manchmal, ob es sehr schmerzhaft für sie war, einem Gefühl zu erliegen, gegen das er vollkommen immun war. Ich wusste, sie hatte Angst, er könnte sie verlassen, aber gleichzeitig hatte ich sie unterschätzt. Ich hatte sie für intelligent, aber leicht verwirrt gehalten.

Je besser ich das alles verstand, desto neidischer wurde ich auf Nathan. Wenn er nicht grausam zu ihr war, hatte ich keinen Grund mehr, ihn zu hassen; in dem Fall blieb mir nichts als der Neid. Ich fragte mich, wie ich bekommen könnte, was er besaß – absolute Freiheit und ein furchtloses Leben, in dem ich durch eine Landschaft aus Liebe und Sex schweben und niemandem Versprechungen machen würde.

Nathan, was möchtest du trinken?, fragte Olivia erneut.

Ich glaube, er ist eingeschlafen, scherzte ich.

Olivia setzte sich neben Nathan und rollte eine Clementine über seinen Unterarm. Vielleicht hatte ich mich auch geirrt, vielleicht stand sie auf einem ewigen Bahnsteig und wartete vergeblich auf die Ankunft der Liebe. Ich hatte es deutlich vor Augen: Der Abend war kalt, sie hatte sich das Haar halb in den Mantelkragen gesteckt und beugte sich vorsichtig über die Bahnsteigkante, um nach herannahenden Lichtern Ausschau zu halten. Ihr argloses Gesicht löste ein zärtliches Gefühl in mir aus. Wer auf der Welt könnte ihr eine bessere Freundin sein als ich, die wusste, wo sie ihre Nächte verbrachte und wie sie sich fühlte?

Olivia, sagte ich.

Auf einmal war ich mutig. Olivia lächelte zögerlich. Ich küsste sie, und sie erwiderte es auf ihre sanfte, keusche Art. Die Clementine kullerte aus ihrer Hand aufs Bett. Sie beugte den Oberkörper vor und lehnte sich wieder zurück, sobald der Kuss vorbei war. Vielleicht bereitete es ihr Vergnügen, mich zappeln zu lassen. Ich strich ihr mit Fingern über den Rücken, behutsam und zärtlich. Sie schloss die Augen – weil sie schüchtern war? Weil sie es genoss? –, ich legte ihr meine Hand an die Taille, schob sie unter ihr Shirt. Olivia roch sehr sauber, sie gab eine fast pflanzliche Frische ab, grün und mild. Ist das okay?, fragte ich. Fühlt sich gut an, sagte sie. Wie klein ihr Körper war, spürte ich bis in die Fingerkuppen; es fühlte sich an, als sei sie unter der Haut verdichtet, willentlich komprimiert. Sie drehte sich halb zu mir um, mit immer noch geschlossenen Augen. Ihre Brustwarzen waren winzig, ihr Oberkörper von niedlichen Sommersprossen bedeckt.

Nathans Anwesenheit erinnerte mich daran, wie geübt er sie nahm, wie unbeholfen ich mich im Vergleich anstellte.

Aber ihr Körper wandte sich mir zu, und ich erkannte sie. Auf einmal fiel mir wieder ein, was ich an Frauen so liebte: diesen ersten unendlichen gesetzlosen Moment der Intimität, wenn die vertraute Welt in den Hintergrund rückt. Olivia hielt die Augen geschlossen und lehnte sich gegen meine Hand. Da war sie – Olivia, halb auf der Hut, halb auf der Jagd. Ich musste lächeln. Ich bewegte mich sehr langsam. Im Raum wurde es so still wie bei einem ersten Kuss. Olivia wurde breiter, tiefer, fordernder. Meine Berührungen waren warm und sicher. Die Luft wurde dick, Olivias Flüstern schwoll an, der Atem dehnte ihren Brustkorb. Langsam, ganz langsam, als fürchtete ich, sie könnte es sich anders überlegen, ließ ich mich aufs Bett sinken und drückte meinen Mund auf ihre Klitoris. Sie war warm, überwuchert, ihre zuckenden Muskeln stark und unberechenbar. Ich drückte mein Gesicht an ihren Körper, und ihre überraschende Stärke zermalmte meine Unsicherheit. *Da ist sie, die Frau, die ich liebe.* Nach einer Weile richtete Nathan sich auf und schob ihr seinen Schwanz in den Mund. Sie ließ es geschehen, gedankenverloren, fast ohne etwas zu merken.

Schließlich drehte sie schüchtern die Hüfte zur Seite.

Olivia, sagte ich.

Nein, bitte nicht, sagte sie und wich vor Nathan zurück, das ist mir peinlich. Lachend zog sie sich das Haar übers Gesicht.

Bitte, ich liebe es, dich berühren zu dürfen, ich …

Sie zog ihr Shirt herunter, stand auf und ging zur Küchenzeile, um den Wein zu holen.

Findest du es nicht auch toll, wie Olivia immer wieder für ein neues Drama sorgt?, sagte Nathan leise.

Ich folgte Olivia an die Küchenzeile und sie zeigte mir einen Schrank über dem Waschbecken, in dem vier kleine

Weingläser standen. Ich fühlte mich seltsam überlegen. Wenn Nathan mich nur an der richtigen Stelle berührte, klingelte ich wie eine Glocke. Seit wann gefiel mir die Frau, die ich in seiner und Olivias Nähe war, besser als alle anderen? Trotz meiner Vorbehalte liebte ich es, diese Frau zu sein, nicht nur körperlich, sondern auch im Gespräch. Ich hatte immer geglaubt, ich wolle die beiden aus dem Publikum heraus beobachten, aber ich hatte mich geirrt.

Nathan, möchtest du einen Wein?, fragte Olivia. Wie wäre es mit einer Zigarette?

Danke, nein, Liv, sagte er, aber dann setzte er sich doch auf und nahm das Glas entgegen. Ich holte meine Zigaretten heraus – während ich hockend in meiner Tasche kramte, war ich mir meiner derben, animalischen Haltung bewusst – und bot Nathan eine an. Er ließ sich Feuer geben, kippte dann den Wein herunter, um das Glas als Aschenbecher zu benutzen.

Wie läuft es mit deiner Freundin?, fragte er wie aus dem Nichts.

Auf einmal wurde mir kalt. Wieder hatte ich das Gefühl, Romis Name dürfe vor Nathan nicht ausgesprochen werden. Wenn ich bei ihm war, konnte ich nicht an sie denken, da war höchstens das Aufblitzen einer zärtlichen Erinnerung. Es war ja nicht so, als hätte ich nur ein Leben.

Gut, sagte ich und setzte mich aufs Bett.

Wie heißt sie gleich?, fragte Nathan. Sie hat einen schönen Namen. So elegant.

Ich schälte die Clementine, die Olivia auf dem Bett liegen gelassen hatte, und bot Nathan die größere Hälfte an.

Rose?, fragte er. Oder so ähnlich?

Alles gut.

Trotzdem kommst du immer wieder zu uns zurück, nicht wahr?, fragte er.

Ja, sagte ich. Anscheinend weißt du genau, was du mit mir machen musst, das gefällt mir.

Das ist Nathans besondere Gabe, sagte Olivia lächelnd und brachte ihm ein weiteres Glas Wein.

Nathan streckte die Hand aus, ich legte die letzte Clementinenspalte hinein. Die Geste machte mir unsere Körpersprache intensiv bewusst. Im Halbdunkel von Olivias Wohnung schimmerten unsere Gliedmaßen gelbgrau, ich hatte die Füße unter mich gezogen und saß Nathan gegenüber. Er streckte sich auf der anderen Bettseite aus, neben sich einen mit Bechern und Tassen vollgestellten Nachttisch. Olivia saß auf der Bettkante und ließ die Beine baumeln, als müsste sie jeden Moment los. Das Fenster war eine knappe Handbreit geöffnet, Luft zog herein. Die Atmosphäre war auf fast schmerzhafte Weise zärtlich, das Gefühl einer wohlverdienten Muße breitete sich aus, als wäre unsere neu gefundene Nähe die Belohnung für den langen seltsamen Winter. Deswegen hatte ich Nathans Wasserglas beim Abendessen so oft aufgefüllt, deswegen hatte ich ihm eine Zigarette gegeben und die Clementine geschält. Ich war Teil einer wohlwollenden Gemeinschaft, in der Tat standen wir einander jetzt nicht mehr feindselig gegenüber, sondern liebten einander.

Wie kam ich darauf, dass es Liebe war? Olivias Fürsorge für Nathan, meine Beflissenheit? Fühlte ich mich an Romis jahrelangen Einsatz erinnert? War diese Liebe überhaupt wertvoll, solange Olivia und ich Nathan umkreisten und ihm alles anboten, was wir zu bieten hatten?

Ich musste an eine Frage auf dem Sexsucht-Fragebogen auf Fatimas Handy denken: *Stehen Ihr Wunsch nach Sex oder Ihre sexuellen Phantasien im Widerspruch zu Ihren moralischen Ansprüchen, oder beeinträchtigen sie Ihre persönliche spirituelle Entwicklung? Ja/Nein.*

Nathan, sagte ich, ist es nicht ein Beweis unserer Frauenfeindlichkeit, wenn du *weißt, was du mit mir machen musst?* Wenn ich auf diese Weise von dir gefickt werden will und Olivia auch?

Nathan wirkte überrascht. Er gab mir seine Zigarette, als könnte er mich damit besänftigen.

Warum denkst du immer noch über diesen Mist nach?, fragte er. Ich dachte, ich hätte dich davon geheilt.

Von meinem Leben?

Nicht von deinem Leben. Von der Politik. Das hier ist dein Leben.

Ich meinte es ernst. Ich war in der richtigen Stimmung, ihnen zu vertrauen und einen Einblick in mein Denken zu gewähren. Ich versuchte, es lustig klingen zu lassen.

Jedes Wochenende krieche ich in ein dunkles Loch, sagte ich, und das soll ich dann *ermächtigend* finden? Von dir gefickt zu werden? Bloß weil ich es genieße?

Nathan schwieg, ich beugte mich über ihn und ließ die Kippe in eine leere Tasse fallen. Sein Blick folgte mir. Ich setzte mich wieder auf und öffnete die Beine, sodass meine Muschi ihm entgegenklaffte. Olivia ignorierte ich, ich wollte nicht wissen, wie es ihr ging. Ich tastete nach dem Feuerzeug, das irgendwo auf der Matratze lag.

Es ist zu seltsam, sagte ich. Olivia und ich führen Beziehungen mit Frauen. Wir stehen auf Frauen! Es ist ja nicht so, als hätten wir uns irgendwann gesagt: *Scheiß drauf – es führt kein Weg drumherum, wir brauchen den Schwanz*. Und trotzdem … Aber ich kann nur für mich sprechen. Ich bin mit der Vorstellung aufgewachsen, dass Frauen machen können, was immer sie wollen, und dass sexuelle Selbstbestimmung über Moral und engstirnigem Denken steht. Und jetzt soll ich glauben, dass ich mir nicht selbst schade, weil etwas, das ich verstanden und frei gewählt habe, mich gar nicht verletzen *kann*? Ist das nicht die schlimmste Form der Unterwerfung? *Also bitte, na gut, ich kann nicht länger widerstehen?*

Macht es dir keinen Spaß?, fragte Nathan. Kommst du nicht immer wieder zurück? Lasse ich dich nicht kommen wie ein verdammtes Tier?

Eins kannst du mir glauben: Ich liege jede Nacht wach und hoffe entgegen aller Wahrscheinlichkeit, dass ich am Ende mit einer Frau zusammenkomme und mir im Spiegel wieder in die Augen sehen kann. Ich habe es geschafft, in eine ideologische Falle zu tappen, wie man sie mir schon vor fünfzig Jahren gestellt hätte, nur eben umgekehrt. Aber …

Aber, Eve, sagte Olivia in meinem Rücken.

Ich drehte mich um. Sie war knallrot.

Ist das hier denn nicht gut?, fragte sie. So richtig gut?

Sie hielt meinen Blick. Auf einmal sah ich sie außerhalb der klaustrophobischen Enge, in der wir unsere gemeinsame Zeit verbrachten; ich sah sie draußen in der Welt, wie sie zum Restaurant lief, sittsam und voller Erwartung, die Augen auf den Gehweg gerichtet.

Ist es nicht … ist es nicht ein ganz besonderer Teil deines Lebens?, fragte sie. Hast du so etwas je zuvor erlebt?

Ich kannte die Antwort, konnte sie aber selbst nicht verstehen. Ich war schon früher verliebt gewesen, ich war sogar jetzt in diesem Moment in Romi verliebt. Ich war von der Leidenschaft überwältigt worden. Trotzdem konnte ich die Erfahrung mit Nathan und Olivia gar nicht überbewerten. Es war, als lägen die Fragen, die mich am meisten interessierten und am einsamsten machten – Fragen nach Begehren, Sex, Geschlecht, Aufmerksamkeit, Intimität, Eitelkeit und Abscheu –, vor uns dreien auf dem Tisch. Ich konnte sie studieren wie Obst in einer Schale. Ich sah ihre Form, erinnerte mich an unsere Geschichte; in der Vergangenheit hatte ich mich so sehr von Hoffnung, Loyalität und Wunschvorstellungen leiten lassen, dass ich sie nicht ansatzweise erfassen konnte. Doch jetzt schien die Klarheit zum Greifen nah. Wenn ich nur lange genug hierblieb, wenn ich um den Tisch herumging und die Schale aus allen Winkeln betrachtete, würde sich eine neue Perspektive zeigen, eine neue Freiheit.

Ich wollte mich entschuldigen, aber ich wusste, es würde zu wehtun. Stattdessen sagte ich: Olivia, können wir uns mal treffen, nur wir beide? Das fände ich schön.

Olivia errötete abermals und schmiegte sich in Nathans Arm.

Nächste Woche habe ich Geburtstag, sagte ich. Ich werde ein paar Leute einladen. Vielleicht kommst du auch?

Olivia lag da wie eine Katze und rührte sich nicht.

Als wir aufgestanden und angezogen waren und Olivia wieder vor der Küchenzeile stand, kam Nathan zu mir und drückte mich sanft gegen die Wand, seine Hüfte an meiner. Er legte mir eine Hand an den Hinterkopf. Der Sex ist so gut, sagte ich. Eigentlich wollte ich mich entschuldigen, ich wollte ihm sagen, dass ich ihn liebte.

Oh, sagte er sanft, als sei er selbst verblüfft.

Gibt es für dich irgendein Tabu?, fragte ich.

Gott, nein. Nein, warum denn? Er streichelte mir mit warmen gespreizten Händen den Rücken, wie jemand, der trösten will, wie ein Freund, der sich nicht von einem geliebten Körper trennen kann.

Ich schob ihn weg. Mit jedem Atemzug bereitete ich mich auf den Verlust vor, auf das Wissen, dass seine Brust sich einen Zentimeter entfernt hatte. Nach vier Atemzügen fiel mir alles wieder ein.

Musst du das ganze Wochenende arbeiten?, fragte ich.

Ja. Er richtete sich auf. Ich holte mein Handy heraus. Wir standen zu dritt an der Tür und verabschiedeten uns voneinander. Ich versuchte, Olivia zu küssen, und Nathan sagte: Liv, gib ihr einen *richtigen* Kuss.

7

Dann war es August. Früher Nachmittag. Romi und ich hatten den Samstag für uns. Wir lagen in T-Shirt und Unterwäsche auf dem Bett, genossen die kalte Luft aus der Klimaanlage und waren zu platt, um irgendetwas zu unternehmen. Draußen auf der Straße klingelte ein Eiswagen.

Willst du eins?, fragte Romi. Ich hole uns was.

Sie ging hinaus. Ihr Bett war kühl und trocken. Ich glaubte, alles zu haben, mehr, als ich für möglich gehalten hatte: Nathan, Olivia *und* Romi. Anscheinend näherte ich mich einem Lebensgefühl, von dem ich etwas ahnte, seit ich vor all den Monaten Olivia in der Bar getroffen und erkannt hatte, dass sie in einer eigenen glamourösen Welt lebte, zu der vielleicht auch mir Zutritt gewährt würde.

Romi brachte Eis am Stiel. Ich setzte mich an die Wand und biss mit einem zufriedenen Schmatzen die Spitze ab.

Tust du mir gern diese Gefallen?, fragte ich und leckte mir geschmolzenes Eis von der Hand. Oder bist du es langsam leid, alles Mögliche für mich zu kaufen und zu schleppen?

Romi leckte ihr Eis methodisch, von unten nach oben, und nach jedem Mal drehte sie es um neunzig Grad.

Natürlich mache ich das gern, sagte sie. Ich denke nicht weiter darüber nach.

Meinst du, darin besteht der Unterschied zwischen guten und schlechten Menschen? Die guten Menschen denken nicht weiter drüber nach?

Du unterscheidest doch nicht wirklich zwischen guten und schlechten Menschen, sagte Romi.

Dann wiederum zeichnet doch genau das einen guten Menschen aus. Dieser Zweifel, ob das, was man tut, gut genug ist. Denn es bedeutet, dass es einem nicht egal ist.

Worauf willst du hinaus?, fragte Romi.

Wie bitte?

Musst du eine Entscheidung treffen? Hast du Angst, etwas falsch zu machen?

Nein, sagte ich. Ich frage mich nur, warum ich nie auf die Idee komme, dir morgens das Frühstück zu machen.

Romi nahm mir das feuchte Eisstäbchen ab, sammelte die Verpackungen ein und wollte aufstehen, aber ich zog sie zurück ins Bett und nahm ihr den Müll aus der Hand. Ich beugte mich hinunter, legte die Folie mit der sauberen Seite nach unten auf den Boden und die Holzstäbchen darauf. An Romis Oberschenkeln klebte Schweiß, weil sie dem Eiswagen hinterhergelaufen war. Ich schob meine Hand von unten in ihre Laufshorts. Ihre Unterwäsche war nass und klebrig, ihr Schritt heiß.

Nein, besser nicht, sagte Romi. Ich habe meine Tage.

Na und?

Sie senkte ihren Blick. Ich drang mit zwei Fingern in sie ein. Sie spannte den Bauch an und kniff ganz kurz die Augen zu, dann packte sie mein Handgelenk und rückte von mir ab und außer Reichweite.

Was ist denn?

Sie schlug ihre Beine übereinander. Evie, sagte sie, ich will Schluss machen.

Im Ernst?

Ja.

Ich ließ den Kopf in die Hand sinken und sah dann erst, dass ich Blut an den Fingern hatte. Ich wischte sie am Laken ab. Wer ist sie?, fragte ich.

Eine Kollegin, sagte Romi. Aus dem Krankenhaus.

In der Ferne heulten Sirenen, die ich während meiner glücklichen, verwirrten Jahre in der Stadt nicht mehr wahrgenommen hatte. Nun tönten sie gellend durchs geschlossene Fenster. Ich fühlte mich fast wie beim Anblick der Schale, die im Raum stand, wenn Nathan und ich uns unterhielten. Eine durchdringende Klarheit zog auf. Alles wurde schwer von Licht und Wärme. Der beige Teppichboden in Romis Schlafzimmer glühte.

Es tut mir leid, sagte Romi. Ich hatte das nicht geplant. Es ist mir entglitten.

Es ist dir entglitten?

Ja.

Romi war zerknirscht, aber ohne Eile, als betrachte sie Scherben am Boden.

Es ist dir entglitten, sagte ich, was bedeutet, dass du es wieder einfangen kannst. Oder?

Wie meinst du das?, fragte Romi. Du willst immer noch mit mir zusammen sein? Trotzdem?

Ja.

Bist du dir sicher?

Die Luft zwischen uns war aufgeladen. Ich betrachtete Romi, den Teppich, wieder Romi, meine Hände. War ich mir sicher?

Du weißt, ich mache mir nichts aus Monogamie, sagte ich. Menschen machen Fehler. Sie haben Wünsche, und das ist in Ordnung. Es bedeutet nicht, dass man Schluss machen muss.

Du willst, dass ich bleibe?

Ja, natürlich. Was wir haben, ist … Findest du nicht, wir sollten es bewahren? Kommt es nicht darauf an?

Romi wandte den Blick ab. Das sehe ich anders, sagte sie. Ich finde, am wichtigsten ist Ehrlichkeit.

Ich weiß, dass du das findest. Deshalb war ich mir bei dir so sicher. Bei allem, was mit uns zu tun hatte.

Wie meinst du das?

Na ja, beispielsweise war ich mir sicher, du würdest mich nie verlassen.

Romi verzog den Mund, und ganz kurz sah es aus, als würde sie in ein gequältes Lachen ausbrechen. Aber dann verschwand der Ausdruck wieder. Ich mir auch, sagte sie.

Schon verrückt, wie sicher ich mir war. Ich meine, ich vertraue … Ich habe dir so sehr vertraut …

Weil ich vertrauenswürdig bin, sagte Romi. Hast du …?

Fass mich nicht an, sagte ich.

Ich fing an, meine Sachen einzusammeln. Doch noch während ich eilig packte, empfand ich ein starkes Verlangen, sie zu lieben, so stark wie damals, ganz zu Anfang. Die Klarheit im Raum war nicht mehr zu übersehen, sie war so aufdringlich wie der Geruch von brennenden Haaren. Nichts erregte mich mehr als eine Offenbarung.

Stimmt mit mir irgendwas nicht?, fragte ich. Die hektischen Bewegungen hatten etwas in meinem Kopf gelöst. Hast du beschlossen, mich deswegen abzuservieren?, fragte ich. Weil du es rausgefunden hast?

Was soll ich rausgefunden haben?

Dass ich Männer ficke, sagte ich. Manchmal. Dass ich Männer mag.

Evie, es ist nicht deine Schuld.

Wie meinst du das? Weißt du …?

Was soll ich wissen? Romi sah mich an. Ich weiß nicht, wovon du sprichst.

Nein?

Ich weiß von nichts. Warum fragst du? Hast du mit einer anderen geschlafen?

Hast du das vermutet, oder habe ich es dir gerade gesagt?

Aber wozu dann das Gerede von *Vertrauenswürdigkeit*? Wenn du fremdgegangen bist?

Ich hatte meine Shorts an und meine Tasche in der Hand. Ich blinzelte ins Sonnenlicht. Romis Haare leuchteten wie eine Lampe.

Komm schon, Romi, sagte ich. Weil du ein vertrauenswürdiger Mensch bist. Hast du das nicht gerade selbst gesagt? Du bist ein guter Mensch. Ich *soll* dir vertrauen. Das hast du selbst gesagt. Du arbeitest mit Kindern! Um Himmels willen, nach der Arbeit bringst du vom Heimweg das Abendessen mit. Du hast nie ...

Ich weiß, du liebst mich, sagte Romi. Oder du glaubst, dass du mich liebst. Aber genau so siehst du mich – als diese perfekte Person. Das ist nicht gut. Ich habe ständig Angst, dich zu enttäuschen.

Du hast Angst, *mich* zu enttäuschen? Darum geht es hier?

Romi stand auf und sammelte den Müll neben dem Bett ein.

Was ist, wenn ich mal den Regenschirm vergesse?, fragte sie. Wenn ich müde bin? Wenn ich, was weiß ich, mal eine Woche lang *nicht* die perfekte Freundin bin? Wie denkst du dann über mich?

Eben hast du gesagt, du würdest nicht mal drüber nachdenken, du tust das einfach so!

Hör auf, sagte Romi sanft. Ich langweile dich.

Machst du Witze?

Du willst es nicht, aber so ist es. Du sagst dir, *na ja, sie ist toll, wir lieben uns, wie könnte ich mich da langweilen?* Aber du langweilst dich! Ist es nicht so? Ist das nicht der Grund, warum du was auch immer getan hast?

Ich hätte nie gedacht, dass du wirklich Schluss machen würdest, sagte ich.

Ich hätte nicht gedacht, dass du fremdgehen würdest.

Ja, ich habe eine andere Person gefickt! Du auch!

Ich habe nicht … Ich habe niemanden gefickt. Ich bitte dich. Ich würde niemals …

Oh, du hast sie nicht gefickt? Was habt ihr gemacht, euch zugehaucht, wie gerne ihr es treiben würdet? War es so?

Komm schon. Ich mein es ernst. Ich habe nichts gemacht, ich habe nichts verheimlicht, ich habe nicht gelogen. Ich habe dich nicht betrogen. Ich sage dir nur, ich fühle mich wie … Irgendwie ist es so noch schlimmer, es wäre leichter zu verarbeiten, wenn was Schreckliches vorgefallen wäre, aber ich habe nicht …

Ich habe mit jemandem geschlafen, Romi, aber ich würde dich nie verlassen. Niemals.

Romi zerdrückte die Eisverpackungen und die Stiele in ihrer Faust und ging ins Bad. Wieso sollte das besser sein?, fragte sie von nebenan. Du würdest lieber lügen? Ist es das, was du willst, lügen und betrügen? Ich hörte, wie sie die Dusche anstellte, dann erschien sie im Türrahmen. Ist es das, was du willst? Fühlst du dich dann besser, Eve?

* * *

Wenigstens nennst du dich nicht vertrauenswürdig, sagte Fatima. Ist doch seltsam, dass Romi sich für so aufrichtig hält. Obwohl sie mit irgendeiner Frau rumgemacht hat.

Sie hat sich in eine andere Frau verliebt, korrigierte ich sie. Ich bin mir nicht sicher, dass sie schon im Bett waren. Vielleicht hat sie nicht mal was falsch gemacht.

Aber sie hat dich verlassen, sagte Fatima.

Dass Romi gut über sich denkt, finde ich nicht weiter verwunderlich, sagte ich. Es ergibt absolut Sinn. Nur deshalb habe ich an sie geglaubt, deswegen habe ich mich bei ihr so sicher und geborgen gefühlt. Sie erlaubt sich keine Zweifel. Sie war so irritiert, dass ich ihr nicht mehr vertraue, obwohl sie mir gesagt hat, sie würde mich verlassen! Wegen einer anderen! Sie konnte sich nicht vorstellen, in diesem Szenario die Böse zu sein. Oder überhaupt im Leben.

Du machst dir zu viele Gedanken, sagte Fatima. Fakt ist: Sie ist nicht die, für die du sie gehalten hast. So sieht es aus.

Kann sein. Aber ich bin auch nicht die, für die sie mich gehalten hat.

Ja, Evie, okay, so ist das nun mal bei einer Trennung. Man lernt dazu und ändert sein Leben.

Ich habe mein Leben nicht geändert!

Nein, das hat sie für dich übernommen. Und wenn du mich fragst, ist es nur zu deinem Besten.

Du magst Romi nicht?

Das habe ich nicht gesagt, sagte Fatima. Ich habe mit Romi kein Problem. Aber ich kann diesen Schwachsinn nicht mehr hören, wie toll sie ist, dass sie ein Geschenk an die Welt ist, und du sollst dankbar sein, ihr die Stiefel zu lecken.

Sie ist Ärztin, verdammt noch mal! Sie ist ein leuchtendes Vorbild! Komm schon, hattest du je einen Freund, der so gut war wie Romi?

Mir doch egal. Es ist nicht gut, die eigene Freundin so zu idealisieren. Damit ruinierst du dir dein Leben. Ich kann es nicht ertragen, dich so zu sehen. Du benimmst dich, als würdest du über deine Verhältnisse leben, als müsstest du Romi ständig dankbar sein, als würdest du nicht fassen, dass sie dich immer noch liebt.

* * *

Und dann gab es natürlich Tränen und Schluckauf, Panikattacken auf Taxirückbänken und schlaflose Nächte. Den ganzen Monat über war es heiß, die Stadt stank nach Fleisch und Abwasser. Fatima machte Eistee in großen Krügen. An manchen Nachmittagen weckte sie mich, indem sie mir einen Eiswürfel an den Hals oder ans Ohr hielt.

Hin und wieder konnte sie mich überreden, mich draußen auf die Treppe zu setzen und eine mit ihr zu rauchen.

Anscheinend hast du fast nichts *außer* Zweifel, sagte Fatima und stellte den Aschenbecher zwischen uns. Ich lachte, und mein Lachen presste die Tränen heraus, die in meinen Augen gewartet hatten. Ist es nicht furchtbar anstrengend, weiser zu sein als alle anderen?, fragte sie.

Ein paar Tage später wurde eine kleine lila Schachtel geliefert. Fatima trug sie in mein Zimmer. Darin lag ein längliches, in sich verheddertes Schmuckstück. In unserem überhitzten, benommenen Zustand standen Fatima und ich ratlos davor. Oh!, sagte sie schließlich, nachdem sie sich das Ding dreimal um den Hals gewickelt hatte, meinst du, es könnte Körperschmuck sein?

Unzählige kleine Goldplättchen hingen an einer langen Kette. Nachdem wir die Kette entwirrt hatten, baumelte sie zwischen meinen Brüsten und teilte sich darunter in zwei Stränge auf, die über den Hüften hingen. Ich trug die Kette über meinem schmutzigen T-Shirt. Zum ersten Mal seit Tagen mussten wir beide lachen.

Da ist ein Zettel, sagte Fatima. Hast du ihn gesehen? *Herzlichen Glückwunsch zum Geburtstag nachträglich. Gern geschehen. N.*

Fatima lachte noch einmal. Der ist mir einer.

Ihr Tonfall verriet mir, dass ich mich schämen sollte, aber ich fühlte nichts als Dankbarkeit. Überraschenderweise war Fatima nicht der einzige Mensch, für den ich noch existierte. Ich legte die Kette in meine Unterwäscheschublade und vergaß sie. Nathan war eine Fata Morgana aus Hoffnung und Eitelkeit, ein Luxus, den ich mir nicht mehr leisten konnte.

* * *

An den Abenden spürte ich Romis Abwesenheit als Muskelkater in Brust und Armen. Oder vielleicht fehlte mir nicht Romi, sondern der Glaube, ich könnte eines Tages so zugewandt und hingebungsvoll sein wie sie. Wäre es möglich, eine Liebe zu pflegen, die kein Werturteil über die eigene Person war? In welchem Stadium seines Lebens wäre ein Mensch zu so einer Liebe fähig? Ohne Romi waren alle Schutzräume abgerissen, nicht nur die von mir bewohnten, sondern alle, überall im Land, jeder einzelne Raum, der mir Wärme geboten hätte, und zu meinen Lebzeiten würden sie nicht wieder aufgebaut. Romi hatte mich verlassen, weil ich selbstsüchtig war, unfähig zur selbstlosen Liebe. Was sich gerade wieder einmal bewies: Ich wünschte mir, ihr würde etwas Schlimmes – aber nicht zu Schlimmes – zustoßen. Ich wollte, dass ihre Fahrt zur Arbeit jeden Tag eine Stunde länger dauerte, weil der Zug in einem Tunnel unter dem Fluss stehen blieb. Nicht einmal die Vorstellung, sie könnte weniger gut sein als gedacht und genauso fehlbar wie wir anderen, spendete mit Trost, denn das bedeutete das Ende meines Traums, des Traums von selbstloser Liebe.

Abends stellte Fatima mir ein Glas Eistee auf den Nachttisch, dessen Kondenswasser Ringe auf dem Holz hinterließ. Ein- oder zweimal täglich setzte ich mich für eine halbe Stunde unter die lauwarme Dusche. Warum hatte ich die Liebe zu Romi, die in mir gewachsen war, jemals für ein so kostbares Gut gehalten? Nun, da meine Liebe kein Ziel mehr hatte, wurde sie mir auf eine neue Weise bewusst. Sie war viel größer, als ich vermutet hatte, sie war riesig, träge und empfindlich wie ein großes Wackelpuddingwesen, das in mir herumschwamm, gegen Angst, Zweifel und Narzissmus prallte und leicht ramponiert weiterschwebte. Ich würde einen Platz dafür finden müssen, aber es war zu groß und zu merkwürdig. Und überhaupt, wozu war meine Liebe gut? Ich hatte trotz meiner Liebe gelogen und gehofft, durch die Lüge erlöst zu werden. Was es an Gutem in mir zu finden gab, war unmöglich zu erkennen.

8

Ist es nicht schön, sagte Olivia, sich einfach so zu treffen? Als wären wir zwei ganz normale Menschen?

Die Bar war ziemlich leer, aber beim Sprechen hielt sie die Arme dicht am Körper, als fürchte sie, irgendwem in die Quere zu kommen. Montagabend auf der Upper East Side. Sie hatte gesagt, nach der Arbeit habe sie in der Gegend etwas zu erledigen.

Ich bin ja so froh, sagte ich. Wie schön, dich im echten Leben zu sehen, allein.

Nathan fand, wir sollten das endlich mal tun. Ich habe eine Gehaltserhöhung bekommen, und da meinte er: Warum lädst du Eve nicht auf einen Drink ein?

Seit Romi mich verlassen hatte, waren zwei Wochen vergangen. Ich fühlte mich wie ein Geschirrtuch, das man wiederholt nass gemacht und ausgewrungen hatte. Über Nathans und Olivias Präsenz in meinem Leben – über die Einsicht, dass ich mit Romi nicht auch automatisch sie verloren hatte – war ich ehrlich überrascht. Das war mehr, als ich verdient hatte.

Olivia und ich bestellten Cocktails mit Gin. Anscheinend haben wir einen ähnlichen Geschmack, wagte ich mich vor.

Olivia flocht sich stumm die Haare.

Und, sagte ich, wie geht es dir?

Ich war, ich weiß auch nicht … ziemlich im Stress.

Wegen der Arbeit?

Nein. Wegen meiner Bilder. Ich plane eine Ausstellung. Sie soll erst nächstes Jahr stattfinden, aber weißt du … Ich habe Nathan ein paar davon gezeigt, weil ich seine Meinung hören wollte. Er mochte sie. Aber – Olivia machte eine kleine unsichere Geste und kippte sich dabei etwas von ihrem Drink über die Hand – ihm meine Sachen zu zeigen fühlt sich immer schrecklich an.

Warum? Ist er zu kritisch?

Nein, natürlich nicht. Es wäre mir einfach nur wichtig, dass er es versteht.

Aber er versteht es nicht?

Er ist ehrlich, sagte sie nach einer Weile. Ich glaube, er mag meine Bilder, er findet sie ganz gut. Aber er bleibt außen vor. Auf Distanz. Ich habe mir eingeredet, er wäre ein Teil davon, wahrscheinlich weil ich ständig an ihn denke oder weil ich ihn gemalt habe.

Ich hatte nie den Eindruck, dass er sich genauso für Kunst interessiert wie du, sagte ich. Vielleicht liegt es nur daran, dass er kein Experte ist.

Olivia nahm einen großen Schluck von ihrem Drink. Ja, aber die Sache mit Nathan ist die, sagte sie. Er ist mir oft sehr nützlich. An manchen Tagen ist er fähig, mich aus dieser, ich weiß auch nicht, aus dieser Abgestumpftheit rauszuholen, aus der Langeweile, die mich manchmal überkommt. Wenn ich nicht weiterweiß.

Aber dieses Mal nicht?

Sie spielte schweigend mit ihrer Serviette.

Was ist denn?, fragte ich. Erzähl es mir.

Da gibt es nichts zu erzählen, sagte Olivia.

Na ja, er ist in alle Bereiche deines Lebens involviert, sagte ich sanft. Manchmal ist das bestimmt nicht leicht. Vor allem wenn du seine Distanziertheit spürst.

Ein vertrauter Ausdruck huschte über ihr Gesicht, als hätte sie es sich anders überlegt und müsste nun ihre Worte hinunterschlucken, und dann übernahm die Scham. Er hat einfach zu viel um die Ohren, sagte sie. Du weißt doch, dass er manchmal abtaucht. Und in letzter Zeit habe ich mich schwergetan.

Sie zwinkerte schnell, als wollte sie ein Staubkorn wegblinzeln, und schüttelte dann lächelnd den Kopf.

Aber wie geht es *dir*?, fragte sie. Erzähl mir etwas aus deinem Leben, irgendwas. Kommt mir so vor, als ob du uns ständig ausfragst.

Nathan hoffentlich mehr als dich.

Er mag das, sagte Olivia freundlich.

Mir gehts gut. Ich habe mich diesen Sommer auch schwergetan. Aber das ist in Ordnung.

Was war los?

Ganz kurz überlegte ich. Konnte es schaden, Olivia eine Wahrheit aus meinem Leben zu offenbaren? Eigentlich musste ich befürchten, sie könnte sie in einem wütenden Moment herauskramen und als Waffe gegen mich verwenden. Aber da saß sie nun und redete plötzlich über ihre Kunst. Vielleicht könnte ich sie dazu bringen, mir zu vertrauen.

Meine Freundin und ich haben uns getrennt, sagte ich. Vor ein paar Wochen.

Olivia legte ihre Hände flach auf den Tisch und massierte das Holz mit den Fingerspitzen. Das tut mir leid, Eve, sagte sie. Das tut mir wirklich sehr leid.

Danke.

Sie nippte an ihrem Drink und starrte ins Glas, statt mich

anzusehen. Als sie den Kopf wieder hob, hatte sie denselben entschlossenen Zug um den Mund wie bei unserem ersten Treffen im Dezember.

Wie ist es?, fragte sie. Wie geht es dir damit?

Ich wusste, ich konnte nicht antworten, ohne dabei zu weinen, also sagte ich nichts.

Das war wohl die falsche Frage, sagte sie. Tut mir leid, ich weiß, wie furchtbar es ist.

Im Nachhinein hätte es mich wahrscheinlich gar nicht überraschen dürfen, sagte ich. Aber ich war wirklich überrascht. Ich war schockiert.

Oh, Eve.

Ist es nicht seltsam? Ich schüttelte kurz den Kopf und versuchte, die Tränen zurückzuhalten. Nach einer Weile fragte ich: Hast du jemals nach einer Trennung unter Schock gestanden?

Nein. Bislang nicht.

Olivia, sagte ich, hoffentlich darf ich das fragen: Was glaubst du, wie es ablaufen würde, solltet ihr zwei euch jemals trennen? Hast du je darüber nachgedacht?

Ja, sagte sie und sah wieder in ihren Drink. Ich weiß nicht, wie es ablaufen würde. Allein der Gedanke macht mich … keine Ahnung, irgendwie unruhig.

Ich wollte ihr die vielen Gründe aufzählen, aus denen sie Angst haben sollte. Ich wollte ihr sagen, dass selbst ich manchmal Angst bekam, dabei berührte Nathan meine Welt nur am Rande. Aber ich versuchte, mich aufs Zuhören zu beschränken, denn sie sollte mir vertrauen. Ich schob eine Hand über den Tisch und ließ sie dort liegen.

Wenn Schluss wäre, würde ich wahrscheinlich meinen Job kündigen müssen, sagte sie. So würde es laufen. Aber das will ich nicht, auf gar keinen Fall. Als wir dich zum ersten Mal getroffen haben, da hatte das mit uns gerade erst begonnen. Ich dachte damals noch, es wäre keine große Sache. Schließlich habe ich meine Malerei und könnte jeden Job machen. Oder? Außerdem wollte ich unbedingt mit Nathan ins Bett, ich hätte alles dafür getan. Im Ernst, ich war so verrückt nach ihm, dass mir alles andere egal war. Ehrlich gesagt (bei diesen Worten lächelte sie schüchtern) habe ich eine Liste mit allen Gründen zusammengestellt, aus denen er mich zurückweisen könnte, und wie sie sich alle widerlegen ließen.

Hast du sie ihm gezeigt?

Erst später.

Und jetzt bist du dir nicht mehr so sicher, ob du deinen Job opfern würdest?

Keine Ahnung, sagte Olivia. Ich habe wirklich überhaupt keine Vorstellung, wie es enden würde. Wenn ich daran denke, gerät meine Wahrnehmung irgendwie ins Rutschen. Dann werde ich furchtbar ängstlich. Du weißt ja, wie leicht ich die Nerven verliere. Nathan muss dann sehr streng mit mir sein und mir sagen, dass ich verrückt bin und mir keine Sorgen machen muss. In solchen …

Sie hielt inne, nahm ihr Glas, stellte es wieder hin. Sie schien selbst verblüfft.

Manchmal verliere ich die Nerven und werde sehr wütend auf ihn. Dann hasse ich ihn beinahe. Oder ich hasse ihn wirklich. Weil alles ihm gehört, mein ganzes Leben … Ich glaube, ich habe dir schon mal von dem Jungen erzählt, mit dem ich auf dem College zusammen war? Ein schrecklicher Mensch, grausam und beleidigend, er hat mich furchtbar schlecht behandelt. Heute kann ich mir das nicht mehr erklären, aber manchmal glaube ich, mich reizt einfach die Vorstellung, mich selbst aufzugeben. Vollkommen vereinnahmt zu werden, nach fremden Regeln.

Durch jemanden wie Nathan.

Niemand ist wie Nathan.

Nein, sagte ich und lächelte, damit sie weitersprach.

So ist Nathan nicht, sagte Olivia. Er ist sehr fürsorglich. Aber du hast recht, ich bin ihm vollkommen ergeben, und er kann sich alles erlauben, weil ich von ihm abhängig bin. Sogar bei der Arbeit. Mir liegt sehr viel an meinem Job, ich liebe es, mit ihm zusammenzuarbeiten, aber wenn er mich dort nicht mehr haben will, werde ich gehen müssen.

Ich spürte eine warme, klare Sorge um sie. All meine Bedenken aus unseren ersten gemeinsamen Wochen, als ich versucht hatte, die Beziehung zwischen ihr und Nathan zu verstehen, lagen mir plötzlich schwer auf der Zunge. Ich sah sie erwartungsvoll an. Falls es eine Möglichkeit gab, ihre Freundin zu sein, würde ich Nathan so spontan aufgeben, wie ich ihn gefunden hatte; ich würde mein Bestes geben, ihre Welt ein kleines bisschen barmherziger zu gestalten.

Aber auf welche Art von Geständnis wartete ich hier, um welche Hilfe sollte sie mich bitten? Hatte ich nicht mit eigenen Augen gesehen, wie sie sich in Nathans Leben hineinmanövriert hatte? Die barmherzige Welt interessierte sie nicht. Das war nur ein Wunschtraum von mir, eine Phantasie, in der ich unschuldig war und Olivia in Sicherheit.

Schließlich sagte ich: Glaubst du manchmal … Könntest du dir vorstellen, mit ihm zusammen zu sein? Ganz offiziell?

Nein. Nein, niemals.

Warum nicht?

Ach, ich weiß auch nicht. Ich kann das nicht erklären. Wir kennen uns schon so lange. Olivia sah kopfschüttelnd auf meine Hand hinunter. Weißt du, Nathan ist unglaublich großzügig und geduldig. Er hat mir gezeigt, was für ein Mensch ich sein will. Früher … Du kanntest mich da noch nicht, aber früher, vor Nathan, war ich nicht auf dieselbe Weise lebendig. Ich dachte es zwar, aber das war ein Witz. Wenn ich ihm meine Bilder zeige, bin ich nur deshalb so nervös, weil sie mich verkörpern – mich, wenn ich allein bin. Und sie handeln natürlich auch von ihm. Von dieser überwältigenden Kraft, die mein Leben komplett übernommen hat, das Zusammensein mit ihm. Deshalb wollte ich nicht mit dir über die Bilder sprechen. Manchmal kommentierst du meinen Umgang mit ihm, und ich werde nachdenklich, weil du unser Verhältnis in einem völlig anderen Licht erscheinen lässt. Eigentlich interessiert mich deine Meinung, ich weiß bloß nicht …

Was?

Deine Art, die Dinge zu sehen …

Nathan, sagte ich.

Zu meiner Überraschung tauchte Nathan plötzlich hinter Olivia auf. Er zog sich lächelnd die Jacke aus.

Hallo, sagte ich. Was machst du denn hier?

Eve, wie schön, dich zu sehen, sagte er. Olivia, möchtest du noch einen Drink?

Ja danke, sagte sie.

Nathan zog einen Stuhl heran, hängte die Jacke über die Lehne und ging zur Bar.

Wie ärgerlich, sagte Olivia. Ich wusste nicht, dass er so früh hier auftauchen würde.

Sie schenkte mir ein schiefes Lächeln. Ich fühlte mich wie eine Achtklässlerin mit einer neuen besten Freundin, die nach der Schule Lipgloss klauen will.

Ach, dann bist du neuerdings gern mit mir allein?

Ja, sagte Olivia. Wie ärgerlich, dass wir nicht weiterreden können.

Können wir doch, sagte ich. Ich höre dir gern zu. Du hast

gerade über meine Sicht auf die Dinge gesprochen. Dass sie dich verunsichert.

Nein, sagte Olivia, nein, tut sie nicht. Ich … ich finde sie einfach nur interessant. Aber wir müssen nicht …

Wollen wir uns den hier teilen, Eve?, fragte Nathan. Er hatte zwei Drinks mitgebracht. Den einen stellte er vor Olivia auf den Tisch, den zweiten zwischen sich und mich.

Warum bist du jetzt schon da?, fragte Olivia.

Hörst du das? Sie freut sich nicht mal, mich zu sehen, sagte Nathan zu mir.

Aber ich freue mich, sagte ich. Es war die Wahrheit. Beim Anblick seiner Hände fingen mein Herz und mein Unterleib an, einander wild im Kreis zu jagen. Mit gesenktem Kopf und zerstreuter Miene tippte er eine Nachricht und steckte das Handy dann ein. Indem ich mich ihm lächelnd zuwandte, ließ ich Olivia im Stich, das war mir klar, aber ich konnte nichts dagegen tun. Ich strich mir eine Haarsträhne hinters Ohr und wartete auf einen Schlag.

* * *

Beim Sex konnte ich Nathan und Olivia zusehen, aber sobald sie sich küssten, wurde mir schlecht. Nathan war ein begabter Küsser, sanft, aber bestimmend. Beim Küssen war sie die Bittstellerin und seine Gnade grenzenlos. Er war immer oben, hielt ihren Kopf zwischen den Händen und zog sie sanft an sich.

Olivias Stimme unterbrach den Kuss: Machst du das Licht aus?

Ich ging zum Lichtschalter neben der Tür. Olivia lag in seine Umarmung gebettet auf dem Sofa, den Kopf auf seiner Brust und seine Hände im Nacken. Wie sie ihn liebte, war atemberaubend; sie lag an ihn geschmiegt und zerfloss. Ihr Stöhnen war ein leises Geflüster, seine Hand massierte ihren Nacken. Die grellgrünen rechteckigen Glasschirme der Bankierslampen verströmten ein gelbliches Licht. Auf einmal fühlte ich mich wie in einer Bibliothek: hellwach, ehrfürchtig und im Bewusstsein der unermesslichen Freiheit geballten Wissens, das mich mit Ungläubigkeit erfüllt hätte, wäre ich nicht in den Genuss gekommen, es hier zu erleben. Auf dem Sofatisch lagen zwei dicke Ausgaben von John Bergers *Portraits* neben halb leeren Gläsern.

Komm, setz dich zu uns, sagte Nathan.

Nie fühlte ich mich den beiden fremder als in den Momenten, wenn ich Olivia etwas Raum für ihre glasklare Liebe geben wollte. Nathan sah, dass ich Bestätigung brauchte. Ich wollte nichts von ihm brauchen, aber meine Dankbarkeit trübte mir den Verstand ein. Wenn er sich Olivia zuwandte, gewann ich einen kleinen kostbaren Abstand und sah, welche Kraft in seinem Körper ruhte. Aber wenn der Lichtstrahl seiner Aufmerksamkeit auf mich fiel, nahm ich nichts mehr wahr als die Stärke seiner Kontrolle über mich, einen mitfühlenden Mond, der mich entdeckte, wo ich auch stand.

An dem Abend trug Nathan eine schmale rahmenlose Brille, die ich noch nie gesehen hatte, die Sorte Brille, die sich vergeblich um Unsichtbarkeit bemüht. Sie ließ ihn müde aussehen. Er positionierte Olivia so, dass sie meine Taille umarmte. Ich saß ihm im Schneidersitz gegenüber. Manchmal vergaß ich, dass er ein Mann mit Bedürfnissen war, ein unvollkommener Stellvertreter seines Lebens und seiner Wünsche, denn wenn er mit mir sprach und mich im Arm hielt, konnte er mich davon überzeugen, dass er sich das alles nur zu meinem und Olivias Vergnügen ausgedacht hatte. Er musterte mich, wie ich mit untergeschlagenen Beinen und auf die Sofalehne gestützten Ellbogen vor ihm saß und versuchte, ebenso lässig wie interessiert zu wirken. Ich sah ein angedeutetes Lächeln: Meine Bemühungen amüsierten ihn.

Ich fühlte mich entwaffnet. Sein Blick war nicht nur eine Befriedigung, er verwirrte mich. War seine Lust gespielt, weil er wusste, wie sehr ich darauf hoffte? Er war nicht wirklich selbstlos; er genoss es ebenfalls. Genoss er den Sex an sich oder die Mühelosigkeit, mit der er mich manipulierte?

Manchmal konnten wir uns so in den Sex vertiefen wie jetzt: wortlos, Nathans Anweisungen folgend. Meine Haltung verriet ihm den Moment, ab dem ich ihm völlig ausgeliefert war. Ich zitterte. Als er spürte, dass ich mich einem heftigen Orgasmus näherte, ließ er von mir ab und legte sich Olivia am anderen Ende des Sofas zurecht.

Ich stöhnte und schüttelte die Beine. In dem Moment hasste ich sie. Ich ärgerte mich über seine punktgenaue Kontrolle und darüber, dass er seine Macht noch mehr genoss als die Lust, die er uns bereitete. Unter Nathans Berührungen wurde Olivia gefügig und still. Nein, ich wollte nicht, dass er sich von mir zurückzog; es war, als ließe er auf der Suche nach mehr Tiefe etwas Glänzendes fallen. Es hatte mir gereicht, für ihn einfach nur schön zu sein, aber jetzt tat mir der Gedanke weh. Lag es daran, dass ich anders als Olivia nicht zu absoluter Unterwerfung fähig war, mich nicht von ihm schlagen ließ, mich immer noch instinktiv schützte?

Ich beobachtete Olivia genau. Wann immer ich meinen Körper Nathan darbot und er sich über mich beugte, geriet mein Inneres in Aufruhr, wurde rastlos und bedrohlich, verdrängte meinen Atem und meine Organe. Die Lust fuhr in mich und rüttelte mich durch. Aber Olivias Verlangen war sanft und rein. Wenn er sie schlug, bog sie den Rücken durch und nahm die Schläge auf wie das Meer den Regen. Einen

Moment lang tat sich eine enorme Tiefe auf, die vorher verborgen geblieben war. Unter Nathans Händen erfüllte sie einen bestimmten Zweck; ihr Körper kam zur Ruhe, sie wirkte gesättigt und geborgen. War das Liebe?

Als ich sie berührte, merkte ich, wie eng ihr Verlangen und ihre Angst ineinander verdreht waren. Während sie Nathan bediente, kniete ich hinter ihr und fuhr ihr mit beiden Händen über den schmalen Rücken und die sommersprossigen Hüften. Ihre weiße Haut schien zu phosphoreszieren. Sie schob die Knie auseinander und machte mir Platz, ich spürte an ihren angespannten Beinen und an ihrer Position, die sie mehrmals wechselte, wie gierig und gleichzeitig unwohl sie sich fühlte. Sie sehnte sich nach meiner Hand, das aber auf eine fast vorwurfsvolle Weise. Während ich sie fingerte, erschien ihre Willigkeit wie eine anstrengende Übung; sie bewegte sich nur so viel, wie die Höflichkeit es erforderte. Aber nach einer Weile stellte sich echtes Verlangen ein, was sie überrascht und fast widerwillig hinnahm. Ich konnte sie nicht so kraftvoll mitreißen wie Nathan, trotzdem freute ich mich, sie überrascht zu haben. *Manchmal kommst du, als könntest du es selbst nicht glauben,* hatte Nathan einmal anerkennend zu mir gesagt, als machte mich erst diese Unbedarftheit zu einer richtigen Frau.

Nathan kam, die Stimmung war drückend schwer. Olivia schien ihre Zärtlichkeit nur so auszubluten, und ich fühlte mich fremd, herabgesetzt, wie ein Körper, der alles gegeben hat. Mit meiner Zärtlichkeit wiederum konnten sie nichts anfangen. Genauso wenig wie Romi. Ich kaschierte sie, so gut es ging.

Um mir einen Rest von Würde zu bewahren, entschied ich mich für die Rolle des verwöhnten Mädchens.

Du hast mich hängen lassen, sagte ich.

Das habe ich.

Ich mag es, wenn er das mit dir macht.

Nathan fuhr sich mit der Hand übers Gesicht. Er nahm seine Brille ab und rieb sich die Augen.

Diese Woche war bei der Arbeit wirklich viel los, sagte er. Verzeih mir.

Ich schenkte uns aus der Flasche nach, die auf dem Tisch stand. Sie war warm.

Ist alles in Ordnung?

Ja, doch, sagte Nathan. Ich plane gerade eine Reise. Geschäftlich, nach London. Ich muss ein Büro einrichten, von dem aus wir die britischen Vermögenswerte verwalten können. Olivia ist ein bisschen enttäuscht, sagte er und lächelte sie müde an, weil sie nicht mitkommt.

Warum denn nicht?

Ihr Job hat nichts damit zu tun.

Ich würde mich irgendwie nützlich machen.

Wir können nicht einfach so fünf Riesen ausgeben, sagte Nathan zu mir, bloß damit sie mitkommt, obwohl sie nicht gebraucht wird. Für sie wäre es nur ein kleiner Urlaub.

Und für dich auch, sagte Olivia.

Ich überlegte. Wo verlief die Grenze dessen, was ich zu ihnen sagen durfte? Gefiel ihnen die Verachtung, die ich gelegentlich durchblicken ließ, mein gespielter Ekel, von dem ich mir gewünscht hätte, er wäre echt?

Aber ist es nicht so, sagte ich, dass nichts von dem, was du tust, wirklich nötig ist? Niemand würde etwas merken, wenn eine Geschäftsreise fünf Riesen mehr kostet als ursprünglich geplant, oder? Ist es nicht dein Job, überschüssiges Geld auszugeben?

So etwas wie überschüssiges Geld gibt es nicht, sagte Nathan.

Olivia auf eine Geschäftsreise mitzunehmen kann nicht viel unmoralischer sein als der ganze andere Scheiß, den du machst.

Was mache ich denn deiner Meinung nach, Eve?, fragte Nathan. Jetzt bin ich aber gespannt.

Keine Ahnung. Anwaltskanzleien Geld in den Rachen schmeißen. Investmentbanken, Galerien, Auktionshäusern. Stiftungen gründen. Steuerschlupflöcher ausfindig machen. Bin ich nah dran?

Was machst du noch mal beruflich?, fragte Olivia.

Leck mich.

Ich wollte nicht gemein sein, sagte Olivia, und ihr Tonfall ähnelte dem von Nathan auf gruselige Weise. Ich will deinen Job nicht schlechtreden. Alle sollen tun, was sie glücklich macht, was immer es auch ist. Ich bin nicht darauf aus, dir irgendwelche Fehler nachzuweisen, aber weißt du, für so was fehlt mir die Geduld. Ich lasse mich nicht von jemandem, der keine Lust auf komplexe und heikle Sachverhalte hat, dafür kritisieren, dass ich mich einmische und versuche, Probleme zu lösen. Ich kenne eine Menge Leute wie dich. Ich war mit ihnen zusammen. Ihr wollt euch bloß nicht die Hände schmutzig machen.

Mein Job ist wirklich nicht besonders nobel, sagte ich, und klar, auf die eine oder andere Weise hängen wir alle mit drin. Aber du kannst nicht alle Unterschiede ignorieren. Es gibt sehr wohl Jobs, bei denen man nicht mit Geld um sich wirft oder Gott spielt.

Was sollen wir denn tun?, fragte Nathan.

Ich will doch nur sagen, dass es solche Jobs gibt und ihr sogar dafür qualifiziert wärt.

Was sollen wir denn tun?, fragte Nathan noch einmal.

Also, meine Freundin ist … war Kinderärztin, sagte ich.

Wo wir schon beim Thema Gott spielen sind, murmelte Olivia und starrte die Wand an. Nathan lachte.

Eve, komm schon, so dumm bist du nicht, sagte er. Es gibt viele erstrebenswerte Lebensentwürfe, im Beruf genauso wie im Privaten, und jede Menge »noble« Jobs. Die meisten Leute denken spontan an Ärzte, Richterinnen, Mäzene. Aber zu glauben, diese Jobs wären nobel, ist ein Trugschluss. Das Prestige ist viel bedeutender als die guten Taten, die diese Leute vollbringen. Oder? Auf jede prestigeträchtige, hoch dotierte Stelle in einem guten Krankenhaus oder wo auch immer kommen Hunderte von Menschen, die von so einem Job nur träumen können und ihn wahrscheinlich genauso gut machen würden wie du. Und falls jemand tatsächlich einen Job an der Spitze der Gutmenschen-Nahrungskette ergattert, liegt das mit ziemlicher Sicherheit an seinen Privilegien. Nathan lächelte. Du solltest uns überreden, Kinder zu unterrichten oder Sozialarbeit zu leisten, sagte er. Eine Arbeit zu machen, die wirklich wichtig ist.

Stimmt, sagte ich. Warum wirst du nicht Lehrer oder Sozialarbeiter?

Früher habe ich unterrichtet, sagte Nathan mit einem müden Achselzucken.

Welches Fach?

Kunst, nach dem Collegeabschluss, sagte Olivia. Bevor er sich überlegt hat, zu Größerem bestimmt zu sein.

Liv, du kannst nicht mit auf die Reise. So einfach ist das, sagte Nathan.

Ich finde, du solltest Nathan noch einmal sagen, wie unfair das ist, Eve. Er soll mich mitnehmen.

Ich spürte, wie sich in den Nachwehen von Olivias Wut ihr konzentrierter Charme ausbreitete. Ihr Lächeln war ein Wagnis, ihre Wangen gerötet. Ich kannte diesen Blick, manchmal sah sie Nathan genauso an. Natürlich hatte sie nichts von Nathans Lässigkeit; ihr Charme lag in ihrer sich überschlagenden Stimme, ihrer unvermittelten Beharrlichkeit. Trotz unserer Streiterei überkam mich in dem Moment eine große Zuneigung zu den beiden; Olivia bot mir einen Olivenzweig an, und Nathan bildete sich niedlicherweise ein, ich hätte Angst, mich für eine Seite zu entscheiden. Voller Scham dachte ich an die Szene vor ein paar Stunden zurück, als sich beim Anblick seiner Hände meine Muschi geöffnet hatte.

Echt jetzt?, fragte Nathan. Du bedrängst Eve, um sie auf deine Seite zu ziehen?

Sie *ist* auf meiner Seite. Du solltest mich mitnehmen. Eve ist meiner Meinung. Oder?

Das, sagte ich, wäre jetzt der perfekte Zeitpunkt, um Nathan zu verklagen. Meinst du nicht, du hättest genug gegen ihn in der Hand? Er ist dein Boss, er schläft mit dir, und jetzt …

Ich würde Nathan niemals verklagen. Olivia wurde rot. Das ist doch lächerlich.

Aber falls doch, sagte ich, könntest du dich jederzeit auf mich als Zeugin berufen. Im Ernst.

Ich lachte, um ihnen zu zeigen, dass ich es nicht so meinte, aber ich ließ Olivia nicht aus den Augen. Ein gefährliches Kribbeln wanderte über meinen Nacken. Ich hatte ihr gesagt, dass ich begriff, was auf dem Spiel stand, und dass ich nicht zögern würde, ihr zu helfen.

Olivia würde mich niemals verklagen, sagte Nathan. Und falls doch, würde ich ihr zuvorkommen. Jawohl, Liv – du hast mich verführt! Stimmt doch. Du müsstest es unter Eid zugeben.

Ich bin mir ziemlich sicher, das würde überhaupt keine

Rolle spielen, sagte ich, vor allem wenn man bedenkt, dass sie für dich arbeitet.

Ich würde Nathan nie verklagen, sagte Olivia noch einmal. Warum sagst du so was?

Nathan, sie *arbeitet für dich.*

Mein Gott, sagte Nathan. Du verstehst das nicht.

Ja, klar, sagte ich, sicher.

Ehrlich, sagte Olivia, das ist doch kindisch. Sie stellte ihr Glas auf den Tisch. Ja, fuhr sie fort, absolut kindisch. Das Ganze ist längst nicht so eindeutig, wie du glaubst. Diese ganzen Regeln gelten für uns nicht. Ja, wir arbeiten zusammen. Ja, ich verstehe, warum das für manche einen schlechten Beigeschmack hat, warum die Leute sich Sorgen machen. Aber die Arbeit befeuert den Sex, der wiederum die Arbeit befeuert. Deswegen gefällt mir der Job so gut, zumindest ist es das, was ihn so spannend macht. Ich muss mich vor dir nicht rechtfertigen. Intimität trägt ihre eigenen ganz besonderen Früchte. Es ist idiotisch zu glauben, die Grenze zwischen Arbeit und Leben wäre eindeutig festgelegt oder irgendwie nützlich. Niemand würde über die Bloomsbury Group sagen: *Was für ein Riesenfehler, die hätten nicht alle wild durcheinander ins Bett gehen sollen, Keynes und Woolf und Leonard.* Oder? Ich weiß, ich bin keine Virginia Woolf, das wollte ich damit nicht sagen, aber meine Arbeit hat an Tiefe gewonnen, Nathan inspiriert mich, er hat mir so viel gegeben, was ich zum Ausdruck bringen möchte. Ich muss dir das nicht erklären, aber deine Art zu denken ist engstirnig und zielt an der Wirklichkeit vorbei.

Anscheinend versuchte sie, die wenigen Andeutungen auszuradieren, die sie in der Bar gemacht hatte.

Vielleicht ist das nicht ganz falsch, sagte ich. Aber hör mich an: Nathan hat die ganze Macht. Das musst du doch zugeben. Es macht dir Spaß, unter ihm zu sein und unter ihm zu arbeiten.

Natürlich macht es ihr Spaß, sagte Nathan. Darauf haben wir uns geeinigt. Was du da redest, deine Skrupel – das ist alles so langweilig. Es hat nichts mit uns zu tun.

Hör mal, sagte ich zu Olivia, wir sind beide lesbisch, und trotzdem sind wir hier. Ich versuche doch nur zu verstehen, warum ich das will.

Olivia sah mich stirnrunzelnd an. Mit Nathan?

Ganz offensichtlich verfügst du über ein ungeheures Selbstvertrauen, sagte ich zu Nathan. Es ist wahnsinnig groß. Aber deine Art, es einzusetzen, grenzt an Nötigung.

Nathan lachte.

Ich sage ja nicht, ich hätte es nicht gewollt. Ich wollte es, ich liebe es, das weißt du. Aber du nötigst uns. Du treibst uns bis zum Äußersten.

Nein, sagte Nathan. Ich weiß einfach nur, was du willst.

Weißt du noch, wie du mich beim ersten Mal überredet hast, auf ein Kondom zu verzichten? Du wolltest mich ficken, und ich habe nach einem Kondom gefragt. *Willst du wirklich, dass ich eins benutze, soll ich wirklich eins holen?*, hast du immer wieder gesagt, bis ich einfach …

Du wolltest nicht, dass ich eins benutze, sagte Nathan.

Ich habe dich gebeten …

Sei ehrlich, sagte Nathan. War es nicht so, dass du nicht wolltest, dass ich eins benutze?

Ich habe dich gebeten, eins zu holen.

Aber, Eve, sagte Nathan. War es nicht das, was du wolltest?

Ja, sagte ich langsam.

War es nicht so, dass du nicht wolltest, dass ich ein Kondom benutze?

Ja.

Hat es dir gefallen, so bedrängt zu werden?

Ja.

Du wolltest es, so und nicht anders.

Ja, sagte ich. Ich war den Tränen nah. Die Wahrheit fühlte sich erbärmlich an, untragbar, ekstatisch.

Ich weiß, sagte Nathan. Ich wusste es. Das war keine Nötigung, überhaupt nicht, kein bisschen. Ich weiß, was du willst, und ich gebe es dir. Du bist anders als Olivia, du willst etwas anderes, es ist irgendwie oberflächlicher. Du hast Angst davor, aber ich kann es spüren. *So* war das.

Ich hasste es, oberflächlich genannt zu werden, und doch reckte sich mein Geist seinen Worten entgegen. Ich verstand sie auf eine Weise, wie ich bis dahin nur die Liebe oder Musik verstanden hatte, jene Zwillingssamen, die so stark in uns wirken, dass sie zu leugnen ketzerisch wäre. Ich hasste ihn und war ihm dankbar, weil er aussprach, was ich nicht benennen konnte. Ich wollte es hören, ich wollte es in die Schale auf dem Tisch legen, damit es endlich geweiht oder zerstört werden konnte.

Für gewisse Dinge habe ich ein Gespür, sagte Nathan. Beim Ficken gibt es zwei Möglichkeiten. Entweder man ringt es sich ab und lässt es bewusst geschehen. Oder – und das ist es, was mich interessiert – es geschieht völlig unfreiwillig; man hat keinen bewussten Anteil daran, und es passiert, egal, was man tut. Es ist absolut. Der Cuckold will nicht wirklich betrogen werden, es ist erniedrigend, es ruiniert sein Leben. Aber trotzdem kommt er, sobald er zuschauen darf. Er kann nicht anders, er kommt sogar gegen seinen Willen. Als ich dich das erste Mal gefickt habe, war es genauso, das weißt du selbst.

Ich dachte an das Gespräch mit Fatima, als sie nach Nathan und Olivia fragte. *Es ist verwirrend*, hatte ich zu ihr gesagt. *Ich gebe unglaubliche Sätze von mir, Sätze, für die ich mich schäme und von denen ich weiß, dass sie dumm sind. Manchmal hasse ich Olivia! Und trotzdem will ich mehr.*

Über so etwas kann man nicht reden, sagte Nathan. Man kann nicht einfach den Vorhang zurückziehen. Das würde alles ruinieren.

Nathan ist immer so, sagte Olivia. Ihre Stimme verblüffte mich. Bis zu dem Moment hatte ich sie nur als eine Art Aufsicht wahrgenommen. Er ist ziemlich besitzergreifend, sagte sie, aber wir können es ihm verzeihen, weil er so gut darin ist.

Die meisten Leute sind einfach unmöglich, sagte Nathan. Mit ihnen zu reden ist absolut langweilig. Man kommt dem, was sie sind, kein bisschen näher. Im besten Fall plappern sie Sätze aus *The Atlantic* nach, im schlimmsten Fall aus der *Post*. Sie sind unehrlich und haben keinen Schimmer, was sie da machen, sie haben nur diese vielen kleinen Signale aufgeschnappt und verhalten sich entsprechend. Aber sobald man eine Person fickt, wird sie automatisch interessant. Ausnahmslos. Olivia, hast du meine Zigaretten?

Olivia holte ihre Tasche und kramte darin herum.

Ich spreche nicht von Kink, fuhr Nathan fort. Danke, Liv. Nein, das wäre viel zu direkt. Ich meine das Folgende: Beim Sex greifen die meisten Menschen auf die dürftigen Kategorien von Erfahrung und Sprache zurück. Wenn man sie zum ersten Mal fickt, tun sie, was ihrer Meinung nach angebracht wäre, aber eigentlich haben sie keine Ahnung. Mit Sex haben sie weniger praktische Erfahrung als mit Reden. Dazu kommt, dass es so vieles gibt, was akzeptabel oder sogar aufregend ist. Sie haben ein kleines Wörterbuch mit vermeintlich passenden Verhaltensweisen dabei, aber sicher sind sie sich nicht. Sie sind viel bewanderter darin, dummes

Zeug zu reden. Ich finde das sehr interessant, denn was sie für angebracht halten, ist überraschend spezifisch, da gibt es keinen gemeinsamen Nenner. Wirklich faszinierend. Und sobald man einmal rausgefunden hat, was sie wirklich wollen, ist es zu schön. Alles daran. Das, was sie scheinbar wollen, was sie tatsächlich wollen, und die Kluft dazwischen, wie groß sie auch ist.

Ich sah zu Olivia hinüber. Sie strahlte. In einer kurzen Gesprächspause beugte sie sich vor und gab Nathan Feuer, und dann saß sie da, hielt das Feuerzeug im Schoß und zupfte gedankenverloren das Preisetikett davon ab. Nathan interessiert sich für wirklich alle, sagte sie. Selbst für die langweiligsten, selbstverliebtesten Menschen. Weil er großzügig ist, unendlich großzügig und neugierig. Außer – Nathan lächelte sie an – beim Tischgespräch natürlich, fügte sie hinzu.

Letzten Monat habe ich mich beispielsweise mit diesem Mädchen getroffen, sagte Nathan und aschte in eine Tasse auf dem Beistelltisch. Ashley. Richtig, Liv? Sie ist absolut langweilig. Sie unterwirft sich gern, am liebsten rutscht sie auf den Knien rum. Aber ins Restaurant kann man sie wirklich nicht mitnehmen.

Merkt sie, dass du sie nicht respektierst?, fragte ich.

Ja.

Und glaubst du, das gefällt ihr?

Ja!, sagte Nathan. Und wie! Sie mag es, sonst hätte ich keinen Spaß daran. Wie oft muss ich dir noch sagen, dass ich kein Sadist bin?

Hör mal, sagte ich. Du weißt, ich mag diese Kluft zwischen dem, was man vermeintlich tun oder sich wünschen soll, und dem, was man wirklich will. Ich finde es toll, dass du einen Blick dafür hast. Verrate mir, was es ist, in meinem Fall. Raus damit.

Wie schon gesagt, das würde alles ruinieren.

Unsinn. Ist ja nicht so, als wäre es ein Zaubertrick. Ich will es wissen.

Doch, es ist genau das. Ein Zaubertrick. Sobald man es zu fassen kriegt, ist es tot.

Ich hatte Angst, aber meine Angst war wie die Angst vor der Ehe oder dem Jüngsten Gericht, eine gehaltvolle Angst, die überwunden werden wollte.

Raus damit, sagte ich. Ich muss es wissen und irgendwie damit umgehen.

Mit so was kann niemand umgehen.

Er nahm die Brille vom Tisch und setzte sie auf.

So einfach ist das nicht, sagte er, das weißt du selbst. Ich kann keinen Menschen analysieren und anschließend seine Sexualität auf ein paar prägnante, klare Thesen runterbrechen. Niemand kann das. Ich habe dafür mehr Talent als die meisten Leute, aber am Ende funktioniert es nicht – deswegen sind selbst komplett langweilige Menschen spannend, sobald es um ihre Sexualität geht. Im Gegensatz zu allen anderen Bereichen, zum Alltagsleben, wurden wir darin nie gründlich sozialisiert. Wir hatten Vorstellungen, aber keine Chance, sie auszuleben oder wirklich zu verstehen. Ist ja nicht so, als könnte ich dir hier eine Ausarbeitung vorlegen.

Nathan, sagte ich, kannst du mir nicht einfach sagen, was es ist? Welche Theorie du über meine Sexualität hast? Ich weiß, du hast eine. Du würdest damit gar nichts ruinieren. Ich habe eine Ahnung, aber ich muss wissen, was du glaubst.

Das bringt doch nichts, sagte er. Man kann das nicht auf ein paar Aspekte reduzieren und auseinandernehmen. Warum willst du es kaputt machen?

Rede mit mir, verdammt!

Du bist anders als Olivia, sagte Nathan. Obwohl ihr

manchmal dasselbe mögt. Olivia hat keine Angst vor ihren Wünschen. Sie zieht es durch. Sie geht so weit, wie sie kann.

Olivia saß am anderen Ende des Sofas und spielte mit ihren Haarspitzen. Sie hatte die Knie an die Brust gezogen und den Blick auf Nathan gerichtet.

Wovor habe ich Angst?

Du hast zu Olivia rübergeschaut, sagte Nathan. Ständig beobachtest du sie. Ist dir das bewusst? Du fürchtest dich vor ihrem Urteil, vor ihren Gefühlen, vor was auch immer. Sie hat alles gesehen. Sie hat gesehen, wie ich dich ficke. Sie weiß Bescheid.

Ja, sagte ich.

Zunächst einmal hast du eine Vergewaltigungsphantasie.

Du kannst mich mal!

Aber du hast Angst davor, sagte Nathan. Vor Vergewaltigung. Unterwerfung. Du bist zu verklemmt. Zu oberflächlich.

Wogegen Olivia sich mit ihrem Wunsch nach Demütigung total wohlfühlt?

Wohlfühlen trifft es nicht, Eve, sagte Nathan. Sieh sie dir an. Sieht Olivia aus, als würde sie sich wohlfühlen? Olivia fühlt sich nie wohl. Keine Minute lang. Wohlgefühl hat überhaupt nichts mit Sex zu tun, verstehst du das denn nicht?

Aber sie hasst nicht, was sie will, sagte ich. Sie hasst dich nicht.

Du hasst mich auch nicht.

Sollte ich aber. Hast du mich die ganze Zeit verarscht? Hast du …?

Dich herauszufordern ist nicht dasselbe, wie dich zu verletzen.

Hoffentlich glaubst du jetzt nicht, du hättest alles ruiniert, sagte ich nach einer Weile. Nur weil du mir gesagt hast, was ich will.

Kein Problem, sagte Nathan leichthin, als hätte ich ihn gebeten, mir eine Tür aufzuhalten. Wenn ich jetzt nicht so müde wäre, würde ich dich noch mal ficken.

Ich fasste es als Stichwort auf und zog mich an. Mir war bewusst, wie leicht ich mich verlieren und unter seiner Autorität schmelzen konnte. Ich hatte vergessen, dass Olivia auch noch da war, ich bereute es, über ihr Begehren gesprochen zu haben, egal, wie offensichtlich es war. Etwas in mir war in Schieflage geraten. Anscheinend war ich ohne Romi völlig unberechenbar. Als ich aufstand, fing Nathan an zu lachen.

Was ist?

Ich lache, weil du immer sofort glaubst, du musst gehen, sagte Nathan. Das ist sehr süß. Ganz offensichtlich möchtest du noch bleiben.

Ich will mich nicht aufdrängen.

Immer so verletzlich, sagte Nathan. Wenn du gehen willst, bist du am verletzlichsten.

Ausgerechnet das gab mir den Rest. Mein Leben lang hatte ich versucht, eine Frau zu werden, die sich behaupten konnte, die kam und ging, wann es ihr gefiel, aber auf einmal hatte nichts davon mehr einen Wert.

Soll ich bleiben?

Ich sage dir Bescheid, wenn du gehen sollst. Komm, setz dich.

Meine Erleichterung war fast schmerzhaft. Mein Körper wusste höchstens noch, wie er sich aufrecht halten, wie er wach bleiben und atmen konnte. Ich war das, wozu seine Worte mich gemacht hatten – *Vergewaltigungsphantasie, immer so verletzlich*. Ich war aller Illusionen und Schutzmechanismen beraubt. Ich wurde sofort feucht. Nathan legte mir eine Hand auf den Oberschenkel, und jedes Mal wenn er mich ansah, wich der Atem schnell und unkontrolliert aus meinem Bauch. Ich konnte mir nur noch eine Hand vor den Mund schlagen und die Augen schließen. Nathan schob die Finger unter mein Hemd, ich spürte ihr Zucken auf meinen Rippen, die sich hoben und senkten. Ich hörte ein schmatzendes Geräusch – Olivias Mund. Ich schaffte es nicht, die Augen zu öffnen, meine Lider waren mein einziger Schutz.

Willst du, dass ich dich ficke?, sagte Nathan.

Ich wollte weinen, ich wusste, wenn er weiter mit mir spielte, würde ich losheulen oder ihn treten. Wenn er mich jetzt nicht fickte, würde ich mich auflösen. Ich konnte nur noch wimmern. Ich war gedemütigt und verzweifelt, ich wusste nicht, wie ich mich bewegen sollte, hatte mich unter der Dunkelheit von Nathans Hand verloren.

Ja, sagte Nathan. Ich spürte ihn über mir, seine Hände an meiner Taille, seine Knie zwischen meinen. Ja, genau, sagte er. Er redete leise auf mich ein, es war ein Murmeln, ein Gedicht, das er von meiner Wange ablas. Ja, genau. Ich war diejenige, die Ja sagte, er sprach es für mich aus, weil ich meinem Mund nicht mehr trauen konnte. Als Nathan in mich eindrang, hob ich ihm meine Hüften entgegen, wie um ihn zu verschlucken. Ich war außer mir. Ich hörte ein helles weihnachtliches Klirren – die Ränder der Gläser auf dem Tisch stießen rhythmisch gegeneinander, unsere Gläser küssten sich neben dem bebenden Sofa. Das Geräusch war die ganze Welt. Auf einmal erinnerte ich mich. Park Avenue, Gläser und Schalen, Taxis, die weit unten zu stiller später Stunde in die 83rd Street einbogen. Ein stetiger, gewaltiger Fluss hatte sich geteilt und umschloss mich, selbst wenn ich ihn vergaß.

Soll ich in dir kommen? Nathans Stimme. Würde dir das gefallen?

Ich atmete aus. Ich war ein leuchtendes Stück Draht in der Dunkelheit.

Sie mag das. Hat sie mir selbst erzählt.

Ich versuchte, in meinen Bauch zu atmen.

Würde dir das gefallen, Eve?

Ja.

Willst du, dass er in dir kommt? Olivia.

Es gehört dir.

Red keinen Scheiß, sagte Nathan.

Gib es zu, sagte Olivia.

Gib es zu!

Ja.

Du willst es? Sag es.

Ich will es.

Nein, das geht nicht, ich wäre zu eifersüchtig.

Liv, ich will es so.

Komm schon, Nathan! Bitte …

Liv, ich will es so.

Okay, sagte Olivia so leise wie bei unserem Gespräch in der Bar. Ihre Stimme war sich der eigenen Realität nicht mehr sicher.

Ich hatte keine Kontrolle mehr über meinen Körper, aber meine Worte schienen von Bedeutung zu sein. Ich sprach sie aus, als wären sie von Bedeutung.

Bist du dir sicher?, sagte ich.

Ja.

Bist du dir sicher, Olivia?

Ganz sicher, sagte Nathan.

* * *

Als Nathan kam, wehrte ich mich. Ich boxte ihm mit beiden Fäusten in die Brust und versuchte, ihm meine Knie in den Unterleib zu rammen. Du bist ein Arschloch, sagte ich.

Nathan stemmte sich lächelnd in die Höhe. Ich schlug ihn wieder und wieder. Seine Arme drückten mich nieder, sein Kopf ruhte auf meiner Brust. Sein Schwanz war ein halb erschlaffter Schatten zwischen seinen Beinen, aber er ließ nicht locker und wiegte sich auf und ab, drückte sich, während ich zappelte, leise und unaufhörlich gegen meine Klitoris. Fick dich!, sagte ich. Sein Schwanz war ein warmer Wurm, und ich hatte das unmögliche Gefühl, ihn wieder in mich aufnehmen zu müssen. Er wiegte sich immer weiter. Fick dich! Er hob den Kopf und legte ihn an meinen, unsere Ohren berührten sich. Mein Haar war nass von seinem Schweiß. Ich stemmte meine Waden gegen seine und versuchte, die Knie wieder unter seine Brust zu schieben, aber meine Arme zogen sein Becken an mich wie ein Heilmittel. Er blieb auf Abstand. Er war so schweißnass und glitschig, dass ich kaum Halt fand. Er roch nach bitterer Lakritze, nach Erde, nach Anstrengung, er roch kein bisschen wie Romi. Ich hatte Romis Schwanz hinter den Augen, es war Nachmittag, und er baumelte unterhalb ihres Bauchnabels, Sonnenstrahlen auf der glatten Eichel, ihre Schenkel bedeckt von winzigen blonden Härchen. Nathan wiegte sich und wiegte sich, unempfindlich gegen meinen Hass und mein Verlangen. Ich war mitten in der Wildnis, nichts würde ihn schockieren. Keine kultivierte Duldsamkeit, kein charmanter Wunsch, nur Wut und Trauer. Er drückte mir die Lippen an den Hals, und ich spürte seine heiße Zungenspitze. Fick dich!, sagte ich. Ich stemmte mich hoch, die Spitze seines Schwanzes drang in mich ein wie ein geschwollener Daumen, verschwand wieder.

Ich rutschte aus seiner Umklammerung heraus und setzte mich auf die Sofakante. Mein ganzer Körper kribbelte und glühte vor Wut. Es war surreal, genau so zu handeln, wie ich mich fühlte, meine Seele war in Ekstase, so rein und wahrhaftig wie an dem Tag, als ich Romi zum ersten Mal meine Liebe gestand. Ich war das perfekte Medium, ein leeres Gefäß. Ich hörte die beiden hinter mir tuscheln. Ich ging aus dem Zimmer und in den dunklen Flur. Auf der Schwelle ein schwaches Leuchten. Aus dem Wohnzimmer hörte ich Olivia leise und liebevoll gurren. Es war der einfachste Ausweg – mir einzureden, dass ich Nathan hasste und eine Frau war, die er beim Sex nicht geheiligt, sondern erniedrigt hatte. Ich war nicht besser als Olivia. Aus eigenem Antrieb würde ich nie von Nathan loskommen.

9

In North Slope gab es eine große, überwucherte zwischen zwei Brownstones gelegene Brache. Ich stand zu gern davor. Das Gras wuchs dort hüfthoch. Aus dem Unkraut ragten schwebende Betonquadrate und Geräte mit rot lackierten Griffen, als würde hier eine Farm nachgestellt. Von der Grand Army Plaza aus konnte ich die geparkten Autos in der Eighth Avenue sehen und darüber den westlichen Himmel. Der Brooklyner Sommer neigte sich dem Ende zu, und die Luft war von einem freundlichen Blau, das mit fortschreitender Zeit dunkler und grüner wurde, als verleihe die rauschende Brise aus den Toren des Parks allen Dingen eine duftende Üppigkeit. Ich saß auf der halbhohen Mauer vor dem Grundstück, mal mit Zigarette und mal ohne, und schaute zu, wie das Licht aus dem Himmel in den Boden sickerte. Ich würde ihm nicht schreiben.

* * *

Ich würde ihm nicht schreiben. Ich war fest entschlossen. Aber bei jedem Blick aufs Handy rechnete ich mit einer Nachricht von ihm, auch wenn sein Name in den vielen Wochen, seit ich sein Apartment verlassen hatte, kein einziges Mal auf dem Display erschienen war. Wenn er mich anschrieb, hätte ich wenigstens das Vergnügen, ihn zu ignorieren. Ich hatte keinen Grund, ihn zu treffen. Für ihn war ich nur ein Spielzeug, das er irgendwann unter seinem Schuh zertreten würde.

Wann immer ich mir vor der Brache eine Zigarette gönnte, ließ ich das Feuerzeug klicken und dachte mir: *Ich kann diese Dinnerparty jederzeit verlassen und mich ins echte Leben stürzen.* Also gut, es war besser, ihn nicht mehr zu sehen, aber das ergab noch lange kein echtes Leben, oder? Das echte Leben war nicht Nathans, aber genauso wenig war es ein Rückfall in die Selbstverleugnung. Hatte je ein Mensch meine Bedürfnisse besser erahnt und erfüllt als Nathan? Bei ihm konnte ich meine Zweifel in ihrem ganzen Ausmaß zulassen, den Teil von mir, der ihn hasste und den Hass als lustvollen Beweis für etwas Erhabenes, Edles deutete. Mir einzureden ich hätte nicht Nathan geliebt, sondern das, was er mir gegeben hatte, war ein Trost. Aber lag das nicht in der Natur der Liebe? Uns dankbar zu machen für die Gefühle, die sie uns beschert hatte?

* * *

Ich fragte mich, ob ich ihn wiedersehen würde, und warf eine Münze. Kopf hieß Nein, Zahl Ja. Als der Vierteldollar auf Kopf landete, war ich für den Bruchteil einer Sekunde verzweifelt, aber dann fiel mir wieder ein, dass ich frei war: Ich würde ihn wiedersehen, egal unter welchen Umständen. Am Rand meines Blickfeldes tauchte wieder die Schale auf. Die Schale stand in Nathans Apartment, sie war in allen Räumen, die Nathan je betrat. Wenn ich Lebensmittel einkaufte oder Briefe schrieb, konnte ich sie kurzzeitig vergessen. Sie war wie ein Juckreiz oder eine Aufgabe, die ich monatelang vor mir hergeschoben hatte und die sich nun als riesige Anklage vor mir auftürmte. In meinen Träumen war die Schale immer da, ich konnte ihre Farbe und ihre Maserung erkennen, während mein Körper sich krümmte und in den Laken wälzte.

Ich hielt noch einen weiteren Monat durch, dann schickte ich ihm eine Nachricht. Zum ersten Mal überhaupt bat ich um ein Treffen. Das gefiel ihm. Wahrscheinlich mochte er die Abwechslung; er sah zu gern, wie sich etwas regte, entfaltete, unter seiner Hand umformte. *Du bist gierig, nicht wahr?*

* * *

Im Oktober besuchte er mich zu Hause. Als ich in der Tür stand und auf seine Schritte auf der Treppe lauschte, wurde mir in aller Klarheit bewusst, dass dies mein echtes Leben war, dass das echte Leben anfangen würde, sobald er hereinkam. Nathan würde nicht länger an Orte gebunden sein, an die ich mich nur deswegen erinnerte, weil er sie bereitgestellt hatte. Wenn ich später an das zurückdachte, was in dieser Wohnung, in der ich so viele Jahre gelebt hatte, passiert war, würde sich die Erinnerung an ihn auf dem Sofa und dem Bett breitmachen und vor dem Waschbecken auf den Fliesen stehen.

Sein Gesicht im Türrahmen war liebevoll und verwundert.

Wie geht es dir?, fragte er. Wie schön, dass ich endlich mal deine Wohnung sehe, findest du nicht auch?

Vorsichtig hängte er seinen Mantel an einen der gemeinschaftlich genutzten Haken. Sein Gesichtsausdruck war wie eine Opfergabe. Nun, da er mich dazu gebracht hatte, seine Monstrosität zu lieben, wollte er mir zeigen, dass er sich benehmen konnte und durchaus kein Monster war. Er sah sich in der Küche und im Wohnzimmer um, ließ entspannt die Schultern hängen.

Willst du einen Tee?, fragte ich.

Er wollte keinen Tee. Ich nahm ihn mit in mein Zimmer, wo er die Schuhe auszog und sich aufs Bett legte. Nicht schlecht, sagte er.

Uns gefällt es.

Ganz anders als bei Olivia.

Ja. Ich sah ihn an. Wie geht es ihr?

Gut, sagte Nathan. Es geht ihr gut.

Ich legte mich neben ihn. Mein Zimmer war klein und hatte blaue Wände und zwei Spiegel. Aus den Augenwinkeln konnte ich undeutlich unser Spiegelbild erkennen – seine Brust ragte knapp über meine hinaus. Dass Olivia an Nathan hing, selbst wenn er sie verletzte, war nichts Neues; aber hier war ich nun und fraß ihm aus der Hand.

Schön, dich zu sehen, sagte er, ohne sich zu mir umzudrehen.

Hast du gedacht, du würdest mich nicht wiedersehen?

Nein. Er lächelte. Nein, ehrlich gesagt war ich mir sicher, dass ich dich wiedersehen würde.

Hast du gewartet?

Ich weiß nicht, ob man es warten nennen kann. Ich habe an dich gedacht. Ich habe mich gefragt, ob du dich melden wirst.

Warst du sauer? Wegen letztem Mal?

Nein, sagte er und sah mich spöttisch an. Warum sollte ich sauer sein?

Manchmal bin ich ganz schön aufdringlich.

Allerdings, sagte Nathan. Aber du weißt, wie sehr ich dich mag.

Wann immer Nathan mir das sagte, fühlte ich etwas, was

ich nie zuvor gefühlt hatte. Es war, als würde man sich immer wieder neu verlieben und nie daran gewöhnen. Aus dem Mund eines anderen hätten die Worte schwach und dürftig geklungen, aus Nathans waren sie jedes Mal ein Schock. Eigentlich war alles, wofür er mich hätte wertschätzen können, längst aufgebraucht: Mein Geschlecht konnte ihn nicht mehr überraschen, mein Körper war nicht mehr neu. Aber irgendwie war meine Schönheit so erlesen, dass sie ihn weiterhin faszinierte. Und wenn es nicht meine Schönheit war, die er begehrte, musste er etwas anderes entdeckt haben, das er nun bewundern konnte.

Wir schwiegen, und ich war überzeugt, er konnte meinen Herzschlag hören.

Ich habe dich vermisst, sagte er nach einer Weile. Ich glaube, wir beide sind uns ziemlich ähnlich. Was keine Beleidigung sein soll.

Er lachte leise.

Warum so bescheiden, Nathan?, fragte ich. Ich bin schockiert.

Bist du nicht. Tu nicht so, als hättest du mich nicht vermisst.

Ich streite es gar nicht ab. Aber glaubst du wirklich, wir wären uns ähnlich?

Er sah zur Decke, aber seine Hand schob sich zwischen uns, und ich spürte seine Finger auf meiner Schulter. Es ist schon seltsam, sagte er. Für Olivia ist nichts natürlich. Beim Sex, meine ich. Ich kann sie mitreißen, aber sie weiß überhaupt nicht, wie sie sich bewegen soll. Es ist, als würde man auf einem verstimmten Instrument spielen. Sie in Stimmung zu bringen ist wundervoll, aber sie hat überhaupt keinen Instinkt. Du schon. Du hast nicht nur einen Instinkt – du willst ihm folgen. Du stehst nicht einfach auf und gehst, sobald du befriedigt bist. Du bist wie ein großer Schwamm, du willst alles aufsaugen. Informationen, Bewunderung, was auch immer.

Ich dachte, das gefällt dir nicht, sagte ich. Außerdem habe ich immer so viele Fragen.

Ich mache mir nicht so viele Gedanken wie du, und ich versuche, dich von deinen Hemmungen zu befreien, das weißt du. Ich mag es, wie ernst du die Sache nimmst. Sex ist nicht allen Menschen gleich wichtig, nicht auf dieselbe Art.

Manchmal denke ich, ich bin die Einzige, für die Sex so wichtig ist.

Fast. Nathan lächelte wieder. Aber du musst deswegen nicht traurig sein. Warum können wir es nicht einfach genießen? Es ist was Besonderes, Eve.

Ich lag reglos da, und mein ganzes Dasein versammelte sich unter der Haut, wo seine Finger meine Schulter berührten. Mein Zimmer erschien mir klein und fremd. Wie hatte ich es als mein Zuhause betrachten und glauben können, es gehöre mir? Es war nur ein Raum, in dem ich vorübergehend ein paar gekaufte Sachen aufgehängt hatte, um mich sicher zu fühlen. Ähnlich verhielt es sich mit meiner Überzeugung, moralisch und politisch interessiert zu sein und am Leben von Fremden teilhaben zu wollen, die unter ähnlichen Umständen lebten wie ich. Ich hatte mir diese Überzeugungen angeheftet, damit ich mir einbilden konnte, etwas Wertvollem anzugehören und etwas Wertvolles zu besitzen. Das alles niederzureißen war für Nathan ein Leichtes. Und ich wollte es fallen sehen. Ich wollte völlig neu sein und Liebe und Lust erleben, als wäre ich nie verletzt worden und als hätte ich mich nie gefürchtet. Könnte man einer Frau mehr bieten? Könnte eine Frau sich mehr wünschen?

Ich genieße das sehr, sagte ich. Wirklich. Ich liebe es.

Ich weiß, sagte Nathan.

Ich wünschte nur, das mit Olivia wäre anders.

Wie anders?

Ich wünschte mir, es wäre nicht so schwer für sie, sagte ich. Siehst du denn nicht, wie schwer sie es hat? Weil sie mehr von dir will, als du zu geben bereit bist? Du sollst nur mit ihr zusammen sein und alle anderen Frauen ignorieren.

Das stimmt nicht. Sie mag es so, sie genießt unsere Spielchen.

Ja, sagte ich, sie genießt die Spielchen, weil *du* sie veranstaltest und weil *du* sie spielen willst und Olivia alles will, was du willst. Aber es bricht ihr das Herz.

Vielleicht hast du recht, sagte Nathan. In der Tat gibt es da etwas, das mir Sorgen macht: dass sie sich mit niemandem sonst verabredet. Anfangs fand ich es in Ordnung, natürlich hatte sie da keine Zeit oder Energie für etwas anderes. Aber das geht nun schon viel zu lange so.

Sie kann sich nicht einfach mit anderen treffen. Das wäre doch unfair. Zu so was wäre sie nicht fähig.

Mag sein. Ehrlich gesagt verbringe ich gerade weniger Zeit mit ihr als sonst. Und jetzt mache ich mir Sorgen.

Du hast Olivia gekannt, du wusstest, wie sie ist und was sie für dich empfindet … Das hat dir keine Sorgen gemacht? Wie konntest du glauben, sie würde nicht mit dir zusammen sein wollen, wo sie so rasend verliebt ist?

Du weißt nicht alles, sagte Nathan. Mehr kann ich dazu nicht sagen.

Was weiß ich nicht? Du meinst, sie die ganze Zeit im stillen Kämmerlein zu ficken und sich ansonsten nicht mit ihr zeigen zu wollen wäre nicht verwirrend? Und ich soll glauben, sie wäre nicht in dich verliebt?

Sie ist mir ergeben. Auf ihre Art.

Nicht alle sind wie du, sagte ich. Nicht alle können einfach so zwischen den Welten wechseln und ohne feste Bindungen leben.

Du schon, sagte Nathan.

Ja. Mag sein. Aber du weißt, wie das ist.

Ich sah ihn an.

Wie ist es für dich?, fragte er.

Meistens wie ein Fluch. Als würde ich durch mein eigenes Leben geistern.

Das stimmt nicht. Aus dir spricht die Frauenfeindlichkeit.

Willst du mir jetzt erklären, was frauenfeindlich ist?

Aber es stimmt doch. Du und ich, wir sind gleich, wir sind uns ähnlicher, als du denkst, du hast bloß Angst vor dem Urteil anderer Leute. Du hast Angst, Frauen könnten dich deswegen nicht lieben. Wo es doch eigentlich – ich meine es ernst, Eve – ein großes Geschenk ist.

Aber was ist mit Olivia? Du weißt, was sie für dich empfindet. Warum bist du nicht einfach mit ihr zusammen? Oder machst ganz sanft Schluss?

Wie engstirnig.

Komm schon, hier geht es nicht um dich. Ich mache mir Gedanken um sie.

Nathan nahm die Hand von meiner Schulter und setzte sich auf. Seine Miene war spöttisch, unergründlich. Ich erinnerte mich an seine Blicke an einem Abend im Pleiades, wo wir uns im ersten Monat oft getroffen hatten, Blicke, die mir sagten, dass er sich gern herausfordern ließ.

Weißt du, was das ist?, fragte er, hielt die rechte Hand in die Höhe und zeigte auf den Ring. Er war breit und aus Gold und oben leicht abgeflacht, fast wie ein Siegelring, nur ohne Gravur.

Nein. Was ist das?

Ein Ring.

Ja, und? Bist du in einer Sekte?

Du weißt es wirklich nicht, sagte er. Ich war mir sicher, du hättest es dir längst gedacht.

Was?

Ich bin verheiratet, Eve.

Nathan hatte in meinem Leben so lange und so ungehindert die Strippen gezogen, dass ich nie auf den Gedanken gekommen wäre, er könnte irgendetwas zu verbergen haben. Fatima war der Meinung, dass ich mich ihm gegenüber verhielt, als hätte er mich auf den Kopf gestellt und den Verstand aus mir rausgeschüttelt. Ich saß da, und der Ring füllte mein komplettes Blickfeld aus, als hätte ich noch nie im Leben einen gesehen.

Ich bin seit sieben Jahren verheiratet, fuhr er fort. Meine Frau ist Österreicherin. In Österreich trägt man den Ehering an der rechten Hand.

Wo ist sie?, fragte ich. In Österreich?

Nein. Nathan lachte. Nein, sie wohnt in meinem Apartment. Zusammen mit mir.

Wer weiß davon?

Eve, du verstehst das nicht. Alle wissen davon.

Olivia auch?

Natürlich. Olivia und Helen kennen sich seit Jahren. Seit dem College. Ehrlich gesagt dachte ich, du wärst inzwischen drauf gekommen.

Aber warum hättest du mich anlügen sollen?, fragte ich. Warum hast du nichts gesagt? Ich wusste doch ohnehin über dich und Olivia Bescheid … Das ist doch sinnlos. Ich verstehe es nicht. Es hätte alles viel einfacher gemacht. Deine Zeitnot, die Hotels, die Heimlichtuerei …

Die Frauen, mit denen ich schlafe, wissen nichts davon. Normalerweise nicht.

Ich bin nicht irgendeine Frau.

Nein, sagte Nathan, nahm meine Hand und hielt sie fest. Das stimmt.

Weiß sie Bescheid?, fragte ich. Deine Frau?

Ja, natürlich. Aber nicht im Detail.

Weiß sie von Olivia?

Nathan winkte ab.

Nathan, sagte ich, ich kenne dich seit fast einem Jahr. Du konntest es mir nicht sagen? Du vertraust mir nicht, nach allem, was war?

Ich vertraue dir, sagte er. Das lässt sich nicht so einfach erklären. Es ergibt nicht unbedingt einen Sinn … Ich bin einfach so. Ich mag es, die Dinge getrennt zu halten und ihnen jeweils die Aufmerksamkeit zu widmen, die sie verdient haben. Wenn ich mit dir zusammen bin, kann ich nicht an Helen denken, nicht länger als eine Sekunde. Das wäre doch sinnlos. Und wenn ich mit ihr zusammen bin, denke ich weder an dich noch an Olivia oder sonst jemanden. Ich denke ja nicht mal an die Arbeit. So bin ich eben. Ich möchte mit dir nicht über sie reden. Wenn ich mit dir zusammen bin, habe ich nur dich im Kopf.

Und du liebst sie?, fragte ich. Diese … Helen?

Ja, sagte Nathan, und dann lächelte er so, wie er es sonst nur tat, wenn ich ihm mein Leben mit Fatima schilderte. Und wie. Ich liebe sie seit zehn Jahren.

Bei diesen Worten tat sich eine blühende Weite in mir auf. Ich wusste, seine Ehe war keine Entschuldigung für seine Fehltritte bei der Arbeit, sie machte ihn noch lange nicht zu einem guten Menschen, und doch befreiten seine Worte mich von einer ängstlichen Vorstellung, die mich anscheinend belastet hatte, der Vorstellung eines Mannes, der Gefühle nur vorspielen, aber nicht empfinden konnte. Er war also doch nicht gefährlich, er war kein Soziopath, er hatte Olivia nie getäuscht. Er war einfach nur in eine Frau verliebt, die ich nicht kannte. Ich fühlte mich von Glück überwältigt. Aus keinem bestimmten Grund stellte ich ihn mir am Steuer eines Autos vor, wie er mit unverhohlenem Stolz zu der gesichtslosen Frau auf dem Beifahrersitz hinübersieht. Ein menschlicheres Gesicht als seins hatte nie existiert, dort in dem Auto auf der sonnigen Landstraße, die ich in Gedanken entworfen hatte. Ich durfte ihn jetzt lieben. Da war Platz für meine Liebe.

Nathan, sagte ich nach einer Weile, das macht mich sehr glücklich. Ist das nicht seltsam?

Du bist seltsam. Warum macht es dich glücklich?

Weil ich jetzt weiß, dass du ein liebevolles Zuhause hast.

Er sah mich an und drehte den Ring um seinen Finger. Du hast mich anscheinend gern, sagte er. Anfangs nicht, aber jetzt schon. Deswegen habe ich es dir erzählt.

Aber irgendwie ist es auch traurig, sagte ich. Du bist nicht der, für den ich dich gehalten habe. Ganz und gar nicht. Ich dachte, du würdest dich vollkommen allein durchs Leben treiben lassen, vollkommen unabhängig. Ich dachte, im Grunde bist du völlig allein.

Ich bin genau der, für den du mich hältst. Ich lasse mich allein durchs Leben treiben. Ich bin hier bei dir, oder?

Ich wollte ihn fragen, wie er es geschafft hatte, beides zu haben, aber ich kannte die Antwort bereits. Obwohl ich ihn immer noch beneidete, fühlte ich mich high, den Tränen nahe, wie am Ende eines Films oder eines Romans. Nathans Leben so nah zu kommen war berauschend. Unsere Welt war eine Landschaft aus guten Absichten und verlockenden Freiheiten. Die Liebe schien hier bei uns im Zimmer zu sein, greifbar wie ein Körper, freigiebig und unauslöschlich.

Nathan legte sich wieder aufs Bett und zog mich an seine Brust. Ich spürte seine feste, warme Schulter unter mir. Er nahm meine Hand.

Keine Geheimnisse mehr, sagte er nach einer Weile. Das waren wirklich alle.

Die Offenbarung war so aufregend, dass ich insgeheim hoffte, dass es nicht die ganze Wahrheit war und er irgendwo noch eine andere Truhe voller Geheimnisse hatte, die er mir nach und nach präsentieren würde. Aber als er dann endlich das Schweigen brach, sagte er nur: Hast du mein Geburtstagsgeschenk bekommen?

O ja, sagte ich. Das hatte ich komplett vergessen! Danke sehr.

Er küsste mich. Als ich aufstehen wollte, um mich auszuziehen, streckte er die Hand aus und hielt mich zurück. Lass mich erst ein Foto machen, sagte er.

Jetzt?

Ja, halt einfach still.

Als er das Handy weggelegt hatte, zog ich mich aus. Du bist so schön, sagte er. In mir braute sich ein Schmerz zusammen. Seine Stimme war nicht mehr die Stimme des Mannes, der sich vor den aufgereihten Frauen aufbaute, des Mannes, der aus allen Nacktfotos auf der Seite meins ausgewählt hatte. Diese Stimme hatte ich noch nie gehört. Plötzlich spürte ich, dass mir nichts je wichtiger gewesen war als diese Stimme.

Ich hielt ihn umarmt, während er mich fickte. Das Zimmer war schwarz, und es gab nur den Schweiß auf seinen Schultern, seine Hände unter mir, den Klang seiner Stimme in meinem Ohr: *Genau, das ist es, Eve, das ist es, weißt du das, Eve, weißt du das, weißt du das, weißt du das?* Ich wusste es.

* * *

Auf diese Weise vergingen erst zwei Monate, dann vier und dann fünf. Die Stadt verdunkelte sich. Ich sah Nathan in unregelmäßigen Abständen, im Laufe des Winters insgesamt sechsmal. Wenn ich nicht bei ihm war, spürte ich eine neue wankelmütige Einsamkeit. Manchmal traf ich mich mit anderen und empfand nichts als resignierte Zärtlichkeit: Sie waren einsam und suchten einen Moment der Nähe, genau wie ich. Aber mir dessen bewusst zu sein war bitter und ein bisschen peinlich. Ich wollte mich von der Gewissheit eines anderen mitreißen, in etwas *hineinziehen* lassen. In meiner Ungeduld gab ich mich manchmal so sicher und zuversichtlich wie die Person, der ich begegnen wollte. Eine Stunde lang sah ich jemandem in die Augen und ließ meinen Blick in herablassender Ungeduld immer wieder zum Handy schweifen, und wenn die nächste Szene beginnen sollte, starrte ich in die Ferne, als könnte ich sie dort bereits sehen, und sagte: *Los.* An einem dunklen eisigen Abend in Bed-Stuy sagte ich es zu einem Mädchen, dessen scheues Lächeln mich an Romi erinnerte. Aber sie war ganz anders, kleiner und stiller, und sie kicherte nervös. Sie war mit ihrem Drink noch nicht fertig, aber als mein Glas leer war und ich *Los* sagte, kippte sie ihn hastig hinunter und folgte mir aus der Bar. Beim Sex versuchte ich, wie Nathan zu sein. Als sie sich entblößte, zog ich die Brauen zusammen wie in schmerzlicher Bewunderung, ich berührte sie, als gehörte sie mir und als hätte ich das schon hundertmal getan. *Das ist der Schwanz, den du brauchst, nicht wahr,* sagte ich, und mein Tonfall war dem von Nathan so ähnlich, dass es fast wehtat. Das Mädchen stieß einen kleinen Schrei aus, als hätte sie etwas aus sich herausgepresst. Ich fühlte mit ihr. Ich sah ihre Einsamkeit, die sich gegen ein Vergnügen wehrte, das doch nicht von Dauer sein würde.

Ich behielt meine Kleidung an und verabschiedete mich immer schnell. Die Zärtlichkeit, die ich gegenüber den meisten Menschen empfand – Menschen, die nicht Nathan waren –, konnte jederzeit in Unbehagen umschlagen. In Gesellschaft fühlte ich mich formlos, als schwebte ich in einer verschwommenen Welt. Es erinnerte mich an die Albträume, die mich manchmal quälten und in denen ich die einfachsten Dinge vergessen hatte. Ich irrte durch eine Küche und fand die Butter nicht, obwohl die Butter immer am selben Ort steht. Die Autofahrer schienen die Verkehrsschilder zu ignorieren und die Züge den Fahrplan, und alle sinnhaften Strukturen waren leicht verdreht. Wenn ich hingegen tagelang allein war, baute sich die Welt um mich herum genauso auf, wie ich es mir wünschte oder erhoffte, allein durch meine Willenskraft. Eines Morgens kam ich auf dem Weg zur Arbeit an einem leuchtend blauen Briefkasten vorbei, auf dem übrig gebliebene Regentropfen das funkelnde Sonnenlicht einfingen. *Wie absolut wunderschön*, dachte ich und bewunderte den Briefkasten mehr als alles andere, mehr als die überragende Schönheit der Straße, der Bäume, des Himmels, sogar der eleganten Wölbung des Apartmentblocks mit der Ornamentfassade, nicht nur weil er so leuchtend war, sondern weil er mich an die Welt erinnerte, durch die ich lief, eine Welt, die mir zutiefst vertraut war und wo ich die Sprache der blauen Briefkästen beherrschte. Ich verstand ihren Zweck und zog einen Nutzen aus ihnen und aus dem System, in das sie eingebunden waren. Ich fühlte das Netz der Stadt um mich herum, die vielen Fäden aus Besteuerung und Bürokratie, die zu dem blauen Briefkasten führten und seine tägliche Leerung sicherstellten, die vielen unterschiedlichen Briefe, die hineingeworfen worden waren, die diversen Einwohner Brooklyns, die davorgestanden hatten, die Witterung, der er ausgesetzt war. Ich stellte mir die Wohnungen, Häuser und Firmen in New York City und weiter weg vor, die die eingeworfene Post erhalten würden. Der Briefkasten vermittelte mir ein Gefühl von Sicherheit; ich war in stabile, einträchtige, ineinandergreifende Strukturen eingebunden und beschützt, solange ich lebte. Mir war bewusst, dass ein solches Gefühl albern und das System weder solide noch einträchtig war, dass es die Grundsätze einer Welt aufrechterhielt und weiter fortschrieb, die mich bedrückten, egal, wie sehr ich davon profitierte. Trotzdem wurde ich das Gefühl, beschützt zu sein, nicht mehr los. Die vorgefundene Welt versicherte mir, dass ich wertvoll und geborgen war, dass ich meinen Körper und mein Leben nicht erst mit Wert oder Sinn ausstatten musste. Doch sobald ich auf Menschen traf, die nicht Nathan waren – vor allem Frauen –, drohte die falsche Sicherheit zu zerbrechen.

Ich wusste genau, was du wolltest, hörte ich Nathan sagen, wenn ich auf einem Barhocker saß und wartete oder Fatima zuhörte. Es war nicht besonders schmutzig, eigentlich war es nicht einmal wirklich intim, nur ein sanftes bestimmtes Flüstern. Seine Stimme war wie ein Gebet, das ich für mich behielt. *Ich wusste genau, was du wolltest. Ich wusste genau, was du wolltest.* Manchmal watete ich durch das Chaos meiner Gefühle und befürchtete, ich könnte die Liebe, die ich für Romi empfunden hatte, nirgendwo sonst unterbringen als bei Nathan, aber dann erinnerte ich mich an die Sicherheit, die Romi mir geboten hatte, und wie erpicht ich gewesen war, mich in ihrer Welt der Fürsorge und Loyalität als würdig zu erweisen. Meine Gefühle für Romi und das, was ich jetzt für Nathan empfand, ließen sich nicht vergleichen. Bei Romi hatte ich weniger einen Überfluss von Emotionen gespürt als vielmehr einen Überfluss an Ehrgeiz.

Ich dachte maßlos oft an den Moment zurück, als Nathan mir von seiner Frau erzählt hatte, an die überraschende Springflut aus Gefühlen. Meine Beziehung zu ihm ähnelte kaum dem, was ich als Liebe kannte, da waren keine Sicherheit oder Gewissheit, keine belastbaren Informationen. Es schien falsch, meine Liebe auf einen Menschen zu übertragen, mit dem ich nur ein paar wenige anonyme Stunden verbracht hatte, der selbst im Notfall nicht ans Handy ging und mich nie besuchte. Aber war ich immer noch eine Frau, die ihre Gefühle verleugnete, bloß weil sie ihr nicht gefielen? Dieser Abwehrmechanismus war jetzt defekt, außerdem erschien er mir lächerlich.

* * *

Nathan wollte mich allein treffen. Nathan wollte mich in meiner Wohnung treffen. Nathan wollte mich zum Abendessen treffen, mit mir ins Frick gehen und in den Park. Wir waren immer zu zweit, und es war anders als früher. Was war anders? Vielleicht, dass ich teils wochenlang nicht an Olivia dachte, an das Sehen und Gesehenwerden, daran, wie es wohl aussah, wenn ich unter Nathan verschwand. Vielleicht lag es an seiner neuen Dankbarkeit. Er hatte mir zuliebe einen Teil seiner Privatsphäre aufgegeben, indem er mir von seiner Frau erzählt und mir einen Blick auf die wahre Landschaft seines Lebens gewährt hatte, und ich merkte, dass er sich in meiner Gegenwart nicht mehr unverwundbar fühlte. Seine Lässigkeit war dahin. Er war wie ein Mann, dem ein Festmahl vorgesetzt wird. Er hatte einen anderen Zug um den Mund. Er wurde noch vor dem Ausziehen hart. Manchmal redete er mit mir und hatte ganz offensichtlich Mühe, die Fassung zu bewahren. Er wusste nicht, wohin mit seinen Händen. Er sagte Sachen wie: *Du riechst so gut, du siehst toll aus, küsst irgendwer besser als du?* Seine glatte Selbstsicherheit, dieser Eindruck, er erfülle nur eine Pflicht, wich einer neuen Gier, die ich aus seinem Blick kannte, aber vorher in seinen Berührungen nicht gespürt hatte. Er hatte nicht mehr alles unter Kontrolle – er spielte nicht mit mir, sondern befriedigte auch sich selbst. Wenn wir uns trafen, hatten wir zwei-, drei- oder viermal nacheinander Sex. Er kam mit einer neuen Hingabe, es war wie eine Offenbarung, die seinen ganzen Körper erfasste, bis in die Füße; sie öffnete seine Fäuste und setzte ein Brüllen frei, in dem ich versank. Ich ließ mich ganz und gar von ihm halten. Sein Körper war ein bebender Kelch mit mir darin, Hitze und Schweiß schwappten über. Manchmal mussten wir danach beide lachen und konnten nicht mehr aufhören. Wir krümmten uns vor Lachen. Er küsste mich auf die Stirn. Er küsste meine Schlüsselbeine und legte mir eine Hand auf den Bauch. Gott, keine ist wie du, sagte er, keine ist wie du, weißt du das? Wenn ich von meiner Gier sprach, sagte er: Mein gieriges Stück. Er konnte nicht aufhören, mich zu küssen. Wenn ich für den Rest meines Lebens nur noch eine Sache riechen könnte, Eve, sagte er, dann dich.

* * *

Das nächste Treffen verlief genauso. Es lag nicht am Begehren an sich – ein überwältigendes mörderisches Begehren, das alles verschlang, was es berührte, das aufheulte, wenn wir uns sahen, und schmerzte, wenn nicht –, sondern an der Art dieses Begehrens: Es lebte in absoluter Einsamkeit und wäre lieber gestorben, als Forderungen zu stellen. Ich dachte an ihn, schrieb aber keine Nachricht, weil es sich gut anfühlte zu wissen, dass er auch an mich dachte, wir aber nicht aufeinander angewiesen waren und nichts voneinander verlangten. Wir schenkten einander ein reines unverfälschtes Vergnügen. Jedes Mal sagte er: *Immer wenn ich komme, denke ich an dich, immer wenn ich komme, denke ich an dich, immer wenn ich komme, denke ich an dich. Du bist da, um dich von mir ficken zu lassen, und ich bin da, um dich zu ficken.*

Aber was, wenn du mit ihm verheiratet wärst?, fragte Fatima. Du würdest ihm kein bisschen vertrauen.

Nein, ich würde ihm kein bisschen vertrauen, aber ich war nicht mit ihm verheiratet. Ihm gefiel, dass ich unersättlich war, nie genug bekam, nicht Nein sagen konnte und nicht rein war. Ihm gefiel, dass ich so viel wollte wie er und dass es mir so viel bedeutete wie ihm und dass ich danach allein und frei sein wollte. Das war in Ordnung, es war sogar ein großes Glück, dass ich so war und zugleich eine Frau. Er brauchte eine Komplizin. Eine Vertraute. Ein Mädchen, das nie nachließ. Er wusste, ich würde alles für ihn tun, denn ihm verdankte ich mein Bewusstsein, den Trost, den ich in meinem Körper fand, und alles, was ich an mir selbst zu lieben gelernt hatte. In diesem Kokon lebte ich, als er im März zu mir kam und mir von der Klage erzählte.

10

Ich fuhr zu ihm ins Standard, sobald ich seine Nachricht gelesen hatte. Es war sechs Uhr am Montagabend. Ich war unrasiert, aber das war mir egal. Zu Beginn war es ein ganz privater Luxus gewesen, die rituelle Vorbereitung meines Körpers auf Nathan und Olivia, für die ich mich stundenlang im dampfenden, nach Seife duftenden Badezimmer einschloss. Nun war es mein ganzer Stolz, Nathan meinen echten Körper zu zeigen; in allen anderen Bereichen hatte mein Stolz gelitten.

Nathan öffnete den Minikühlschrank im Wohnzimmer der Suite und nahm zwei Bier heraus. Er reichte mir meins mit gerunzelter Stirn. Da war er wieder, dieser leidvolle Blick, die Anbetung, auf die ich die ganze Zeit wartete.

Hör gut zu, sagte er. Es tut mir leid, Eve, aber du wirst eine Vorladung bekommen. Hat Olivia es dir schon erzählt?

Mit Olivia habe ich seit Monaten nicht mehr gesprochen. Wovon redest du?

Es geht um einen Rechtsstreit im Büro, sagte er. Mit einer Frau, die sich mal bei mir vorgestellt hat. Die wollen, dass du eine eidesstattliche Aussage abgibst.

Was hast du getan?

Nathan lächelte. Du denkst immer so gut von mir, sagte er.

Nathan!

Natürlich nichts.

Ich wusste es sofort, es war wie beim Münzwurf, wenn der Vierteldollar landete und mir klar wurde, was ich eigentlich gewollt hatte; mein Herz zog sich zusammen. Ich war schuldig. Ich war eine Zeugin von Nathans Fehlverhalten; immer schon hatte ich vermutet, dass sein Umgang mit Olivia nicht die einzige Grenzüberschreitung war. Aber ich hatte nur das sehen wollen, was mich faszinierte, und den ganzen verstörenden Rest hatte ich aus Feigheit ausgeblendet. Mein nächster Gedanke war: *Vielleicht wird es sich gut anfühlen, reinen Tisch zu machen und verurteilt zu werden. Vielleicht zerbricht dann die Schale.*

Okay, sagte ich. Du warst also mit einer Frau im Bett, die sich um einen Job beworben hat?

Nicht ganz. Aber viel mehr kann ich dazu nicht sagen.

Nathan. Raus damit. Du hast eine Bewerberin gefickt?

Habe ich was von ficken gesagt? Ich habe nicht mit ihr geschlafen.

Nicht?

Nein. Sie behauptet es aber, und im Gegenzug habe ich ihr angeblich einen Job versprochen.

Hast du irgendwas in der Richtung angedeutet?

Nein, selbstverständlich nicht.

Und hast du sie eingestellt?

Nein, natürlich nicht.

Nathan, im Ernst.

Er sah mich an. Willst du es wirklich wissen?, fragte er.

Was soll eine eidesstattliche Aussage von mir bringen?, sagte ich schließlich. Warum ausgerechnet ich?

Weil ich am fraglichen Abend in deiner Wohnung war. Erinnerst du dich? Im Januar. Dieses Jahr.

Wie sollte ich mich daran …?

Ich bin gegen acht oder neun vorbeigekommen. Du hast mir Käse und Cracker angeboten, wir haben gefickt, etwa eine Stunde später kam deine Mitbewohnerin nach Hause.

Keine Ahnung, sagte ich. Aber ich kann mal nachsehen, was wir uns an dem Tag geschrieben haben.

Ja, mach das. Ich war da. Und du brauchst nichts weiter zu tun, als es zu bestätigen.

Nathan, ich bitte dich. Was, wenn du die Frau um sieben gefickt hast und um acht bei mir warst? Wie soll ich denn …?

Was ich getan habe, ist egal. Tu mir diesen kleinen Gefallen. Du musst einfach nur die Wahrheit sagen.

Nimm es mir nicht übel, Nathan, aber wahrscheinlich geht in deinem Büro eine Menge kranker Scheiß vor sich.

Klar. Wie in jedem Büro. Aber in dem Fall liegst du falsch.

Ja, aber du tust so, als wäre es das Normalste der Welt! Warum solltest du dieses eine Mal nicht wirklich Ärger bekommen?

Es ist meine Aufgabe, die Familie zu schützen, sagte Nathan. Das kannst du hoffentlich respektieren.

Warum kann Olivia dir nicht helfen?

Die wissen nichts von meiner Beziehung zu Olivia.

Nathan sah mich an. Unsere Oberschenkel waren nur wenige Zentimeter voneinander entfernt, aber er berührte mich nicht. Mein Atem strömte in meinen Brustkorb und wieder hinaus.

Hör mal, sagte ich, ich weiß dein Vertrauen sehr zu schätzen. Zumindest hoffe ich, dass du mir vertraust. Aber du solltest wissen, wie ich das alles finde. Dass du immer und überall deinen Willen durchsetzt. Deine Beziehung mit Olivia. Am Arbeitsplatz.

Nathan sah mich weiter an, sein Blick war klar und fest.

Ich musste an den Tag vor zwei langen Wintern denken, als er mich im Café besucht hatte. Damals hatte Romi mich noch jeden Sonntagabend abgeholt, mit geröteten Wangen und zwei Regenschirmen. *Ich bin bei der Arbeit,* hatte ich zu ihm gesagt. Ich wollte schonungslos offen sein, geradezu grausam, ich wollte ihm klarmachen, wie wenig er mir in meinem stabilen echten Leben bedeutete. Ich wollte ihn wegen des roten Polohemds auslachen, aber sobald er den Mund aufgemacht hatte, wusste ich, mein Leben war nur eine Decke, die von mir rutschte, sobald er mich berührte.

Hör mal, sagte Nathan, du ziehst mich gern auf, und ich mag das sehr. Aber eigentlich bist du ein sehr integrer Mensch. Ich weiß, wie fürsorglich du sein kannst – mehr, als du zugibst. Olivia ist aufrichtig, sie ist fürsorglich auf eine andere Weise, aber mit deinen hehren Idealen kann sie nichts anfangen. Sie ist dem gegenüber, was sie will und was sie hat, zutiefst loyal. Es hat natürlich auch etwas mit Moral zu tun. Wir hängen beide sehr an unserer Arbeit, besonders Olivia, sie gibt ihr ganzes Herzblut dafür, das merkt man, aber sie würde niemals auf Prinzipien rumreiten. Nicht unter Freunden. Ich würde sagen, sie lässt sich eher von Loyalität leiten als von Integrität. Falls du den Unterschied verstehst.

Und was ist mit meiner Integrität?, fragte ich. Meinst du nicht, dass ich aufgrund meiner Integrität, wie du es nennst, auf den Gedanken kommen könnte, dass du im Grunde ein Krimineller bist?

Überhaupt nicht. Ich bin mir sogar ziemlich sicher, dass du das nicht denkst.

Was immer diese Frau dir vorwirft, ist wahrscheinlich nicht ganz aus der Luft gegriffen.

Ich spürte, wie ein wenig von meiner Kraft zurückkam. Nathan herauszufordern war erotisch. Doch tief in meinem

Herzen wusste ich, dass ich vor allem die Vorstellung erotisch fand, mich ihm in den nächsten Stunden hinzugeben.

Findest du nicht auch, sagte Nathan, dass die meisten, mit denen du im Bett warst, eigentlich Menschen waren, von denen du dich fernhalten solltest? Weil sie vergeben waren, oder du warst vergeben, oder irgendwas anderes sprach dagegen – sie war die Schwester einer Ex oder was auch immer. Das trifft sogar auf mich zu, denn angesichts deiner Überzeugungen bin wohl auch ich jemand, den du nicht ficken solltest. Er lächelte mich an. Aber, sagte er, ich habe diese Frau schlicht und einfach nicht verletzt. Das kann ich dir garantieren. Ich brauche dir wohl kaum zu erklären, warum das offensichtlich ist.

Sicher hattest du nicht die Absicht, sie zu verletzen, sagte ich.

Ich hatte nicht die Absicht, und ich habe es nicht getan.

Eigentlich spielt es keine Rolle, ob du ihr einen Job angeboten oder es angedeutet hast oder nicht, denn sie lebt in einer Welt, in der sie vielleicht einen Job bekommt, wenn sie sich beim Bewerbungsgespräch von irgendeinem Arsch ficken lässt.

Nathan drehte sich zur Seite und legte mir einen Arm um die Taille. Sein Körper wurde weicher, aber weil er noch nicht alt war, hatten die Speckrollen an Bauch und Hüften etwas Jungenhaftes. Er ging jetzt ins Fitnessstudio, ich erinnerte mich, dass Olivia ihn einmal damit aufgezogen hatte. Über die breiten Schultern freute sie sich trotzdem.

Wo ist Olivia?, fragte ich.

Sie ist doch meistens nicht dabei. Wir treffen uns doch immer so wie heute. Zu zweit.

Wie kann ich eine eidesstattliche Erklärung abgeben, sagte ich, wenn niemand von dir und Olivia weiß? Ich meine, ich kann doch nicht über dich oder unsere Beziehung reden, ohne sie zu erwähnen.

Nathan nahm seine Brille vom Sofatisch und setzte sie auf.

Natürlich kannst du das, sagte er. Du kannst die Wahrheit erzählen. Wir haben uns online kennengelernt. Wir treffen uns seit etwa eineinhalb Jahren. Ich habe dir nie etwas vorgemacht. Du weißt von meiner Frau, und meine Frau weiß von dir. Ich besuche dich oft in deiner Wohnung, so auch am fraglichen Abend. Olivia zu erwähnen ist gar nicht nötig.

Das meinst du nicht ernst.

Hör dich mal an! Man könnte meinen, du hast echtes Vertrauen in unsere Justiz. Wirklich? Du glaubst, dieser Frau wird Gerechtigkeit zuteilwerden? Auf meine Kosten? Und das soll ich verdient haben?

Ich habe keine Ahnung, wer recht bekommen wird, ich jedenfalls nicht, oder? Also warum …?

Was wäre für dich denn gerecht, Eve? Nach welcher Gerechtigkeit suchst du? Hast du das Gefühl, du wirst ungerecht behandelt? Möchtest du mich auch verklagen?

Nein, natürlich nicht.

Was dann?

Ich will nichts, sagte ich schließlich. Das weißt du doch, Nathan.

Also gut. Tatsache ist, sagte er, dass du vorgeladen wirst, ob es dir nun passt oder nicht. Es tut mir sehr leid. Ich wünschte, es wäre anders. Ich wollte dich nicht in diese schäbige Angelegenheit reinziehen. Aber ich habe darauf keinen Einfluss mehr. Die Frage ist nur, ob du als eine Freundin aussagen wirst oder nicht.

Nathan lehnte sich vor und stützte die Ellbogen auf die Knie, als wäre er enttäuscht oder als wollte er mich anflehen. Beides hatte ich bei ihm noch nie erlebt. Wenn wir allein waren, sollte er sich einer unerschütterlichen tiefen Freundschaft würdig zeigen. Und doch fühlte es sich dürftig an. Darauf lief es also hinaus, seine Freundin zu sein.

Eve, sagte er. Seien wir ehrlich. Du brauchst nicht so zu tun, als könntest du mich nicht leiden, auch wenn wir beide wissen, wie sehr ich dein Getue normalerweise genieße, okay? Lass uns Klartext reden. Du kennst mich nun schon eine ganze Weile. Du weißt, dass ich an Grenzen gehe, aber ich würde sie niemals überschreiten. Manchmal frage ich dich, ob dir etwas gefällt. Ich weiß, es gefällt dir, aber ich weiß auch, dass du gern gefragt wirst, also frage ich. Ich habe deine Wünsche immer respektiert – nicht bloß respektiert, sondern erspürt, entdeckt und sogar erfüllt. War es nicht so?

Ja.

Du kennst Olivia und mich gut, sagte er. Du kennst uns praktisch seit dem Beginn unserer Beziehung oder fast. Ich weiß, du hattest immer schon Probleme mit der Konstellation, es gefällt dir nicht, dass ich mit ihr schlafe, obwohl sie für mich arbeitet. Aber du hast selbst gesehen, wie gut ich Olivia behandele. Wir haben eine Vereinbarung getroffen. Olivia weiß, dass ich verheiratet bin, und sie akzeptiert es. Und ohne mich wäre Olivia ein Wrack. Sie verheddert sich ständig und ist übernervös, aber ich kann sie beruhigen und aus ihrem Trott herausholen. Ich habe eine eigene kleine Welt erschaffen, in der sie Inspiration finden und ungestört malen kann. Wir besprechen ihre neuen Ideen. In ein paar Monaten wirst du vermutlich ihre Ausstellung sehen. Das ist etwas, was sie sich schon lange gewünscht hat. Stimmts?

Ja.

Wir sind nicht immer einer Meinung, sagte Nathan, aber du hast ganz offensichtlich Respekt vor mir, sonst wärst du nicht so wild darauf, dich von mir ficken zu lassen. Du wirst gern grob angefasst, du magst das Gefühl, dass ich dich um den Verstand vögeln kann und es auch tun werde, aber vorher frage ich, und du sagst immer Ja. Du vertraust mir. Du weißt, ich würde nie jemanden verletzen, der schwächer ist als ich. Findest du wirklich, ich sollte wie ein Krimineller behandelt werden? Meinst du, ich würde in meinem Büro über irgendwelche Frauen herfallen? Glaubst du, ich würde so weit sinken und Frauen rumkriegen, indem ich Zwang ausübe?

Ich betrachtete ihn. Ich kannte seinen Körper, seine neue Verletzlichkeit, den vertrauten Druck seiner Hand und fand ihn völlig unbedrohlich. Selbst in den Situationen, in denen ich mich vor ihm gefürchtet hatte, war ich erregt gewesen. Er hatte mir Angst gemacht, aber hatten mein Verstand und mein Herz diese Angst nicht gebraucht, um jene Integrität zu lernen, von der er sprach?

Er küsste mich, und ähnlich wie in dem Moment, als er mir von seiner Ehe erzählt hatte, sah ich ihn auf der sonnigen Landstraße, mit offenem Kragen und glücklichem Gesicht.

Natürlich nicht, sagte ich.

Ich weiß, sagte er. Er lächelte jetzt wieder. Erzähl das den Anwälten. Und hör mal, du kannst natürlich die Wahrheit sagen, aber ich als geborener Lügner würde dir raten, einfach nur nicht zu lügen. Sag: *Sie sind nah dran, aber Sie liegen falsch.* Sag, du könntest es nicht erklären. Deute die Wahrheit an, ohne sie direkt zu bestätigen.

Mit diesem Ratschlag brachte Nathan seine gesamte Lebenseinstellung auf den Punkt. So handhabte er seine Frau, Olivia, mich und Gott weiß was noch. Auf diese Weise bewahrte er sich, was er für seine Integrität hielt, ohne seine Freiheit dafür aufzugeben.

Und keine Sorge, meine Anwälte sind natürlich dabei, fügte er hinzu.

Auf keinen Fall. Ich schaffe das allein. Meinst du nicht, ich sollte einen eigenen Anwalt haben?

Was immer du willst.

Nathan, sagte ich, wie kannst du so ruhig bleiben?

Am Ende wird es auf einen Vergleich hinauslaufen, sagte er. Es ist nicht schlimm, nur lästig.

* * *

Du bist nicht diejenige, die vor Gericht steht, sagte Fatima. Du kannst sagen, was du willst.

Niemand steht vor Gericht. Noch nicht. So weit wird es hoffentlich nicht kommen.

Warum nicht?, fragte Fatima. Wir waren in der Küche und lehnten am Tresen. Hoffentlich kommt es zur Verhandlung, sagte sie, hoffentlich kommt die Frau zu ihrem Recht. Sag einfach die Wahrheit. Er hat es verdient.

Findest du?

Nun ja, soweit es überhaupt jemand verdient, in die Mühlen der Justiz zu geraten. Aber ja. Hat diese Frau eine Entschädigung dafür verdient, dass er sie gefickt hat? Und solltest du ihr helfen, sie zu bekommen? Selbstverständlich, sagte sie und nahm den Kessel vom Herd, und du bist in der einzigartigen Position, sie zu unterstützen. Er vertraut dir.

Aber genau darum geht es. Er vertraut mir. Ich kann ihn nicht verraten.

Ach, wirklich nicht? Du darfst sein Vertrauen nicht missbrauchen? Fatima sah mich in gespielter Überraschung an und hielt den Kessel über den Tresen. Du kannst diese Dinnerparty jederzeit verlassen und dich ins echte Leben stürzen!

Ach, komm.

Was? Wäre es nicht an der Zeit, dass du die Scheißdinnerparty verlässt und dich den Tatsachen stellst?

So ist das nicht, Fatima. Ja, er ist ziemlich verschlossen. Er war nicht immer ganz ehrlich zu mir. Na und? Er hat nichts getan, zumindest mir nicht. Ich war mit allem einverstanden. Er hat mir nie wehgetan.

Er hat dich *angelogen* und dir verschwiegen, dass er *verheiratet* ist. Fast ein Jahr lang.

Na und? Wir sind nicht zusammen. Und ehrlich gesagt bin ich froh, dass er verheiratet ist. Ich dachte immer, er macht Olivia was vor, und du weißt, wie sehr mich das gestört hat. Aber wie sich herausgestellt hat, wusste sie von Anfang an Bescheid.

Mein Gott, Eve. Im Grunde sagst du: *Ich habe erfahren, dass der Mann, mit dem ich schlafe, verheiratet ist und mich angelogen hat, ein ganzes Jahr lang, aber ich bin ja so froh, dass er glücklich verheiratet und kein Soziopath ist!* Was er übrigens sehr wohl sein könnte. Kannst du dir vorstellen, wie ich an deiner Stelle reagieren würde? Wenn jemand mich so belogen und manipuliert hätte? Du liebst es, von ihm manipuliert zu werden!

Und wenn schon, sagte ich und kippte den Tee, den Fatima mir gegeben hatte, in den Ausguss. Ich liebe es! Wenn das Manipulation ist, liebe ich es.

Was genau? Dass er seine Geliebte verheimlicht? Und nebenbei dich fickt? Dass er seine Frau betrügt?

Sie weiß Bescheid.

Das kannst du gar nicht wissen! Wie kommst du darauf, er wäre ein toller Ehemann? Vielleicht hat sie keine Ahnung, dass er noch andere vögelt. Vielleicht solltest du nicht alles glauben, was er dir erzählt.

Er ist kein schlechter Mensch, Fati.

Bist du so blind? Ist sein Schwanz *so* gut?

Wie könnte ich ihn für einen schlechten Menschen halten?, fragte ich. Er ist der Einzige, der sich mit meinen Gefühlen auseinandersetzt, er redet mit mir darüber und verurteilt mich nie, er kann sie nachvollziehen und liebt mich sogar dafür!

Du glaubst, er liebt dich?

Ich sage nicht, er wäre ein Heiliger. Ich weiß nicht, was er mit anderen macht, keine Ahnung. Aber bei mir und Olivia ist er nicht so, wie ich zuerst dachte. Er kümmert sich um uns. Er ist einfach bloß ehrlicher als andere Leute. Weniger gehemmt. Er hat weniger Angst als wir.

Verdammt richtig, sagte Fatima, denn bislang hatte er nie was zu befürchten! Du tust so, als müsstest du ihm helfen, dabei wissen wir beide, dass er damit durchkommen wird, auch ohne deine Hilfe. Was glaubst du, warum ich ihn nicht leiden kann? Bei Leuten wie ihm habe ich ein schlechtes Gefühl. Nie müssen sie irgendwelche Konsequenzen tragen. Sie klammerte sich rücklings an den Tresen, ihre Fingerknöchel traten weiß hervor. Du willst sein wie er, aber das kannst du nicht. Ist dir das klar? Du willst niemanden verletzen! Du kannst nicht sein wie er! Du kannst das nicht haben!

Glaubst du, ich hätte mich das nie gefragt? Weißt du, dass ich mich monatelang mit der Frage rumgequält habe? Ich hasse mich für jedes einzige Mal Sex mit ihm und noch mehr dafür, dass es mir so gut gefällt. Ich *weiß* das alles! Warum tust du mir das an?

Ich habe dich lieb, sagte Fatima sanft. Ich möchte, dass es dir gut geht und dass niemand dich verarscht und dir den Verstand verdreht. Die Leute sollen dich respektieren! Damit du dich auf sie verlassen kannst! Ich tu dir das alles nicht an. Ich habe dich lieb, Eve, das ist alles. Man nennt das Liebe.

Es brach mir das Herz. Wenn ich Nathan half, würde ich Fatima hintergehen, die ehrliche, zielstrebige Fatima, die keine meiner Schwächen hatte, einfach weil sie von anderen Frauen mehr erwartete als blinde Loyalität. Ihre Definition von Liebe war viel umfassender; ihre Liebe heiligte die Welt und war eine Resolution zu meinem Schutz. Auf einmal schämte ich mich dafür, dass ich meine Gefühle für Nathan Liebe genannt hatte, diese seltenen berauschenden Momente des Vergnügens und der Dankbarkeit, die jede Sekunde in Empörung umschlagen konnten. Ich füllte meinen Becher auf und setzte mich hin.

So oder so, sagte ich, brauche ich einen Anwalt.

Genau. Fatima sah mich an. Ich könnte meinen Großvater fragen. Vielleicht kann er das übernehmen oder einer seiner Kollegen.

Ihr Angebot tat weh. Ich wusste, es war nur gut gemeint, aber irgendwie schien es meine Schwäche und meine Inkompetenz zu bestätigen. Ich brauchte Hilfe, was nur bedeutete, dass Fatima recht hatte. Ich würde nie wie Nathan sein. Ich war nicht wie er. Egal, wie oft ich es geglaubt hatte, ich schwebte nicht allein und souverän durch eine weite Welt unbegrenzter Freiheiten.

Fati, ich will deinen Großvater da nicht mit reinziehen. Deine Familie soll nichts davon erfahren.

Und jetzt?

Ich werde meinen Vater bitten. Ich glaube nicht, dass ich eine Wahl habe.

Um Geld?

Also, nein. Er darf nichts von der Aussage wissen. Aber vielleicht kann ich … Ich weiß auch nicht, aber vielleicht kann ich irgendwas rausholen.

Okay, sagte Fatima.

Ich bin mir sicher, dass er mir helfen wird, sagte ich. Er will mir immer helfen, aber ich mache es ihm schwer. Ich habe ihn in seinem Stolz gekränkt. Und deswegen versteckt er sein Geld. Du weißt schon, er tut so, als wäre ich auf mich allein gestellt. Und ich spiele einfach mit. Aber ich glaube, falls ich wirklich … Du weißt schon.

Eve, sagte Fatima, hat Nathan dir einen Anwalt angeboten? Du solltest dich gar nicht damit befassen müssen. Das ist doch nicht richtig.

Ja, hat er. Aber meinst du nicht auch … Ach, ich weiß nicht.

Fatima sah mich mitleidig an. Wir hatten so oft über Nathan gesprochen, aber nun schien sie meine Gefühle zum ersten Mal zu verstehen. Okay, sagte sie. Ich glaube, du hast recht. Du solltest wenigstens einen eigenen Anwalt haben. Morgen rufen wir deinen Vater an.

* * *

Zum Telefonieren setzte ich mich in aller Frühe nach draußen auf die Treppe. Es war immer noch Winter, auf der Straße herrschte ein klares, trostloses Gefühl von brutaler Wirklichkeit. Die einzigen anderen Menschen, die jetzt schon unterwegs waren, eilten zur U-Bahn, das halbe Gesicht unter einer Wollmütze verborgen. Ich zündete mir eine Zigarette an und rauchte sie zu drei Vierteln, bevor ich seinen Namen antippte.

Er meldete sich nach zweimaligem Klingeln.

Evie, sagte er. Rufst du absichtlich an?

Ja, Dad. Ich rufe absichtlich an.

Was für eine Überraschung, sagte er in einem halb belustigten Tonfall, der seine Gekränktheit verbergen sollte.

Wie geht es dir?

Prima. Wie immer.

Gut, sagte ich. Sehr schön.

Was ist mit dir? Wie läuft es bei der Arbeit?

Oh, ich fange demnächst einen neuen Job an. In ein paar Wochen.

Mein Vater stieß einen leisen Pfiff aus. Ich hörte seine schamlose Freude durch die Leitung. Dann hielt er inne.

Was ist das denn für ein Job?, fragte er.

Ein richtiger. In einem Büro.

In einem Büro?

Ja. In einer Vermögensverwaltung. Das ist so etwas wie eine Investmentfirma. Die kümmern sich um das Geld einer einzigen Familie – um die Immobilien, die Finanzen und so weiter.

Eine Vermögensverwaltung. Wirklich.

Ja. Als Beraterin.

Wissen die, wen sie da eingestellt haben?

Ach, sei still, Dad, sagte ich und hörte ihn kichern. Ich bin ganz schön clever, was?

Nun, das ist wunderbar, Evie, sagte er. Einfach großartig. Ich bin stolz auf dich.

Mit Krankenversicherung und allem.

Du hast es dir verdient.

Danke, sagte ich. Die Sache ist die, ich habe die Stelle über einen Typen bekommen, mit dem ich mich auch privat treffe. Er ist einer der Chefs.

Aha, sagte mein Vater. Aber ihr macht nichts Illegales?

Aus seiner Stimme hörte ich eine hämische, nur scheinbar gespielte Begeisterung für Klatsch und Tratsch heraus, die ich sofort wiedererkannte. Manchmal klang ich genauso. Ich versuchte, es mit einem Lachen zu überspielen.

Nein, sagte ich. Nichts Illegales. Andere Abteilung. Aber er war sehr nett und hilfsbereit.

Wirklich?, sagte mein Vater. Das ist toll, Evie. Wie heißt er? Wo hast du ihn kennengelernt?

Sein Name ist Nathan, sagte ich. Aber hör mal, Dad, ich will nicht … Das ist alles noch ganz frisch, ich will es nicht vermasseln. Wird ganz schön seltsam sein, im selben Gebäude zu arbeiten. Könnten wir das Thema für eine Weile verschieben?

Nathan, wiederholte mein Vater. Ja, natürlich. Ja. Ich freue mich, irgendwann mehr über ihn zu erfahren. Aber er ist … Er meint es doch ernst?

Sehr ernst.

Gut … Hat er …?

Dad, sagte ich. Wir wollten es verschieben.

Ja, richtig, sagte mein Vater. Okay. Hör mal, ich weiß, bald ist es schon wieder so weit, die Zeit rennt, aber ich hatte nie die Gelegenheit, dir dein Geburtstagsgeschenk zu geben. Letzten Sommer.

O ja. Ich vergaß.

Ich weiß, sagte mein Vater. Mein genügsames Kind.

Ich lachte.

Nein, im Ernst, sagte mein Vater. Es ist vielleicht albern, aber ich habe was Besonderes für dich. Wenn du es nicht willst, biete ich es einem von Jeffs Kindern an, kein Problem. Ich dachte bloß, dass es das Reisen vielleicht ein bisschen unkomplizierter macht. Wenn du mich besuchen willst oder was auch immer. Wenn du an den Strand willst. Nach Upstate New York. Wohin auch immer.

Was ist es?

Nur ein kleines Auto. Ein Volvo. Na ja, so klein ist es nicht. Aber ich will keine große Sache draus machen.

Dad, das ist sehr großzügig von dir.

Es ist nicht neu.

Dad, das macht doch nichts, das ist wirklich sehr großzügig von dir. Stand es die ganze Zeit in der Garage? All die Monate?

Nun, hin und wieder mache ich eine kleine Spritztour damit. Damit es nicht auseinanderfällt.

Oh, es fällt bald auseinander?

Mein Vater lachte. Nein, Evie, nein. Ehrlich gesagt glaube ich, es wird dir gefallen.

Auf einmal fühlte ich mich kindisch, in meine Kindheit zurückversetzt, und das Gefühl war ekelhaft und beklemmend. Ich hatte es noch lebhaft in Erinnerung: jemandem dankbar sein zu müssen, für den ich ein Fehler war, den es auszubessern galt. Nathan hatte mir gezeigt, was erwachsen sein alles bedeuten konnte, aber nun wurde mir bewusst, dass man mir das alles binnen einer halben Stunde wieder nehmen konnte. Ich wusste, wenn ich Nathan in nächster Zeit begegnete, würde ich ihn dafür ohrfeigen, dass er mich in diese Lage gebracht hatte.

Okay, sagte ich. Das ist wirklich lieb von dir.

Ich kann es dir bringen lassen, sagte er, falls du nicht die Zeit hast, es abzuholen. Samt Papieren und allem.

Du willst es schnell aus dem Weg haben, was?

Ich will einfach nur deinen Geburtstag feiern und deinen neuen Job, sagte er. Ich hörte das sanfte Lächeln in seiner Stimme und musste vor lauter Scham die Augen schließen. Ich bin froh, dass du es endlich bekommst.

Danke, Dad. Das ist sehr großzügig von dir.

Du hast es dir verdient.

Klar. Wobei, was heißt *verdient*?

Jetzt erkenne ich dich wieder. Lass gut sein. Du hast es dir verdient. Ich kümmere mich gleich morgen um die Überführung.

Danke, Dad.

Ich legte auf und zündete mir eine weitere Zigarette an. Fatima steckte den Kopf aus der Haustür.

Was ist los?, fragte sie.

Hätte Nathan sich noch blöder anstellen können?, fragte ich. Mein Gott, er kriegt so viele gottverdammte Muschis, wie er will. Er braucht diesen Mist nicht.

Du meinst wohl, *du* brauchst diesen Mist nicht.

Ja, okay, *ich* brauche diesen Mist nicht. Das hätte sich doch leicht vermeiden lassen! Warum muss er scheißen, wo er isst?

Wäre doch nicht das erste Mal.

Ich zog eine Grimasse und schwenkte müde die Zigarettenschachtel.

Dann ist es wohl nicht gut gelaufen, sagte Fatima.

Doch, schon. Es ist großartig gelaufen.

Ja?

Es lief so gut, dass ich es noch mal überdenken muss. Fühlt sich an wie eine Falle.

Es ist keine Falle, sagte Fatima. Er ist dein *Vater.* Du drehst wohl langsam durch, Eve.

Nicht die Sorte Falle, in der er mich einsperren kann. Es fühlt sich zu einfach an. Wenn ich drum kämpfen müsste, könnte ich mir sagen, dass er ein Arsch ist und ich jedes Recht habe, alles aus ihm rauszupressen, was ich kriegen kann.

Er ist ein Arsch, sagte Fatima zitternd. Sie stand immer noch in der Tür. Er braucht sein ganzes Geld doch gar nicht. Wie soll ein einzelner Mensch Hunderttausende von Dollar im Jahr ausgeben?

Ich kann nicht fassen, dass du zu lügen jetzt auf einmal okay findest.

Von Lügen habe ich nichts gesagt. Musstest du lügen?

Er schenkt mir ein Auto. Selbstverständlich werde ich es verkaufen.

Keine Lüge, sagte Fatima, nur eine notwendige Enttäuschung.

Ich bat sie, auf eine Zigarette rauszukommen. Sie ließ die Tür einen Spaltbreit offen und schlang sich die Arme um den Leib.

Manchmal kann ich nicht glauben, dass ich mich so lange mit Nathan getroffen habe, obwohl ich wusste, wie er ist, sagte ich. Ich weiß, dass ich ihn dir gegenüber immer verteidigt habe, ich hatte das Gefühl, dass ich das musste. Aber eigentlich gibt es da nichts schönzureden.

Fatima wurde milde. Sie legte mir eine Hand auf die Schulter und beugte sich vor, um die Zigarettenspitze in die Flamme zu tauchen. Weißt du noch, was Eve sagt?, fragte sie. Eve Babitz? Über die Meisterwerke des Sex?

Ich liebe den Ausdruck, sagte ich. Meisterwerke des Sex.

Wir sollten sie als kreative Abenteuer anerkennen, sagte Fatima mit einem zögerlichen Lächeln. Unsere Liebesszenen. Sie sind unsere einzige Chance im Leben, das Antlitz des Himmels zu berühren.

* * *

In der folgenden Woche fuhr ich in Nathans Firma, um mit seinen Anwälten zu sprechen. Sein Büro war in Downtown, zwanzig Etagen über einer weiten Eingangshalle aus Marmor, und alle Männer, die die Drehtüren hereinschaufelten, sahen aus wie Nathan. Hätte ich mich in sie alle verlieben können, war ich so oberflächlich? Oder war Nathans Anzug nur eine Kostümierung, die ich ihm vom Leib gerissen hatte?

Die Situation machte mich ungnädig. Ich trug den gesamten von meiner Mutter geerbten Goldschmuck – alle Ringe, zwei schwere Armbänder – und einen Bleistiftrock, den ich mir vor Jahren für ein Vorstellungsgespräch gekauft hatte. Am Schalter zeigte ich meinen Ausweis vor, oben vor dem Aufzug nahm mich eine Sekretärin in Empfang. Ich musste lange auf einer gepolsterten Bank warten. Ich zog eine Clementine aus der Tasche und schälte sie langsam.

Der Konferenzraum war erfüllt von leisem Gläserklirren und dem Duft eines milden Desinfektionsmittels. Trotzdem nahm ich meinen eigenen leichten Schweißgeruch wahr. In dem Raum saßen zwei Anwälte. Der eine war mittleren Alters, zog ein permanent skeptisches Gesicht und schwieg während des gesamten Treffens. Der andere war jung, hatte ein Doppelkinn und trug einen zu engen Anzug. Er hieß Mr. Mora und bedankte sich für mein Kommen.

Er stellte mir ein paar vorbereitende Fragen. Der Abend, um den es ging, war der des vierzehnten Januar.

Ja, sagte ich, das stimmt. An dem Abend war ich mit Nathan zusammen. Wir haben gegen sechs Uhr ein paar Nachrichten geschrieben, und er hat sich angekündigt. Nicht lange danach habe ich ihn gesehen.

Wissen Sie noch, wann er ankam?

Das kann ich nicht genau sagen. Kurz nach dem Abendessen, soweit ich mich erinnere. Vielleicht gegen acht oder so.

Soweit Sie sich erinnern, waren Sie am Abend des vierzehnten Januar ab ungefähr zwanzig Uhr mit Mr. Gallagher zusammen?

Ja.

Hat er Miss Sabitova an dem Abend erwähnt?

Nein.

Gut. Mr. Mora lächelte. Das ist großartig, sagte er. Hören

Sie, Miss Cook, wir sind sehr froh, dass Sie hier sind, und was Sie zu sagen haben, ist sehr hilfreich. Wir sind absolut überzeugt davon, dass die Sache außergerichtlich beigelegt wird. Dennoch sollten Sie sich darüber im Klaren sein, dass Miss Sabitovas Anwälte sich während der Befragung sehr für ihre Beziehung zu Mr. Gallagher interessieren werden, und das könnte für Sie etwas unangenehm sein.

Verstehe, sagte ich. Unangenehm?

Nun, natürlich werden sie wissen wollen, wie Sie Mr. Gallagher kennengelernt haben, seit wann Ihre Beziehung schon andauert, welcher Natur sie ist. Alles, was Mr. Gallagher und Sie uns bereits erzählt haben. Wie Sie wissen, ist Ihre Beziehung zu Mr. Gallagher außerehelich. Es ist also möglich, dass sie versuchen werden, Ihre Glaubwürdigkeit anzuzweifeln. Genauso, wie sie versuchen werden, Mr. Gallagher in Misskredit zu bringen. Mr. Gallagher sagt, Sie sind eine enge Freundin, und wir brauchen nicht zu befürchten, Sie könnten ihn belasten. In Bezug auf seinen Charakter.

Nein, sagte ich. Das stimmt.

Noch einmal zur Bestätigung, Miss Cook: Ihre Beziehung zu Mr. Gallagher war immer völlig einvernehmlich?

Ja.

Sie vertrauen ihm und respektieren ihn?

Ja, natürlich.

Haben Sie je erlebt, dass Mr. Gallagher Sie oder eine andere Person genötigt oder angegriffen oder sich ohne Zustimmung einer Frau genähert hat?

Nein.

Würden Sie ihm so etwas zutrauen?

Nein.

Hat Mr. Gallagher mit Ihnen jemals über irgendwelche Einzelheiten seiner Arbeit gesprochen?

Nein.

Hat er Ihnen jemals eine Stellung oder Geld angeboten? Hat er je angedeutet, so etwas sei in der Zukunft denkbar?

Nein.

Wie hat Mr. Gallagher Sie behandelt?

Sehr gut, sagte ich. Er ist sehr aufmerksam. Ein ausgezeichneter Zuhörer.

Das haben wir auch schon gemerkt, sagte Mr. Mora lächelnd. Wie denken Sie über Frauen? Über das politische Klima im Allgemeinen?

Wie bitte?

Das politische Klima, sagte er. In Bezug auf Frauen und auf Klagen wie diese.

Mr. Mora hatte dicke, perfekt geformte Augenbrauen. Ich war mir sicher, dass er mit Wachs oder Pomade nachhalf.

Ich finde es wirklich bedauerlich, dass Frauen in dieser Lage sind, sagte ich.

Würden Sie das bitte weiter ausführen?

Ich will es immer allen recht machen, sagte ich. Ich tue alles, damit die Leute mich mögen. Das ist es doch, was Sie von mir wollen?

Wollen Sie Mr. Gallagher helfen oder nicht?

Doch. Nathan ist mir nicht egal. Ich möchte nicht, dass er so was durchmachen muss.

Mr. Mora sah nicht erfreut aus. Aber anscheinend kamen sie nicht ohne mich aus, jetzt nicht mehr.

Und was Miss Olivia Weil betrifft, sagte er. Wir haben keinen Grund zu der Annahme, Miss Sabitovas Anwälte wüssten von Miss Weil. Dennoch und nur um es klarzustellen: Gilt alles, was Sie über Mr. Gallagher gesagt haben, auch für seine Beziehung zu Miss Weil?

Ich war überrascht, obwohl ich es vielleicht nicht hätte sein dürfen. Ich hätte wissen müssen, dass Nathan längst nicht so einflussreich war, wie er sich einbildete. Nathans Anwalt sah taktvoll zur Seite, während ich mich sammelte.

Ja, sagte ich. Ich habe die Wahrheit gesagt. Meines Wissens hat Nathan Olivia nie schlecht behandelt.

Es ist nicht nötig, Miss Weil zu erwähnen, es sei denn, Miss Sabitovas Anwälte fragen ausdrücklich nach ihr, erinnerte mich Mr. Mora. Was nicht passieren wird. Warum auch.

* * *

Ich verließ die Eingangshalle, trat auf die Straße und rief meinen Vater an. Er ging sofort ran.

Ich habe gelogen, Dad. Ich habe keinen neuen Job. Und ich will auch keinen. Zumindest keinen »richtigen«, wie du es nennst. Und ich würde mir wünschen, dass du dir nicht ständig einen Kopf darum machst. Dir kann es doch egal sein! Solange ich nicht ankomme und um Almosen bitte.

Er schwieg, ich hörte nichts als den Wind und das unterirdische Rumpeln der U-Bahn. Meine Hände waren rau. Ich schob die linke in meine Manteltasche.

Also gut, sagte mein Vater. Schön. Und die Sache mit dem Mann? Nathan?

Auch gelogen.

Wieder Schweigen, dann ein Seufzer. Oder vielleicht war mein Vater ebenfalls im Freien, vielleicht blies der Wind in sein Handy.

Aber mit Romi bist du nicht mehr zusammen?, fragte er.

Erwähne bitte nie wieder ihren Namen, okay?

Aber du bist immer noch eine Lesbe?

Das Auto kannst du behalten. Falls es schon unterwegs ist, schicke ich es zurück.

Du sollst es haben, Evie. Ich brauche es nicht. Und ich würde mich trotzdem freuen, wenn du mich mal besuchen kommst. Falls du die Zeit hast.

Ich verabschiedete mich, beendete das Gespräch und rief Nathan an, bevor ich komplett die Nerven verlor. Ich hatte ihn noch nie angerufen. Kurzzeitig fühlte ich mich neu und naiv, als bestünde die Gefahr, zu aufdringlich rüberzukommen.

Eve, sagte Nathan. Alles in Ordnung?

Du rufst mich grundlos an. Nur um zu nerven. Kann ich dich nicht auch mal grundlos anrufen?

Klar, sagte Nathan, ein vertrautes Grinsen in der Stimme. Ich meinte, das Klicken einer Tür oder vielleicht eines Schraubverschlusses zu hören. Wahrscheinlich war er bei der Arbeit, nur zwanzig Etagen über mir. Klar doch, sagte er, ich freue mich, deine Stimme zu hören.

Ich nehme dein Angebot an, die Anwaltskosten zu übernehmen, sagte ich. Das ist dein Schlamassel. Ich will nicht auch noch Geld dafür bezahlen.

Da hast du vollkommen recht. Ja, natürlich. Mach dir keine Gedanken.

Ich habe eingesehen, dass man mir unweigerlich eine Mitschuld anhängen wird. Die Vorstellung, ich könnte durch einen unabhängigen Anwalt irgendwie neutral erscheinen, ist wohl eine Illusion.

Niemanden trifft eine Mitschuld, sagte Nathan. Es gab kein Fehlverhalten.

Nur damit du es weißt, ich bin stinksauer auf dich.

Wirklich?

Ich drehte mich auf dem Absatz um und drückte erst meine rechte und dann meine linke Seite an die kalte Steinfassade. Nathan schwieg. Wahrscheinlich grinste er immer noch.

Nein, sagte ich. Eigentlich nicht. Aber du kannst mich mal.

Das tut mir alles sehr leid, sagte Nathan. Weißt du, ich vermisse dich.

* * *

Mr. Mora begleitete mich in die gegnerische Kanzlei an der West 33rd. Er sagte mir, die Befragung werde höchstens einen Nachmittag dauern, maximal zwei Tage, wenn sie es darauf anlegten. Wir beäugten einander skeptisch, die Stimmung erinnerte mich an meine ersten Monate mit Nathan. Mr. Mora war viel höflicher als Nathan, behandelte mich aber mit derselben spöttischen Distanziertheit, die in Herablassung umschlagen würde, sollte ich mich als dumm erweisen statt als schwierig. Als wir in dem dunklen engen Besprechungsraum mit den gegnerischen Anwälten zusammensaßen, empfand ich seine Anwesenheit trotzdem als beruhigend. Vielleicht könnte seine Herablassung unter diesen Umständen hilfreich sein.

Die Nagelhaut meines rechten Daumens blutete bereits, als Miss Sabitovas Anwältin fragte: Wie lange kennen Sie Mr. Gallagher schon?

Sie hatte graue Locken und eine Stimme wie eine Kundenbetreuerin. Sie lächelte nicht, aber ihr Tonfall machte klar, dass man mit einem zivilen Umgangston am weitesten kam und sie das wusste.

Etwa eineinhalb Jahre, sagte ich.

Wie haben Sie sich kennengelernt?

Im Internet.

Wie genau und wann?

In einem Forum. Im Dezember. Nicht im vergangenen, in

dem davor. Das genaue Datum weiß ich nicht mehr. Er hat auf einen meiner Beiträge geantwortet.

Was für einen Beitrag?

Ist das relevant?

Nein, sagte Mr. Mora. Ms. Bullens?

Schön. Als Mr. Gallagher am vierzehnten Januar zu Ihnen kam, kannten Sie sich also etwas länger als ein Jahr?

Ja.

Wann genau war er da?

Gegen zwanzig Uhr.

Das wissen Sie noch ganz genau?

Wir haben uns früher an dem Abend Nachrichten geschrieben und eine ungefähre Zeit ausgemacht. Ich habe allein gegessen, und kurz danach ist er gekommen. Ich vermute, dass es nicht viel später als acht gewesen sein kann. Obwohl ich die Uhrzeit natürlich nicht notiert habe.

Leben Sie allein, Miss Cook?

Nein. Ich habe eine Mitbewohnerin.

War Ihre Mitbewohnerin zu dem Zeitpunkt zu Hause?

Sie war nicht da, als Nathan ankam, aber später dann schon. Sie und Nathan haben sich gesehen, glaube ich.

Hat Mr. Gallagher Miss Sabitova an dem Abend erwähnt?

Nein.

Haben Sie über seine Arbeit oder das Einstellungsverfahren gesprochen?

Das weiß ich nicht mehr, sagte ich. Ich glaube nicht.

Sie glauben nicht?

Wir reden fast nie über seine Arbeit.

In Ordnung, sagte Ms. Bullens und strich sich eine graue Locke aus der Stirn. Ich werde Ihnen ein paar Fragen über Ihre Beziehung zu Mr. Gallagher stellen. Seit wann ist Ihre Beziehung romantischer Natur?

Ich würde nicht sagen, dass sie romantisch ist.

Entschuldigung. Seit wann ist Ihre Beziehung sexueller Natur?

Seit dem ersten Abend.

Warum haben Sie entschieden, eine sexuelle Beziehung mit ihm einzugehen?

Ich hatte das Gefühl, dass es mir gefallen könnte. Wie man eben Entscheidungen trifft.

Lassen Sie sich bei Ihren Entscheidungen öfter von Ihren Gefühlen leiten?

Keine Ahnung, sagte ich. Nicht immer. Manchmal.

Wussten Sie zu dem Zeitpunkt, dass Mr. Gallagher verheiratet ist?

Nein.

Würden Sie sagen, dass er versucht hat, seine Ehe vor Ihnen geheim zu halten? Hat er seinen Ring versteckt oder anderweitig versucht, etwas vor Ihnen zu verbergen?

Nein. Ich glaube nicht.

Er hat sie einfach nicht erwähnt?

Er hat sie nicht erwähnt.

Finden Sie nicht, dass man in einer sexuellen Situation dazu verpflichtet wäre, so etwas offenzulegen?

Miss Cook, sagte Mr. Mora, Sie müssen darauf nicht antworten.

Ich glaube nicht an allgemeingültige Regeln, sagte ich. Als ich ihn kennengelernt habe, hatte ich selbst eine Freundin. Ich habe Nathan nichts von ihr erzählt.

Neben mir massierte sich Mr. Mora den Kiefer. Ms. Bullens lächelte milde.

Okay, sagte sie. Wie würden Sie Ihre Beziehung zu Mr. Gallagher beschreiben? Wie regelmäßig haben Sie sich nach diesem ersten Treffen gesehen?

Unterschiedlich. Vielleicht einmal im Monat, manchmal mehr, manchmal weniger.

Und wie sahen diese Treffen aus?

Meistens haben wir drei oder vier Stunden miteinander verbracht. Wir haben viel geredet.

Worüber?

Über mein Leben, meistens, sagte ich. Über alles Mögliche, was mich so beschäftigt hat. Vor allem über Sexualität, über meine Vorstellungen und so weiter.

War Ihre Beziehung einvernehmlich?

Ja, natürlich.

Haben Sie sich von ihm berufliche oder finanzielle Unterstützung erhofft?

Nein.

Haben Sie jemals welche erhalten?

Nein.

Wann haben Sie herausgefunden, dass Mr. Gallagher verheiratet ist?

Vor etwa sechs Monaten.

Wie haben Sie es herausgefunden?

Er hat es mir erzählt.

Warum, glauben Sie, hat er es Ihnen erzählt?

Wir stehen uns nah. Er hat es mir als Freundin gesagt.

Hat sich Ihre Beziehung ab dem Zeitpunkt verändert?

Wie meinen Sie das?

Ist sie zu Ende?

Nein.

Haben Sie sich jemals in irgendeiner Weise von Mr. Gallagher genötigt gefühlt?

Nein.

Ist er jemals aggressiv geworden?

Plötzlich wünschte ich mir, Nathan wäre da. Auf einmal

hatte ich ihn in der Hotelsuite vor Augen, halb nackt, vornübergebeugt, mit auf die Knie gestützten Ellbogen und herzerweichendem Blick. Wollte er, als er mir von der Klage erzählte, seine Angst verbergen, oder war er felsenfest von seiner Unschuld überzeugt? Letzteres, dachte ich – nicht weil er im juristischen oder moralischen Sinne unschuldig war, sondern weil er glaubte, die Ausnahme zu sein.

Ich habe mich in seiner Nähe nie unsicher gefühlt, sagte ich.

War er aggressiv, Miss Cook?

Manchmal war er dominant, was das Sexuelle betraf. Aber das war einvernehmlich. Er hat immer um Erlaubnis gebeten.

Haben Sie sich in der Beziehung zu ihm machtlos gefühlt?

Kommt darauf an, was Sie damit meinen. Mit machtlos.

Haben Sie sich jemals von Mr. Gallagher manipuliert gefühlt?

Mehr als alles andere wünschte ich mir, ich könnte vollkommen aufrichtig sein. Doch was sollte ich sagen? Seit ich Nathan kennengelernt hatte, war kein Tag vergangen, an dem ich mich nicht ausgeliefert gefühlt hätte, trotzdem suchte ich immer wieder seine Nähe. Es war das Manipuliertwerden, das mich befriedigte und zu dem ich meinen Teil beitrug. Ich hätte Schluss machen können, und er hätte mich widerspruchslos gehen lassen, daran hatte ich nie gezweifelt.

Um ehrlich zu sein, sagte ich, habe ich mich manchmal von ihm manipuliert gefühlt. Er kann sehr charmant sein. Aber ich habe gewusst, worauf ich mich einlasse. Ich mochte es, so von ihm behandelt zu werden, und ich habe ihm das auch gesagt.

Die Anwältin hielt inne und sah auf eine Karteikarte hinunter. Sie rückte sich die Brille zurecht.

Wenn ich Nathan je gebeten hätte, mit was auch immer aufzuhören, hätte er es sofort getan, sagte ich.

Haben Sie Miss Olivia Weil jemals in Ihre sexuelle Beziehung einbezogen?

Ich sah Mr. Mora an. Sein Gesichtsausdruck war leer.

Ja, sagte ich. Manchmal.

Wie oft?

Das weiß ich nicht mehr.

War sie weniger oder mehr als die Hälfte der Zeit dabei?

Weniger.

War sie am Abend des vierzehnten Januar auch bei Ihnen?

Nein.

Warum nicht?

Keine Ahnung. Das war nicht ungewöhnlich. Ich habe nicht nachgefragt.

Würden Sie sagen, Sie und Miss Weil standen sich nah?

Nein.

Wussten Sie, dass Miss Weil und Mr. Gallagher in derselben Firma arbeiten?

Ja.

Was wussten Sie über die gemeinsame Arbeit von Mr. Gallagher und Ms. Weil?

Nicht viel. Sie haben nicht darüber gesprochen.

Was hielten Sie von dieser unerlaubten Beziehung am Arbeitsplatz?

Ich habe mir Sorgen um sie gemacht.

Warum?

Olivia wirkt sehr schüchtern. Sehr empfindsam.

Hatten Sie die Sorge, Mr. Gallagher könnte sie ausnutzen?

Eigentlich nicht. Ich habe nicht wirklich geglaubt, Nathan würde sie ausnutzen … Es war eher so, dass der Umstand an sich mir problematisch erschien. Falls sie sich trennen würden oder irgendetwas vorfiel, würde es für beide kompliziert werden. Vor allem für sie. Ich war mir aber sicher, dass Nathan ihr im Büro niemals das Leben schwer gemacht hätte.

War Ihnen bewusst, dass die Beziehung heimlich war und einen Verstoß gegen die Firmengrundsätze bedeutete?

Ja.

Das hat Sie nicht stutzig gemacht?

Doch.

Warum haben Sie sich dann weiterhin mit Mr. Gallagher und Ms. Weil getroffen?

Ich konnte beide gut leiden, sagte ich. Ich fand sie aufregend.

Ist es Ihnen leichtgefallen, Ihre Bedenken beiseitezuschieben?

Nein, gar nicht. Aber ich wollte mir kein Urteil anmaßen. Anscheinend funktionierte es für beide … Wie könnte ich anderen Menschen vorschreiben, wie sie zu leben haben? Sie waren glücklich. Ich habe Olivia wissen lassen, dass ich … dass ich für sie da bin. Falls sie etwas braucht.

Falls sie etwas braucht?

Hilfe, Unterstützung, was auch immer. Falls sie über ihn reden wollte oder so.

Hat sie Sie jemals um Unterstützung gebeten?

Nein.

Warum nicht?

Keine Ahnung. Das müssen Sie sie selber fragen.

Sie haben eben erwähnt, Sie und Mr. Gallagher hätten sich über Sexualität ausgetauscht, über Ihre Vorstellungen. Welche Art von Vorstellungen?

Alle möglichen.

Würden Sie das bitte näher erläutern?

Wir reden hier von einem ganzen Jahr. Noch länger. Ganz offensichtlich kann ich mich da nicht an alles erinnern.

Hatten Sie beide ähnliche Vorstellungen?

Meistens.

Gab es irgendwelche grundsätzlichen Unterschiede?

Wir waren nicht immer einer Meinung, sagte ich. Natürlich nicht. Aber es blieb immer freundlich.

Hatten Sie jemals Probleme mit Mr. Gallaghers persönlichen oder politischen Ansichten?

Manchmal. Sicher.

Könnten Sie das näher erläutern?

Ich sah Mr. Mora Hilfe suchend an.

Die Frage ist leider zu weit gefasst, Ms. Bullens, sagte er. Das kann Miss Cook nicht beantworten.

Fanden Sie einzelne von Mr. Gallaghers Ansichten ungewöhnlich oder bedrohlich?

Nein.

Hatten Sie Meinungsverschiedenheiten zum Thema Sex?

Ich weiß nicht, was Sie meinen.

Hatten Sie ähnliche Vorstellungen davon, wie Sexualität funktioniert und was sie ausmacht?

Nein, nicht immer.

Hat es Mr. Gallagher gestört, dass Sie nicht heterosexuell sind?

Nein, warum auch, sagte ich. Nein. Hat es nicht.

Ich möchte Ihnen eine Frage stellen, sagte Ms. Bullens. Warum haben Sie sich auf eine Beziehung mit Mr. Gallagher eingelassen, obwohl Sie zu der Zeit eine Freundin hatten?

Das kann ich nicht wirklich beantworten. Ich weiß es nicht.

Ihre Entscheidung basierte also auf einem Gefühl?

Ja.

Ms. Bullens hielt kurz inne und blickte nach unten, als

hielte sie etwas Zerbrechliches in der Hand, etwas, das ihr Sorgen machte. Sie hob den Kopf und sprach mit veränderter Stimme weiter. Sie klang nicht mehr verbindlich, sondern wie eine Lehrerin oder eine Erziehungsberechtigte, sanft, herablassend, überlegen, wissend.

Würden Sie sich als Feministin bezeichnen?, fragte sie.

Ja.

Was bedeutet das für Sie?

Ich sah Ms. Bullens an. Wenn ich ihr auf der Straße oder in der U-Bahn begegnet wäre, hätte ich das eine oder andere an ihr bewundernswert gefunden. Sie strahlte etwas Stählernes aus, das mir gefiel, und sie hatte einen offenen nüchternen Blick. Wegen des altmodischen, aber todschicken Brillengestells wirkte ihr Businessoutfit vage individuell. Außerdem musste ich sie natürlich dafür bewundern, dass sie Frauen wie Miss Sabitova vertrat, ein Name, mit dem ich sofort eine blonde Verwundung assoziierte. Ich konnte nicht fassen, was sie da von mir verlangte. Wenn sie auf Miss Sabitovas Seite war, gab es doch keinen Grund, keinen guten Grund auf der Welt, nicht auch auf meiner Seite zu sein oder wenigstens nicht an meiner Glaubwürdigkeit zu zweifeln. Doch stattdessen widmete sie – die höchstwahrscheinlich persönliche Opfer gebracht, sich als Anführerin hervorgetan und jene Freiheiten erkämpft hatte, die ich heute genoss – sich einem Vorhaben, das mir ungeachtet meiner eigenen Fehlbarkeit verachtenswert erschien. Meine Beziehung zu Nathan machte mich also zu einem Flittchen, und die Entscheidung, mit ihm zu schlafen, machte mich rücksichtslos; mein Vertrauen zu ihm machte mich dumm und meine Bisexualität inkonsequent, und nun sollte mein Feminismus mich zur Verräterin machen.

Das ist keine einfache Frage, sagte ich. Wenn ich das so sagen darf.

Versuchen Sie einfach zu beschreiben, was Feminismus für Sie bedeutet.

Feminismus, sagte ich. Okay. Ein gesteigertes Bewusstsein für Unterschiede und ihre sozialen Auswirkungen. Auf bewusster, unbewusster, persönlicher und struktureller Ebene. Ein Bekenntnis zu diesem Bewusstsein und der Versuch, entsprechend zu handeln. Nach Gerechtigkeit zu streben. Das ist eine lausige Arbeitsdefinition, tut mir leid.

Nicht Gleichheit, fragte die Anwältin und zog eine Augenbraue hoch, sondern Gerechtigkeit?

Ich glaube, Gleichheit ist inzwischen zu einem inhaltsleeren Begriff geworden.

Würden Sie nicht auch sagen, dass Mr. Gallagher ein ausgeprägtes Bewusstsein für die von Ihnen genannten Unterschiede und Auswirkungen hat und sogar entsprechend gehandelt hat, allerdings nicht im Dienste der Gerechtigkeit, sondern aus Eigeninteresse? Sowohl Ihnen als auch Miss Weil gegenüber?

Er hat mich sehr glücklich gemacht, sagte ich. Und Olivia ebenfalls. Sein Bewusstsein für Unterschiede, wie Sie es nennen – und ich bin da völlig Ihrer Meinung –, hat mir genauso wie ihm gedient. Mir vielleicht sogar mehr.

Die Anwältin lehnte sich zurück und öffnete die Arme. Ich spürte Verzweiflung, und auf einmal hatte sie eine neue Zwillingsschwester, eine Wut, die ich mir nicht erklären konnte, Wut nicht auf mich selbst, sondern auf die geheimnisvolle Quelle meiner Überzeugung, dass alles, was mich erfüllte, automatisch verdächtig war. Wem gegenüber war ich verantwortlich? Ms. Bullens und Miss Sabitova? Allen queeren Frauen? Dem Traum von Gerechtigkeit? Mir selbst? Olivia?

Wie auch immer Sie Mr. Gallaghers Verhalten Ihnen und

Miss Weil gegenüber rechtfertigen möchten, sagte die Anwältin, meiner Klientin hat es leider nicht gedient, und schon gar nicht stand es im Dienste irgendeiner Art von Gerechtigkeit.

* * *

Am Abend unseres Kennenlernens und nachdem er mich zum ersten Mal gefickt hatte, fragte ich Nathan, woher er gewusst hatte, dass ich mit ihm schlafen wollte. Ich war mir sicher, dass ich ihn nie wiedersehen würde, und ich war vor allem deshalb so neugierig, weil ich nach drei Stunden in seiner Gesellschaft selbst nicht sagen konnte, warum und wann ich es so entschieden hatte.

Nathan schenkte mir lächelnd Wein ein und sagte: Vorhin standen wir draußen vor der Bar und haben eine Zigarette geraucht, und da habe ich dir ein Kompliment über deine Schuhe gemacht. Auf ein Kompliment wird man niemals eine falsch positive Rückmeldung bekommen. Manche Frauen reagieren zurückhaltend oder unzufrieden, normalerweise ein Zeichen für fehlendes Interesse, wobei es rein theoretisch auch falsch negative Rückmeldungen gibt. Aber keine falsch positiven. Mit positiv meine ich nicht, dass sie das Kompliment annimmt, sondern dass es wirklich ankommt. Ihre Reaktion verrät, ob es ihr etwas bedeutet. Ob sie es abtut oder entzückt ist.

Und wie habe ich reagiert? Als du mir ein Kompliment über meine Schuhe gemacht hast?

Du warst entzückt. Das weißt du doch bestimmt noch.

Ich hob mein Weinglas, und beim ersten Kontakt meiner Lippen mit dem Rand wurde mir klar, dass dieser warme, feste Körper die Realität von Glas bedeutete – *das* war Glas, und ich nahm es wahr –, und auf einmal erfüllte mich ein klares Bewusstsein für das Sofa, den Beistelltisch, die Baumwolle des Hemds, das ich übergezogen hatte, für die Beschläge an den Türen und die Keramikfüße der Lampen, für die Taxis, die im Dunkeln vorbeirauschten, und den frischen Schneematsch unter ihren Reifen, für das Glas der Windschutzscheiben und das Gras im Park. Ich konnte die Beschaffenheit des Materials erspüren und das Leben darin, und die wundersame Weite meiner Gewissheit machte mich demütig. Zwei Jahrzehnte zuvor hatte ich eine abgestumpfte Version desselben Gefühls empfunden, als ich neben meinem Vater in einer Kirchenbank saß. Plötzlich konnte ich alles von oben sehen, wie auf einer schimmernden, klingenden Landkarte.

Ich hatte immer geglaubt, Freiheit bedeute, möglichst viel zu verstehen und mein Leben danach auszurichten. Mich selbst zu überzeugen. Aber nun erschien es mir, als bestünde Freiheit, in der Stärke und der Gelegenheit zu verfolgen, was mich wirklich bewegte. Ich musste mich mit dem Gedanken anfreunden, dass ich meinen Gefühlen unterworfen war, und ich würde immer danach streben, sie zu verstehen. *Gab es eine bessere Art zu leben? Sich permanent auf ein Ideal hinzubewegen und bis ans Lebensende von diesem Schwung tragen zu lassen?*

* * *

Als ich den Konferenzraum verließ und in die vorzeitige stumpfe Dämmerung hinaustrat, musste ich an meinen Vater denken. Die jungen, im Frühjahr gepflanzten Bäume krümmten sich im grauen Wind, es roch nach frisch umgegrabener Erde. Seit ich erwachsen war, hatte ich oft über seine Worte nachgedacht – *mit Frauen ist es leichter.* In Nathans Schatten war ich zum ersten Mal auf den Gedanken gekommen, dass er möglicherweise unrecht hatte; dass Frauen nicht die naheliegende Wahl waren, sondern dass ich mich immer für das entscheiden würde, was näherlag. Vielleicht hatte mein Vater gesehen, wie schwach ich war. Ich erinnerte mich an Olivias Blicke, an das Gefühl in meinem Bauch, als ich nackt und unsicher dalag und mich fragte, was sie brauchte und wie ich es ihr geben könnte. Ich hatte mir erträumt, ich könnte, weil ich eine Frau war, auf eine für Nathan unerreichbare Weise gut zu ihr und wichtig für sie sein.

Ich stieg in die Höhlen der U-Bahn hinunter und wartete auf dem Bahnsteig. Etwas fehlte, das wussten wir alle, zumindest jene von uns, die das unverdiente Glück hatten, in Straßen zu wohnen, wo im Sommer die Bäume grünten – uns fehlte ein Glaube an eine echte Welt, ein Zugang zu Gefühlen jenseits von Flirt und Eroberung. Ich hatte davon geträumt, Olivia und ich könnten das Echte ineinander erkennen. Ich hatte es mir gewünscht und befürchtet, meine Erlebnisse mit Nathan und Olivia könnten belanglos sein – Flirt und Eroberung. Und Romi? Romi war echt. Romi hatte mich glauben lassen, ich könnte Menschen wie Darcy und Edmund Bertram kennenlernen; sie entsprangen den Büchern, die Olivia und ich so gern lasen, ich würde auf Kosten aller anderen an sie glauben und alles Halbherzige, Anstrengende und Selbstbetrügerische über Bord werfen. Romi war eine Person, die sich über ernste Themen die nötigen Gedanken machte. Eine Person, die ihre zuverlässige Liebe nur an jene verschenkte, die es verdient hatten. Zumindest hatte ich das immer geglaubt. Gleichzeitig hatte ich Angst davor, so ernst zu werden wie Romi, denn in dieser Welt, in diesem Jahrhundert des Eigennutzes und der bedingten Liebe, wurden Menschen selten für ihre Aufrichtigkeit und Treue geliebt. Das waren Eigenschaften alter Männer, die wir längst nicht mehr bewunderten. Wir liebten Darcy, der seinen Gefühlen für Elizabeth in stoischer Würde anonyme Opfer bringt, aber wie hätten wir dasselbe Verhalten bei einem Mann bewertet, den wir im echten Leben kannten? Diese Zurückhaltung, die Herablassung, die rigide christliche Haltung? Aufrichtigkeit und Treue waren religiöse Ideale, eine Anweisung, andere über sich zu stellen. Andere Menschen als heilig zu respektieren und ihre Lebenswirklichkeit nicht achtlos abzutun. Wir wussten, auch wir waren heilig, und da es niemanden gab, der uns beschützen konnte, schützten wir uns vor der Achtlosigkeit der anderen, indem wir selbst achtlos wurden. Hätte ein alternativer Verhaltenskodex uns das Gefühl vermitteln können, geschützt zu sein? Die Überzeugung vielleicht, dass die anderen sich für ihre Achtlosigkeit schämen würden, dass Achtlosigkeit auf einen schwachen Charakter hindeutete, einen fundamentalen Mangel an Respekt? Sollten wir zur Verantwortung gezogen werden, weil wir Menschen so achtlos behandelt hatten, als existierten sie nur zu unserer Unterhaltung und der Erfüllung unserer Wünsche? So geht man mit Menschen nicht um, das wussten wir. Doch so zu tun, als wären wir selbstlos und als teilten wir die Überzeugungen der alten Männer, schied ebenfalls aus. Wie unangenehm, Aufrichtigkeit und Treue an Figuren festzumachen, die im Nachhinein zwangsläufig rücksichtslos, kleinlich und grausam erschienen. Nathan hatte das intuitiv erkannt. Ich hatte mir vorgenommen, ihn nicht unachtsam zu behandeln, sondern wie einen echten Menschen, weil er meinem unbedeutenden Leben in all seiner Gier, Koketterie und Heimlichtuerei eine absolute Realität verliehen hatte. Er hatte mir gezeigt, dass es möglich war: ein Leben voller Belanglosigkeiten zu führen und trotzdem aufrichtig und treu zu sein.

In Clinton Hill stieg ich aus der U-Bahn und lief zu Olivias Wohnung. Dort erst fiel mir ein, dass sie wahrscheinlich noch nicht wieder von der Arbeit zurück war. Ich kaufte eine Schachtel Zigaretten an der Ecke, rauchte und wartete. Ich wusste nicht, was ich ihr sagen sollte, und ich fühlte mich, als bekäme ich nie eine Gelegenheit dazu.

* * *

Ich wachte auf, als Olivias Hand meine Wange tätschelte. Ich kannte die Geste, ihre Handkante an Nathans Wange, wenn er döste. Die Straße war dunkel. Ich war auf der Vortreppe eingeschlafen, die halb leere Zigarettenschachtel neben meiner Hand, die Tasche unter den Knien.

Hey, sagte Olivia.

Sie setzte sich neben mich, holte zwei Zigaretten aus der Schachtel und bat mit geöffneter Hand um das Feuerzeug.

Du bist Nichtraucherin, sagte ich.

Sag mir nicht, was ich bin, sagte sie, als wären wir gute Freundinnen und so ein Spruch kein bisschen kränkend.

Sie zündete beide Zigaretten an und gab mir eine.

Ich wollte dich was fragen, sagte ich.

Sie schwieg und nahm einen ungeübten Zug von der Zigarette.

Warum bedankst du dich immer bei Nathan?, fragte ich. Warum sagst du immer *danke, danke, danke*?

Was soll ich denn sonst sagen?, fragte sie. Bist du nicht dankbar?

11

Olivia hatte mich in Nathans Armen gemalt. Auf der Leinwand war mein Becken erhöht, meine Beine ragten seitlich heraus, meine Arme krochen über die Ebene seines Rückens, wo die Schulterblätter im Rhythmus der Bewegung hervortraten und wieder versanken. Die Landschaft von Nathans Rücken: Dort brach ihm zuerst der Schweiß aus. Die Szene stammte vermutlich aus den frühen Tagen. Nathans Arme waren nicht muskulös, sondern blass und undefiniert. Olivia zeigte uns aus der Vogelperspektive, die Köpfe am unteren Bildrand dicht beieinander, darüber meine großen Hände mit den unverkennbaren Ringen auf Nathans Rücken. Nathan verbarg das Gesicht an meinem Hals. Sein Gesicht blieb auf allen Bildern unsichtbar, was sie umso schöner und geheimnisvoller machte. Das Bettzeug war weiß schattiert, und hinter uns, im oberen Teil des Bildes, verschwamm der Raum in einem dunklen Blau. Es war das aquatische Licht von Nathans Schlafzimmer. Olivias Pinselstriche waren sichtbar, lang und flüssig, doch unsere Körper wirkten erstarrt, als hätten wir so lange stillgehalten, bis sie die Bewegung von Blut und Atem erfasst hatte.

Meinen Körper erkannte ich am deutlichsten daran wieder, wie er sich an Nathans Körper orientierte. Meine Hüften,

Waden und Arme umschlossen ihn und schlängelten sich von unten in die Bildmitte, die sein Rücken einnahm. Es sah aus, als erwarte ich, hochgehoben zu werden. Der Anblick war schmerzhaft, denn das Bild bewies, dass Olivia mich in absoluter Verletzlichkeit gesehen und in Erinnerung behalten hatte; in einem Moment, in dem ich von Nathan ausgelöscht worden und mir ihrer Anwesenheit nicht mehr bewusst war. Der Schmerz rührte auch daher, dass ich in diesen ersten gemeinsamen Monaten geglaubt hatte, ich wäre gewissermaßen von ihnen abgeschottet und von der totalen Hingabe, wie ich sie in Olivia sah, unberührt.

In der Galerie ging Olivia mir aus dem Weg. Ich versuchte, einen Blickkontakt quer durch den Raum herzustellen, gab es aber irgendwann auf. Ich wusste, wie schüchtern sie war und wie sehr sie ihre Arbeit beschützte. Es bestand gar kein Grund, sie in diesem triumphalen Moment in Verlegenheit zu bringen. Ich ging nach draußen, um eine Zigarette zu rauchen.

Es war warm, die Luft roch nach frisch gebackenen Brezeln. Ich suchte in meiner Tasche nach einem Feuerzeug. Der Schmerz des Wiedererkennens hatte meinen gesamten Körper unter Spannung gesetzt und erinnerte an ein Gefühl, wie ich es als Heranwachsende gehabt hatte, wenn ich mich auf Fotos sah. Es war verlockend, den hässlichen Verwandlungsprozess zu vergessen, und daran erinnert zu werden war bitter.

Hi, sagte Olivia.

Sie stand neben mir auf dem Gehweg und blinzelte. In der Sonne wirkte ihr Haar fast wie ein lebendiges statisch aufgeladenes Tentakelwesen. Sie errötete, was bei einer Veranstaltung, auf der sie gefeiert werden sollte, vielleicht unvermeidlich war.

Gefällt es dir?, fragte sie. Das Bild?

Ich lächelte und hielt den Atem an. Ich fühlte mich wie eine neue Frau, die man aus dem schmerzenden Stoff ihres alten Lebens herausgeschnitten hatte. Da war ich nun, dort in den Bildern, in Form gebracht von Nathans Aufmerksamkeit.

Kunst über Nathan zu machen ist nicht leicht, sagte Olivia. Wegen meiner Gefühle. Anfangs habe ich mich in erster Linie elend gefühlt. Erschöpft. Dass er sich so für dich interessiert hat und besessen davon war, dich zu ficken, war wirklich erniedrigend. Ich kann mich an einen unserer ersten Abende erinnern, an dem ich erschöpft und völlig außer mir war. Ich bin einfach weggegangen, nach nebenan, weil ich irgendwie zu mir zurückfinden musste. Diese Situationen machen mich unglaublich verletzlich, und ich war es einfach leid. Und als ich zurückkam, habt ihr schon wieder gefickt! Was Nathan von mir verlangt hat, war schrecklich. Seine Art, mich dazu zu drängen.

Olivia band sich das Haar hoch und ließ es sofort wieder fallen. Sie fuhr mit den Fingern hindurch, um die abstehenden Strähnen zu bändigen.

Aber später, sagte sie, war ich natürlich dankbar dafür. Dafür, dass er mich so gepusht hat. Ich empfinde eine intensive Dankbarkeit ihm gegenüber, sie geht so tief, weil er mich an Erfahrungen herangeführt hat, vor denen ich große Angst hatte. Aber sie haben mich verwandelt. Du bist da ganz anders, du bist viel sexueller als ich und hattest vor nichts Angst, aber ich habe es nur mit jemandem gewagt, der so stark ist wie Nathan … mit niemandem außer Nathan. Das zu malen ist sehr schwierig, vor allem weil es geheim ist, ein geheimes Leben, was ich respektieren muss. Es war nicht leicht, diesen Prozess abzubilden, so große Angst zu haben, eifersüchtig zu sein und mich vernachlässigt und verletzt zu fühlen, selbst wenn ich mich eigentlich danach sehne. Aber ich habe es durchgezogen.

Natürlich hatte ich auch Angst, sagte ich.

Wovor?, fragte Olivia. Doch bestimmt nicht vor den Sachen, die wirklich beängstigend sind, oder? Vor dem Vergleich haben diese Anwälte sich bei mir gemeldet – die Anwälte von Leah Sabitova –, denn sie waren sicher, ich würde ihnen bei der Vorbereitung der Klage helfen. Kannst du es glauben? Für wen halten die mich, was glauben sie, wer Nathan ist? Die haben wirklich gedacht, ich könnte vor so was Angst haben. Es ist nicht leicht, sagte sie noch einmal. Selbst hier in der Galerie wird Nathan eher skeptisch betrachtet beziehungsweise der Mann in den Bildern, wer auch immer er ihrer Ansicht nach ist. Ich bin mir ziemlich sicher, dass einige Leute was vermuten. Weißt du, Freundinnen aus meiner Kindheit sprechen mich an, alte Lehrer, Freundinnen vom College, und alle fragen, ob es mir gut geht. Sie wollen wissen, warum ich solche Bilder male. Ich verstehe das nicht. Es ist doch offensichtlich: Alle sollen Nathan so lieben wie ich. Vor ihm war ich in meinen Beziehungen immer irgendwie abgelenkt. Du kennst mich, ich lebe in meiner eigenen Welt, ich bin ständig am Grübeln oder am Malen. Ich laufe durch die Gegend und nehme nichts wahr. Ich bin tief in Gedanken und denke über Gott weiß was nach. Normalerweise über das, was ich malen will. Und als das mit dem Sex losging, habe ich oft gemerkt, dass ich keinen Kopf dafür hatte. In Gedanken war ich ganz woanders, bei Sachen, die mir dringender erschienen.

Aber mit Nathan ... Ich kann es nicht erklären, ich weiß ja nicht mal, ob ich es selbst so richtig verstanden habe. Beim Sex mit ihm gehe ich in seinem Rhythmus auf. Dann muss ich mir keine Gedanken über meinen Körper machen, was ich tun soll, wie ich aussehe und so weiter – ich lasse mich einfach von ihm absorbieren, von seinem Körper. Mit ihm ist es ganz anders.

Tut mir leid, dass ich dich damit überfalle, sagte Olivia und sah auf ihre Schuhe hinunter. Sie legte den Kopf schief, für mich immer ein Zeichen, dass sie sich schämte, und sagte: Ich … Niemand dadrinnen weiß Bescheid, keiner von denen kennt mein Leben. Sie reden über meine Bilder, als hätten sie etwas damit zu tun. Als könnten sie es verstehen.

Es ist beängstigend, Liv, sagte ich. Die Sache mit Nathan. Weil du zeigst, dass du etwas willst, was du nicht wollen solltest – oder eben doch, auf eine tiefe demütigende Weise. Aber ob es nun Kapitulation oder Rebellion ist – am Ende macht es dich kaputt, so oder so.

Du hast immer viel besser als ich gewusst, was zu tun ist, sagte Olivia. Ich verliere ständig den Überblick.

Während sie sprach, huschte ihr Blick über den Gehweg. Dann sah sie mich fast flehentlich an. Sie wusste Bescheid. Sie wusste es, nur aus dem Grund hatte sie Geheimnisse, nur darum verbarg sie ihr Gesicht und wollte Sex im Dunkeln. Sie kannte die Regeln. Gleichzeitig konnte ich sehen, dass diese erlernte Art, im Einklang mit dem Begehren zu leben, sie kein bisschen belastete. Zwischen ihrem Begehren und ihrem Leben klaffte eine riesige Lücke, aber dieser Dualismus war für sie eine Bereicherung. Sie hatte ihn akzeptiert. Waren die wichtigsten Dinge nicht immer schon geheim und strafbar gewesen?

Ich dachte an Nathans Apartment, an die grünen Lampen, den Beistelltisch mit der Armee aus Gläsern, und mitten im Raum stand die Schale auf dem Sofatisch. *Ich muss es verstehen und damit fertigwerden.* Der Inhalt der Schale blieb knapp unter dem Rand verborgen, wie Nathans Gesicht auf den Bildern, ein sichtbares Geheimnis, das der Vorstellung Tiefe verlieh. Hatte ich die unversöhnlichen Aspekte meines Lebens versöhnt? Oder hatte ich, was vielleicht realistischer war, den Widerspruch akzeptiert? Olivia war in Nathans Gegenwart nie gezwungen gewesen, sich die Frage zu stellen, denn meine Erlebnisse mit ihm waren aus mir selbst herausgekommen. Jedes Mal wenn ich zu ihm gefahren war, hatte ich eigentlich nur Aspekte meiner selbst erkundet, die ich ebenso verabscheute wie begehrte, ich konnte mir selbst zuschauen, wie ich den gefürchteten Fehler beging, und mir sagen: *So bist du also in Wahrheit.* Aber wie konnte ich das Erlernte auch nur ansatzweise von meinen Instinkten trennen? Herauszufinden, was meinen Kern ausmachte, wer ich unter den vielen lärmenden Schichten eigentlich war, war ein Wunschtraum, als gäbe es dort in mir eine angeborene sexuelle Wahrheit, die immun gegen alle gesellschaftlichen Erziehungsversuche war, das Finstere vom Süßen zu trennen. Mein Kern bestand aus winzigen Samenkörnern des Begehrens, die gekeimt hatten und in die Richtung gewachsen waren, die das Licht der Welt vorgab.

Was hat Nathan dazu gesagt?, fragte ich. *Dich herauszufordern ist nicht dasselbe, wie dich zu verletzen?* Etwas in der Art?

Ja, das sagt er gern.

Seid ihr noch zusammen?

O ja.

Durch das Schaufenster der Galerie fing sie den Blick eines großen glatt rasierten Mannes auf. Sie nickte freundlich, mit glühenden Wangen, und dann drehte sie sich auf dem Absatz um und ging wieder hinein.

* * *

Während ich mich von der Galerie entfernte, war Nathan zu Hause bei seiner Frau. Seine Hand streifte ihren Ärmel, als er in der Küche, dem Teil der Wohnung, den er mir nie gezeigt hatte, an ihr vorbeiging. Oder vielleicht lag er neben ihr im Bett. Die Uhr war an seinem Handgelenk oder lag auf dem Nachttisch, wo sie immer gelegen hatte, wenn er mich betrachtet hatte. Er war in einem Aufzug, in einer Bar oder in einem Restaurant und trug seinen Ring, ein weißes Hemd, die Brille. Er ging an einem Häuserblock vorbei, der genauso breit war wie der, an dem ich gerade vorbeiging. Er war von mir getrennt, aber nur durch einen Fluss. Ich spürte, wie getrennt wir in dieser Welt waren, und die Gestalt, die er in mir annahm, war die Gestalt absoluter Zärtlichkeit. Die Erinnerung an ihn war so weich wie der Gedanke an das Zimmer, in dem man endlich allein sein kann. Wie konnte ich je wieder glücklich sein, wenn ich ihn nie wiedersah oder wenn ich ihm in der nächsten Minute in die Arme lief? Das Gefühl war irrational, aber ich wusste genau, wann immer ich glaubte, rational zu sein, wollte ich nur irgendein rudimentäres Verlangen rechtfertigen. Das Gefühl war irrational, aber ich hatte nie selbstloser empfunden.

Wenn das Verstörende uns auserwählt und uns erklärt, in welcher Hinsicht wir von Bedeutung sind, können wir es lieben. Wir alle lieben den eingezahlten Scheck, den Reisepass, den Handschlag des Präsidenten, obwohl jede dieser Freuden auf einer Grausamkeit knapp außerhalb unseres Sichtfelds beruht. Der Finger zeigt, ohne zu zögern, auf uns, und wir wundern uns darüber, auserwählt zu sein. Wenn ich jetzt an Nathan dachte, sah ich immer nur zweierlei und das eine nie ohne das andere: die Fülle dessen, was er mir gegeben hatte, und seine glückliche, rätselhafte Freiheit; ihn nackt in seinem Schlafzimmer in Uptown und direkt daneben das Auto und die Landstraße, auf der er unterwegs war. Einen größeren Gefallen hatte mir nie jemand erwiesen.

Danksagung

Ich danke meinen Erstleser*innen: Peter Banker und Claire Schomp fürs frühe Mutmachen; David Lipsky, ohne den dieses Buch womöglich in einer Schublade verschimmelt wäre, für seine Strenge und seine Großzügigkeit; Jonathan Safran Foer, John Freeman, Zadie Smith und Darin Strauss für unverzichtbaren Rat; Max Addington, Corinna Anderson, Mimi Diamond, Sonia Feigelson, Hannah Kingsley-Ma, Alia Persico-Shammas, Eva Schach und Parker Tarun für Ausdauer und Weisheit.

Ich danke meinem Fürsprecher Dan Kirschen für Geduld und Hellsichtigkeit; Parisa Ebrahimi für Einsicht und Genauigkeit; Christopher Potter und Eva Ferri für ihr Vertrauen. Ich danke allen bei ICM, Curtis Brown, Hogarth und Random House, die so hart für dieses Buch gearbeitet haben.

Ich danke all meinen Freundinnen und Komplizen: Ich liebe es, euren Gedankengängen zu folgen. Ich danke meinen Eltern für ihre großartige Unterstützung und ihren Glauben an mich, der alles ermöglicht hat.

Und am meisten danke ich Phoebe Allen für unser gemeinsames Leben.